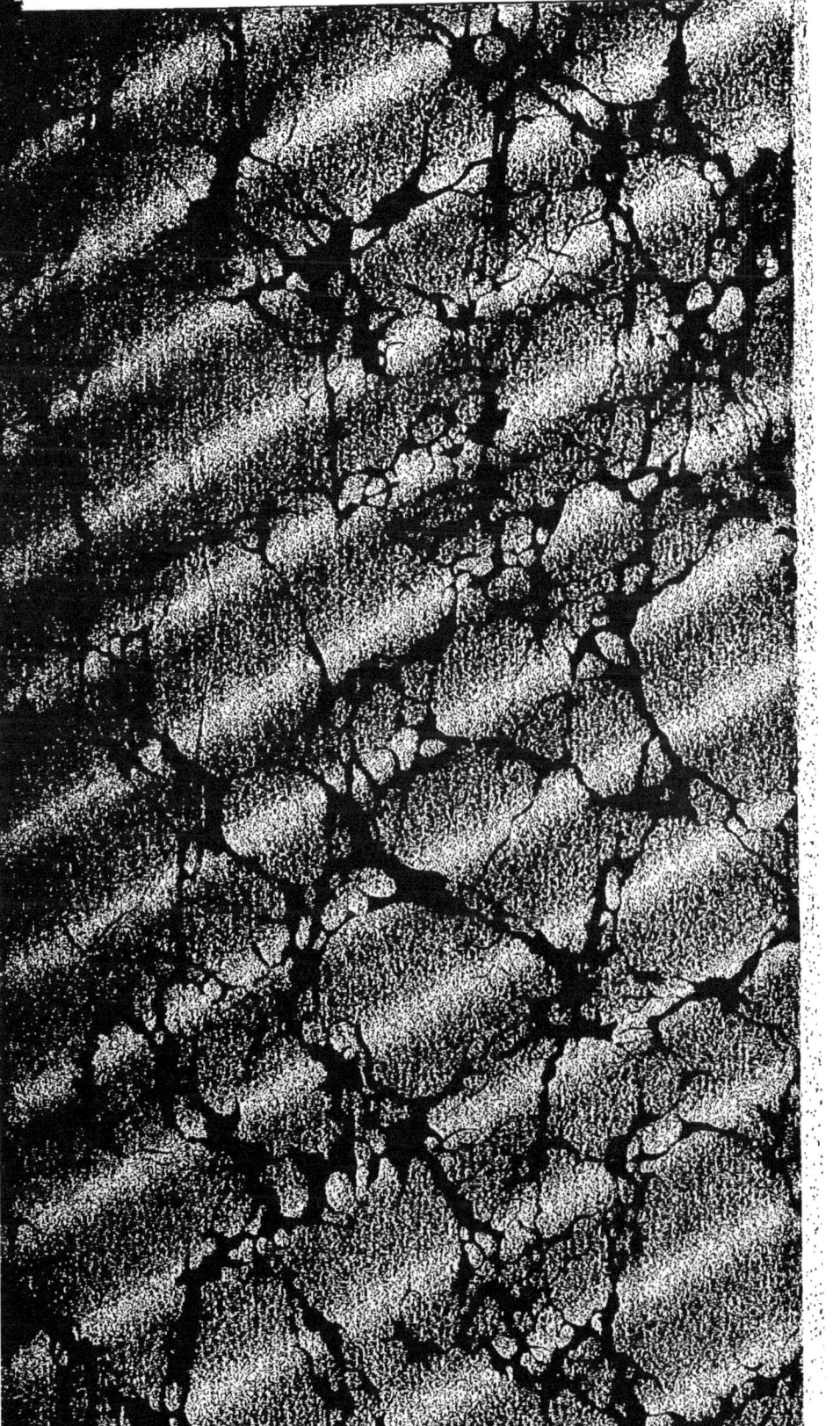

LA
VÉNUS DE GORDES

ŒUVRES DE M. ADOLPHE BELOT

ŒUVRES DE M. ERNEST DAUDET.

EN PRÉPARATION :

RAYMOND ROCHERAY.

ADOLPHE BELOT — ERNEST DAUDET

LA VÉNUS DE GORDES

DIXIÈME EDITION

PARIS

E. DENTU, LIBRAIRE ÉDITEUR

PALAIS-ROYAL, 17 ET 19, GALERIE D'ORLÉANS

—

1879

Tous droits réservés.

LA

VÉNUS DE GORDES

I

Sur la route d'Avignon à Apt, au pied des Alpilles, non loin de la fontaine de Vaucluse, immortalisée par les vers de Pétrarque, se trouve un village appelé Gordes. Il se compose non-seulement du groupe de maisons pressées au pied de la colline qui les abrite contre le mistral, mais encore de deux petits hameaux, la Bastide-Neuve et Fontblanche, dont les habitations se répandent non loin de là, dans la plaine de Vaucluse, comme des fortins avancés d'une place de guerre. Tout le pays est admirable. On dirait que les prairies bordées de cyprès et de myrtes au milieu desquelles Gordes est situé ont servi de modèle aux plus beaux des paysages du Poussin. La Provence est riche, d'ailleurs, en surprises de cette sorte. Par la beauté de ses sites et la pureté de son ciel, elle tient à la fois de la Grèce et de l'Italie.

Il y a quelques années, les propriétés de Théodore

Rivarot occupaient la plus grande partie du territoire de la Bastide-Neuve. En oseraies, en prés, en champs de garance, en plants de mûriers, Rivarot possédait une fortune considérable, qu'accroissait incessamment la sagesse de ses opérations. La ferme dans laquelle il avait depuis longtemps établi sa demeure, située sur un petit mamelon, au sud de Gordes, offrait tous les signes d'une opulente prospérité.

Rien ne s'y ressentait du désordre et de la sordidité qu'on rencontre fréquemment dans les maisons de villageois. La cuisine, où les valets et les servantes prenaient leur repas, disait clairement que les soins apportés par madame Rivarot à tout ce qui était de son domaine ne le cédaient en rien à ceux de son mari, pour tout ce qui était du sien.

Dans la huche bien luisante, les pains étaient symétriquement rangés. La grande table de chêne n'avait pas une tache, non plus que les dalles blanches qui couvraient le sol. Les faïences à fleurs multicolores qui ornaient la cheminée, les plats d'étain dressés sur les étagères achevaient de donner à cette cuisine de ferme un air de fête, bien qu'il n'y eût là d'autre luxe que celui de la propreté.

A côté de la cuisine, était une vaste pièce qui servait à la fois de salon et de salle à manger pour les maîtres, et dont les meubles simples, mais confortables, révélaient leur éducation et leurs goûts.

En effet, Rivarot n'était pas un paysan dans l'acception ordinaire de ce mot, mais plutôt un agriculteur moitié campagnard, moitié bourgeois, faisant valoir lui-même ses biens, mettant volontiers la main à la charrue, portant indifféremment la blouse bleue à

lisérés blancs aux heures de son travail, et la redin-
gote lorsqu'il recevait le curé ou dînait chez le maire.

Au moment où commence ce récit, Rivarot touchait
à la cinquantaine. Sa chevelure et sa barbe se couvraient de ce que le poëte a nommé la neige des ans;
mais par là seulement se révélait l'âge du fermier, car
son corps était resté droit et vigoureux, ses yeux vifs
et alertes comme autrefois.

Madame Rivarot avait un peu plus vieilli que son
mari. Toutefois les rides n'avaient pas tellement envahi
son visage qu'il n'y restât des traces de la beauté de
sa jeunesse. Et puis, son esprit et son cœur avaient
gardé cette sérénité qui est le privilége des existences
pures et reposées.

De la longue et heureuse union dans laquelle ils
avaient vécu, restait une fille qui avait alors dix-huit
ans. On l'appelait Marguerite. Mais de ce nom, qui était
celui de sa grand'mère paternelle, on avait fait, suivant un usage adopté en Provence, cet autre nom
qui avait tant de douceur dans la langue du pays :
Margaï.

Margaï, assurément, était la plus belle héritière de
la contrée. A dix lieues à la ronde, personne ne l'ignorait. Souvent on l'avait vue dans les fêtes votives, et
l'impression produite par sa beauté avait été telle, le
jour où elle apparut pour la première fois, élégamment
parée du costume des Provençales, qu'on ne la désigna plus, dès ce moment, que sous le nom de Vénus
de Gordes.

Elle était grande et mince, avec d'épais cheveux
noirs. Sans rien exagérer, on pouvait parler de son
port de reine : dans chacun de ses mouvements, dans

ses moindres gestes, il y avait cette grâce et cette majesté tant admirées chez les filles d'Arles, et qu'elles
tiennent de la race grecque dont le sang coule dans
leurs veines. Margaï avait d'adorables mains, des pieds
d'enfant, une taille dont la finesse faisait ressortir ses
opulentes épaules. Mais ce qu'on ne saurait dire, c'est
l'éclat et la profondeur de ses yeux qui donnaient
quelque chose de saisissant à son visage, où tout était
si parfait.

On l'avait surnommée avec raison la Vénus de Gordes. Comment, en effet, se figurer plus belle et plus
accomplie la voluptueuse déesse ? L'antiquité nous a
légué d'elle de splendides images. Aucune ne pouvait
égaler la beauté de Margaï.

Il semble que, possédant dans sa maison un si rare
trésor, Théodore Rivarot, riche, aimé de tous, devait
être un homme heureux. On le croyait ainsi dans toute
la contrée. Seule, madame Rivarot, grâce à l'intelligence de son affection, avait pu deviner qu'il en était
autrement. C'est qu'il lui avait été donné de surprendre les préoccupations de son mari ; dans le silence des
nuits, elle avait entendu les soupirs qui s'échappaient
de sa mâle poitrine ; elle avait découvert le secret de
ses peines.

Afin que le lecteur en fasse autant, il convient de
l'introduire dans la ferme, au sein de la famille Rivarot, durant une des soirées de l'hiver de 18...

C'était la veille de Noël.

A cette époque de l'année, la catholique Provence
est en fête. Le 24 décembre, dans toutes les fermes et
dans toutes les maisons des villages, les maîtres vont
s'asseoir à la table des serviteurs pour partager avec

eux le repas du soir. A cause de la solennité du lendemain, les plats gras sont exclus de la table. On les remplace par des légumes, du poisson, des gâteaux, des crèmes qui sont un régal délicat pour des estomacs accoutumés à une nourriture plus substantielle

Dans un coin réservé de la cave, le maître cherche la plus vieille bouteille et l'offre à ses convives. Mais avant d'en vider le contenu dans leurs verres, il en verse quelques gouttes sur une bûche énorme qui flambe joyeusement dans la cheminée, et il appelle sur tous ceux qu'il aime, sur sa maison, sur ses récoltes, les bénédictions du ciel.

La coutume traditionnelle ainsi observée, le repas commence. Les yeux s'allument, la gaieté règne, le vin délie les langues et chacun s'en donne à cœur joie. Puis on se rapproche de la cheminée, on s'assied autour de la flamme brillante et on chante des noëls jusqu'au moment où, à l'exception des jeunes enfants et des vieillards infirmes, tout le monde se rend à la messe de minuit.

On célébrait donc la veille de Noël dans la ferme de Théodore Rivarot. Les convives fort nombreux touchaient à ce moment du repas où, l'estomac étant rassasié, les conversations deviennent de plus en plus bruyantes. Les plats passaient encore devant eux, mais ils n'y touchaient plus. Les bouteilles avaient cessé de se vider, les visages étaient rouges, les yeux animés. Les langues se fatiguaient, mais les dents se reposaient.

Tout en haut de la table qu'il présidait, Rivarot était assis entre sa femme et sa fille, vêtues l'une et l'autre de leurs habits de fête. Les membres de la famille avaient pris place à leurs côtés. Le personnel de la ferme venait ensuite occupant l'autre extrémité de la table.

Au milieu de ces visages rayonnants, il en était deux qui semblaient ne pas refléter l'expression de la joie qui régnait dans la ferme. C'étaient celui de Rivarot et celui de sa fille.

Jamais Margaï n'avait été plus belle.

Le large ruban qui ceignait sa tête et d'où s'échappaient deux bandeaux de cheveux noirs et luisants ressemblait à un diadème. Son cou svelte et rond sortait de son fichu, plissé sur ses épaules suivant la coutume du pays ; elle portait un corsage de velours noir qui laissait voir la naissance de la poitrine et dont les manches plates reproduisaient les fins contours de ses beaux bras.

Des manchettes de dentelles entouraient ses poignets et retombaient gracieusement sur ses mains éclatantes de blancheur. Telle qu'elle était, élégante et fière, on la devinait faite pour l'amour. Tout ce qu'elle portait le disait avec éloquence, tout jusqu'aux plis soyeux de sa robe grise qui descendaient autour d'elle avec tant de grâce, qu'ils semblaient vouloir révéler les formes harmonieuses de son corps.

Le coude appuyé sur la table, son menton reposant dans sa main droite, de l'autre elle jouait distraitement avec sa chaîne d'or à l'extrémité de laquelle était atchée une croix en brillants.

Ainsi posée, ses yeux erraient au hasard, tandis qu'un jeune homme assis à côté d'elle lui racontait à voix basse de plaisantes histoires, qui lui arrachaient par intervalles un triste sourire. Mais, assurément, sa pensée n'était point dans la salle du festin. Elle suivait au dehors quelque objet inconnu dont son esprit devait être fortement préoccupé et dont elle regrettait peut-être l'absence.

Théodore Rivarot avait-il deviné les préoccupations de sa fille ?

Il faut le croire, car lui-même semblait les partager. Son front se ridait fréquemment comme sous la pression d'une inquiétude qu'il s'efforçait de dissimuler. Il jetait sur Margaï de rapides regards et semblait brusquement revenir à lui-même lorsqu'il était interpellé par un de ses joyeux convives.

— Frédéric, s'écria-t-il tout à coup en s'adressant au voisin de Margaï, tu crois peut-être que ma fille t'écoute? Détrompe-toi, mon cher! tu perds ton temps et tes paroles.

Frédéric Borel, qui était le propre neveu de Rivarot, resta bouche béante, car il avait été interrompu au milieu d'une phrase assez longue qu'il ne put achever.

— Tu ne vois donc pas, reprit son oncle, que Margaï est dans les nuages.

Frédéric parut de plus en plus inquiet et regarda fixement sa cousine comme pour se bien convaincre qu'elle était à ses côtés.

— Vous vous trompez, mon père, je vous assure, répondit la jeune fille. Je ne suis pas dans les nuages. J'écoute fort attentivement ce que me raconte mon cousin et je m'y intéresse beaucoup.

Ces mots, qui ramenèrent la joie sur le visage de Frédéric, produisirent sur celui du fermier un effet tout contraire. Un éclair de colère brilla dans ses yeux, et se penchant vers sa fille dont il saisit brusquement la main sous la table:

— Comment osez-vous me donner en face un démenti? lui dit-il à voix basse. Est-ce que je ne vois pas, est-ce que je ne sais pas que vous songez encore à l'autre? Tâchez au moins, je vous prie, qu'on ne s'en aperçoive pas.

Tandis que son père lui adressait cette courte et vive réprimande, Margaï avait baissé les yeux. Mais, aussitôt qu'il eut fini, elle les releva, les promena fièrement autour d'elle, et, convaincue que cet incident n'avait pas eu de témoins, elle dit gaiement à son cousin :

— Tu finiras ton histoire un autre jour, Frédéric. Maintenant, si tu veux me plaire et nous plaire à tous, tu nous chanteras quelques noëls.

En même temps, elle quitta la table et alla prendre place devant la cheminée. Deux ou trois jeunes filles la suivirent et se groupèrent à ses côtés, formant ainsi un ravissant tableau dont elle était le principal personnage.

— Dois-je chanter, mon oncle? demanda Frédéric en s'adressant à Rivarot.

— Sans doute, mon garçon, répondit le fermier, satisfait d'avoir interrompu et fait cesser les rêveries de sa fille. Nous t'écoutons.

Le maître avait parlé. Le silence se fit aussitôt.

Frédéric Borel se leva, toussa, et entonna d'une voix jeune et fraîche l'un de ces chants populaires et naïfs qui ont raconté depuis des siècles à nos aïeux les aventures mystérieuses et légendaires des rois et des pâtres accourant se prosterner devant le berceau du Christ.

Frédéric chantait depuis quelques minutes, lorsque tout à coup retentirent au dehors, les aboiements furieux des chiens de la ferme.

L'heure était déjà si avancée, les visites étaient si peu prévues, que les femmes se regardèrent effrayées. Margaï elle-même devint toute pâle.

Il y eut une minute de silence et d'anxiété.

Les cris des chiens redoublaient.

— Ce ne peut être un malfaiteur, dit gravement Rivarot. Il n'y a pas d'âme assez pervertie pour commettre le mal pendant la nuit de Noël.

En disant ces mots, il regarda Margaï, qui tremblait comme une feuille.

— C'est plutôt, continua-t-il, un mendiant qui vient réclamer sa part de la fête. Il faut que cette nuit, tout le monde soit heureux.

Ayant ainsi parlé, Rivarot se leva pour sortir : sa femme lui saisit la main comme pour l'arrêter, car les chiens aboyaient toujours.

Au même moment, un homme, assis parmi les valets de la ferme, quitta sa place.

— Ne bougez pas, notre maître, dit-il, j'y vas.

— Bien, Moulinet, reprit le fermier. Suivez-le, vous autres, ajouta-t-il en s'adressant aux camarades de Moulinet, et, si c'est un visiteur, amenez-le au milieu de nous.

Cinq minutes se passèrent. Les valets reparurent alors, ayant au milieu d'eux une femme qui devait être âgée, à en juger par les rides de son visage et par la blancheur de ses cheveux. Mais l'âge ne l'avait pas courbée. Elle marchait d'un pas assez ferme et ne parut pas émue de se trouver au milieu d'une si nombreuse assemblée.

— Bonsoir et joie à tous, dit-elle en entr'ouvrant la mante qui l'enveloppait.

— Je ne m'étais pas trompé, s'écria Rivarot. C'est la Valbray. Bonsoir, la mère. Soyez la bienvenue. Il y a place pour vous au feu et à la table.

— Je le savais, monsieur Rivarot. Les pauvres gens sont toujours bien reçus chez vous.

La Valbray prit place à table et se mit à manger et à boire silencieusement, tandis que les groupes se formaient de nouveau, comme avant son entrée, autour de Frédéric, qui repassait dans sa mémoire un nouveau noël.

Seule, Margaï ne reprit pas sa place. L'œil fixé sur le visage de la mendiante, elle essayait d'y surprendre un signe qu'elle pût comprendre. Tout à coup, elle s'approcha d'elle.

— Donnez-moi votre mante, bonne vieille, vous mangerez plus commodément.

A ces mots, la Valbray se leva :

— Dieu vous bénisse, belle enfant !

Et elle se débarrassa de l'ample vêtement qui l'enveloppait tout entière. Mais, au moment ou Margaï le recevait de ses mains, elle se pencha vers la jeune fille et lui dit, si bas que celle-ci seule les entendit, ces trois mots :

— Il y sera.

II

A l'heure où ces événements se passaient à la ferme
de la Bastide-Neuve, sur la petite place de Gordes,
devant l'église encore plongée dans l'ombre, un homme
marchait rapidement. La nuit était calme et claire.
Durant l'hiver, alors que la gelée durcit la terre, le
ciel, dans le Midi, prend des teintes lumineuses. Les
étoiles ont un éclat singulier qui fait ressortir la tranquille pureté du firmament.

Le froid était intense, l'homme dont nous parlons
paraissait attendre, et sans doute, il ne marchait rapidement sur l'étroite place du village, dont il faisait
plusieurs fois le tour en moins de cinq minutes, qu'a-
fin de ne pas laisser l'air glacial de la nuit pénétrer
ses vêtements et engourdir ses membres. Le bruit de
ses pas réveillait seul l'écho du village. Dans aucune
des maisons environnantes, on ne dormait. On ne
consacre pas au sommeil la nuit de Noël. Mais fenêtres et portes étaient hermétiquement closes ; aucune
lueur, aucun bruit n'arrivait jusqu'au nocturne pro-
meneur.

La promenade du mystérieux personnage durait
déjà depuis longtemps, lorsque la porte du presbytère
situé en face de l'église tourna sur ses gonds pour
livrer passage au curé et à son vicaire, qui traversèrent
la place, précédés du sacristain porteur d'une lanterne,
et disparurent dans l'église, laissant tout ouvert derrière eux. Le silence un moment troublé se rétablit ;

mais il fut de courte durée. Tandis qu'au fond de l'église, les cierges de l'autel s'allumaient, on entendit craquer la charpente du clocher et deux cloches mises en branle sonnèrent à toute volée.

Alors le village sembla se réveiller. Ce fut d'abord quelques voix isolées, quelques lueurs tremblantes qui, successivement, s'échappèrent de toutes les maisons. Puis un sourd murmure s'éleva et grossit peu à peu, à mesure que la population descendait dans la rue. Bientôt le bruit devint étourdissant; tous les habitants de Gordes portant qui des torches, qui des bougies, qui des lanternes, débouchèrent sur la place, parlant, criant, chantant. Les femmes entraient rapidement dans l'église, dont l'intérieur était splendidement illuminé; les hommes formaient des groupes d'où quelques-uns, les moins dévots, s'échappèrent bientôt pour se réfugier dans un petit cabaret situé à l'angle de la place, et demeuré fermé jusqu'à ce moment.

— Enfin, voilà les gens de la Bastide-Neuve! s'écria tout à coup l'homme au manteau, qui avait interrompu depuis un instant sa promenade.

Et il marcha à leur rencontre, en ayant soin cependant de n'être pas reconnu.

C'étaient eux, en effet. Théodore Rivarol était à leur tête, donnant le bras à sa femme. Puis venaient, à la débandade, les parents, les amis, les serviteurs et, au milieu de ces derniers, la Valbray. Quant à Margaï, elle n'était pas là.

Après avoir regardé passer les gens de la ferme, l'inconnu allait se retirer, lorsque la Valbray s'avança vers lui, et, lui mettant la main sur l'épaule :

— C'est toi, Pascoul?

Il tressaillit.

— Vous voilà donc, la Valbray. J'ai cru que vous n'en reviendriez pas.

— Margaï t'attend. Si tu ne m'as pas vue plus tôt, c'est que j'ai voulu m'assurer de leur départ à tous et pouvoir te dire qu'en ce moment, elle est seule et libre.

— Comment Rivarot a-t-il permis qu'elle ne l'accompagnât pas à la messe de minuit?

— Après avoir reçu ma réponse, elle a prétexté d'un violent mal de tête, et force a été de la laisser seule. Sa mère voulait rester. Elle a refusé ses soins, disant qu'elle s'allait coucher.

— Qui garde la ferme? demanda encore Pascoul.

— Moulinet et un autre valet. Margaï t'attend dans la grande salle du côté du jardin. Tu escaladeras la palissade et tu te trouveras à ses côtés. Va, et sois prudent.

— Merci, la Valbray, répondit Pascoul.

Et il se dirigea rapidement, par les champs couverts d'une ombre protectrice, vers la ferme de la Bastide-Neuve, tandis que dans l'église de Gordes les fidèles accourus de toutes parts entonnaient joyeusement des chants d'allégresse.

Quoique né dans Gordes et fils de paysan, Pascoul était un de ces êtres que l'on rencontre parfois dans les villages : malgré l'obscurité de leur naissance, ils doivent à un long séjour dans la ville, à une éducation relative, de n'être pas confondus avec ceux qui les entourent. Il avait vingt-cinq ans, il vivait seul dans le bien assez considérable que son père lui avait

laissé, et dont il abandonnait l'exploitation à un fermier, afin de n'avoir pas à s'en préoccuper lui-même
Il passait dans le pays pour un savant et un poëte
parce qu'on le rencontrait seul dans les champs, lisant
dans un livre, et comme il lui était arrivé de com-
poser une ou deux chansons en langue provençale,
on le désignait plus volontiers sous le nom de *Félibre*,
celui qui fait des livres, que sous celui de Pascoul.

Au fond, c'était une nature fine et rêveuse, pleine
d'enthousiasme et de cœur. Tous ceux qui l'appro-
chaient l'aimaient, et tous disaient qu'il était d'une
essence bien supérieure à celle des paysans au milieu
desquels il vivait.

Était-ce pour cela que Margaï l'avait distingué, ou
bien était-ce pour sa beauté? car Pascoul était beau,
beau de jeunesse, de santé, de franchise. Qui le sait?
Il l'ignorait lui-même.

Il n'avait qu'une certitude, c'est qu'après avoir
vécu jusqu'à vingt-quatre ans, l'esprit léger, le cœur
libre, il s'était tout à coup épris de Margaï. Il garda
son secret pour lui seul. Durant plusieurs mois, Margaï elle-même n'en connut rien, bien qu'il fût quelquefois reçu à la ferme de Rivarot et qu'il eût sous
les yeux l'objet de son adoration. Mais un soir, pendant le bal d'une fête votive des environs, tandis que,
croyant n'être pas compris, il jetait sur Margaï d'a-
moureux regards, il lui sembla qu'elle lui faisait signe
d'approcher. A moitié suffoqué, tremblant, pâle, il
obéit, et au milieu de la fête, ils échangèrent les paroles suivantes :

— Vous m'aimez, lui dit Margaï, ne niez pas. J'ai
deviné.

— Vous ai-je déplu? demanda-t-il.

— Non, reprit-elle avec douceur. Venez demain à la ferme, vers le soir. Promenez-vous sur l'aire, J'irai vous y trouver.

C'était son premier rendez-vous d'amour. Il s'y rendit ivre de tendresse, ébloui, transfiguré, ne songeant guère à remarquer ce qu'il y avait de singulier dans la hardiesse avec laquelle Margaï avait provoqué ses aveux. Margaï l'attendait et le laissa parler tant qu'il voulut. Si jamais jeune fille entendit un éloquent aveu, ce fut elle. Il lui parla comme savent parler les poëtes, dans cette langue enchantée de la Provence où chaque mot est une image, où toutes les expressions sont empreintes de charme.

— Êtes-vous prêt à m'épouser? dit-elle enfin après avoir écouté froidement cette parole fiévreuse.

— Quoi! c'est vous qui le voulez?

— Oui, si cela vous convient. Dans ce cas, hâtez-vous de m'arracher de cette maison, j'y suis malheureuse.

— Malheureuse! Par qui? Comment?

— Je vous dirai tout plus tard, répondit-elle en essuyant une larme. Pour le moment ne songez qu'à demander ma main... Je vous aime et je vous aimerai toujours.

Il retourna lentement à Gordes, le cœur épanoui. Il était aimé par Margaï; elle le lui avait dit. Existait-il au monde un homme plus heureux? Seul et sans but jusque-là, il se voyait déjà l'époux de l'incomparable créature qui s'était confiée à lui.

Le lendemain, il se rendit à la Bastide-Neuve. Il trouva le fermier à table entre sa femme et sa fille.

Cette dernière sortit en le voyant entrer, et Rivarot s'écria :

— Bonjour, Pascoul, quel bon vent vous amène ? Pascoul salua.

— Ce ne sera un bon vent, répondit-il, que si vous exaucez le vœu que je viens vous soumettre, monsieur Rivarot.

— Qu'y a-t-il pour votre service ? demanda ce dernier.

Le cœur de Pascoul battit avec violence. Il sentit tout son sang monter à ses joues, ses yeux se troubler, et ce fut sans avoir conscience de ses paroles qu'il fit connaître à Rivarot son amour pour Margaï, et lui demanda la main de sa fille, en lui faisant savoir que son amour était partagé.

— Ah ! voilà bien ce que je redoutais ! s'écria le fermier. Ne l'avais-je pas prévu, femme ?

Madame Rivarot garda le silence ; mais ses yeux se remplirent de larmes.

— Répondez-moi, monsieur Rivarot, dit Pascoul. Ma demande vous déplaît-elle ?

— Non, mon garçon, votre demande ne me déplaît pas. Elle est toute naturelle, surtout si on vous a poussé à la faire. Ce qui me déplaît, c'est d'être obligé de vous répondre par un refus. Je ne veux pas marier ma fille.

Le fermier n'avait prononcé ces paroles que très-lentement, comme si elles lui eussent coûté beaucoup d'efforts. Quant à Pascoul, il demeura tout surpris, mais non convaincu ni résigné.

— Vous ne voulez pas marier votre fille, monsieur Rivarot ! Est-ce bien sérieux ?

— Très-sérieux.

— Elle a dix-huit ans, cependant, et moi-même, je suis d'un âge et d'un rang convenables.

— C'est vrai.

— Mon amour est sincère et partagé.

— Je le crois, Pascoul. Mais, je vous le répète, pour des raisons que seul je connais, je ne veux pas marier ma fille.

En entendant ces mots, Pascoul eut une soudaine inspiration.

— Ah ! s'écria-t-il, j'ai deviné. Mais je possède pour deux. Je ne demande pas de dot.

— Ce n'est pas une question d'argent qui s'oppose à ce mariage. Ma fille sera riche ; elle est libre de tout engagement. C'est pour d'autres causes que je ne veux pas la marier.

Cette réponse fut faite sur un ton qui n'admettait pas de réplique. Pascoul le comprit, et une vive douleur se peignit sur son visage.

— Ainsi, dit-il tristement, un honnête homme qui aime votre fille et qu'elle aime vient vous demander d'assurer leur bonheur, et sans cause apparente, sans explications, vous refusez.

— Je refuse et j'en ai le cœur tout marri, mon garçon. Vous étiez le gendre que j'aurais choisi, mais je persiste dans mon refus. Il faut que cela soit ainsi.

Ayant parlé de la sorte, le fermier quitta brusquement la salle, laissant le malheureux Pascoul en face de madame Rivarot, qui n'avait pas cessé de pleurer depuis le commencement de cet entretien.

— Quel est ce mystère ? s'écria le jeune homme.

Madame Rivarot, continua-t-il en s'adressant, les mains jointes, à celle-ci, je fais appel à votre cœur; cette résolution ne saurait être irrévocable.

— Il est le maître, répondit-elle en montrant la porte par où Rivarot était sorti, et ce qu'il a décidé est sans appel. Au nom de votre bonheur, mon enfant, ne revenez plus.

Ce refus singulier, dont on ne voulait pas lui révéler les causes, avait exaspéré Pascoul.

Il venait de vivre si longtemps, en face d'une chère pensée, qu'il ne comprenait pas qu'on voulût l'y faire renoncer ainsi. On lui devait des explications; si on les lui refusait, c'est qu'elles étaient inavouables. Le mot de Margaï, prononcé par elle le jour de leur première entrevue, lui revint alors en mémoire :

« Je suis malheureuse, avait-elle dit. Arrachez-moi de cette maison. »

Peut-être avait-elle voulu laisser entendre que son père la maltraitait. Ces réflexions portaient au plus haut degré l'irritation de Pascoul.

— On me cache la vérité, s'écria-t-il. Je la découvrirai, et ceux qui rendent Margaï malheureuse seront punis.

— Personne ici ne rend Margaï malheureuse, répondit doucement Mme Rivarot. Ni son père ni moi n'avons de reproches à nous adresser. Nous l'avons aimée autant que nous le pouvions et comme nous le devions.

Ainsi se termina cet entretien. Au moment où Pascoul, pâle et désespéré, allait franchir le seuil de la ferme, Margaï se montra à ses côtés, à sa grande surprise.

— Mon père vient de m'apprendre tout, dit-elle. Il m'a défendu de vous revoir et de vous parler. Partez et ne revenez plus jusqu'au moment où je vous donnerai rendez-vous. Ayez confiance.

En même temps, elle offrit à Pascoul une fleur qui ornait son corsage et disparut sans lui laisser le temps de répondre.

Cette scène s'était passée trois jours avant la solennité de la Noël. Or, la veille de la fête, dès le matin, Pascoul, qui n'avait pas revu Margaï, reçut la visite de la Valbray. Il sut, par un billet que lui remit cette femme, que Margaï l'attendrait à la ferme pendant la messe de minuit.

Pascoul répondit qu'il se rendrait exactement au lieu du rendez-vous.

C'est cette nouvelle que la Valbray avait apprise à Margaï, lorsque dans la ferme, devant tous les convives, elle lui avait dit mystérieusement :

— Il y sera.

Margaï n'eut pas de peine à trouver un prétexte pour être seule. Elle parla d'un violent mal de tête qu'expliquaient la longue veillée et le repas. Les Rivarot y crurent et partirent, laissant la ferme sous la garde de deux serviteurs dévoués, dont l'un, Moulinet, était traité en ami par le maître, qu'il avait loyalement servi pendant plusieurs années.

Dès que le départ de ses habitants eut rendu la ferme silencieuse, Margaï quitta sa chambre, dans laquelle elle s'était enfermée, afin de donner complétement le change, et descendit dans la vaste pièce qu'on appelait le salon, et qui avait une porte vitrée sur le jardin. En passant devant la cuisine, elle vit deux valets assis sous le manteau de la cheminée. L'un s'était endormi. L'autre, Moulinet, fumait dans une pipe de bois, tout en buvant du vin cuit. Ils paraissaient disposés à passer la nuit ainsi. Un silence profond régnait dans la maison.

Margaï ouvrit doucement la porte du salon, entra, la referma soigneusement derrière elle et, s'installant dans un fauteuil, elle attendit Pascoul.

Une petite lampe, déposée à terre près d'elle, jetait une lueur pâle dans le bas de la salle dont les voûtes étaient enveloppées d'ombre. Dans cette clarté sans éclat, Margaï immobile, sombre, ressemblait à une vestale changée en statue. Si n'eût été le tremblement nerveux de ses lèvres rouges et sensuelles, on aurait pu la croire sans vie. Ses yeux s'étaient fermés. Mais elle ne dormait pas. Elle songeait.

Pascoul entra; elle alla silencieusement à sa rencontre, lui saisit la main, le conduisit jusqu'au fauteuil où elle reprit sa place et, lorsqu'il se fût mis à genoux devant elle, elle l'enveloppa d'un indéfinissable regard, qui lui pénétra profondément dans le cœur.

Il y avait dans ce regard autant de perversité que d'amour. Il disait avec éloquence les attentes et les ardeurs de ce jeune sang; mais il disait aussi les curiosités malsaines de cet esprit qui n'avait rien de la chasteté d'une jeune fille !

Pascoul éprouva lui-même cette impression de terreur causée par l'approche d'un danger inconnu. Cette beauté toute splendide était épanouie comme une fleur merveilleuse, mais comme une fleur qui renfermerait un poison.

Néanmoins cette impression fut de courte durée. Les bras de Margaï faisaient à Pascoul un collier chaud et parfumé; elle disait à son oreille des paroles charmeresses aussi douces que ses baisers.

Tout cela n'avait duré que quelques instants. Entièrement livrés au bonheur de se revoir, alors qu'on cherchait à les séparer, ils n'avaient encore échangé aucun mot sur leur situation.

Margaï comprit la première que les instants étaient précieux.

— Écoutez-moi, mon bien-aimé, dit-elle; je veux être à vous, j'ai hâte de pouvoir sans crainte reposer dans vos bras. Mais on veut empêcher notre union. A nous de combattre et de vaincre. J'ai formé tout un projet dont l'exécution assurera notre bonheur.

— Oh! parlez, parlez, mon amie. Que faire?

Et, ayant dit ces mots, Pascoul attendit une réponse.

Tout à coup, il vit Margaï changer de couleur et de pâle devenir blême. Elle fut prise d'un soudain tremblement, et un cri douloureux et sourd s'échappa de ses lèvres, tandis que ses yeux étaient fixés devant elle.

Pascoul, s'étant brusquement relevé, porta les siens dans la même direction.

A son tour, il demeura glacé d'effroi.

Silencieux, immobile, les bras croisés sur sa poitrine, un homme les regardait.

III

Ce témoin indiscret, dont la présence inattendue avait arraché à Margaï un cri de terreur, n'était autre que Moulinet.

Comment était-il là? Comment avait-il surpris ce doux tête-à-tête?

Rien de plus simple. Si prudente qu'eût été Margaï, que pouvait-elle contre la surveillance active de Moulinet? Assis dans la cuisine, fumant silencieusement, tandis que son camarade dormait, il avait entendu le bruit des pas de Pascoul, lorsque du haut de la palissade ce dernier avait sauté dans le jardin. Il était sorti, l'avait vu entrer dans la salle où était Margaï et l'y avait suivi retenant son haleine, marchant sur la pointe des pieds. Accroupi dans l'ombre, il avait tout épié, tout entendu, et après avoir pénétré l'objet de cet entretien nocturne, il s'était relevé, s'offrant aux regards épouvantés de Margaï et de Pascoul.

Moulinet avait trente-cinq ans environ. C'était un homme grand, maigre, dont les traits basanés et brunis par le soleil semblaient dessinés dans un parchemin ratatiné. Il ne savait rien de ses parents. Fruit probable d'un amour malheureux, il avait été trouvé, peu de jours après sa naissance, par le propriétaire de la Bastide-Neuve, qui était alors un oncle de madame Rivarot, dans un moulin abandonné qui dresse

encore, au sommet de la colline de Gordes, ses
grands bras décharnés et perclus. De là son nom. On
l'avait élevé dans la ferme par charité. Plus tard,
lorsque Rivarot s'était marié et installé à la Bastide-
Neuve, il avait trouvé Moulinet occupant la première
place parmi les valets, ayant la direction des tra
vaux et la confiance du maître. Tous ces privilèges
Rivarot les lui avait maintenus, et telle avait été l'o-
rigine du dévouement absolu de Moulinet, dévouement qui l'eût poussé au crime, si son maître avait
voulu en abuser.

Depuis vingt ans, le maître et le valet vivaient à côté
l'un de l'autre, sans s'être un moment départis, l'un
de son autorité, l'autre de sa soumission. Et cependant
il y avait entre eux une confiance sans bornes.

Afin de ne quitter ni la ferme ni le fermier, Moulinet avait toujours refusé de se marier, malgré les
efforts de madame Rivarot.

— Je ne puis pas plus me passer de la Bastide-
Neuve, disait-il quelquefois, que la Bastide-Neuve ne
peut se passer de moi.

Tel était Moulinet, et tel qu'il était, on l'aimait,
bien qu'il ne témoignât jamais à ses égaux aucune
sympathie. Cela tenait, disait-on, à un chagrin secret
qui lui rongeait le cœur. Est-ce pour cela qu'il parlait
si peu, riait si rarement et ne mettait jamais les pieds
au cabaret?

Margaï seule pouvait égayer le visage triste de Moulinet. Si elle s'arrêtait à causer avec lui, si elle l'accompagnait quelquefois lorsqu'il se rendait aux
champs, si elle lui demandait de seller la petite ju-
ment avec laquelle elle allait, durant les beaux jours,

courir le pays en compagnie de son père, Moulinet avait de la joie pour longtemps. Il babillait alors autant qu'une jeune fille bavarde, et les gens de la ferme disaient :

— Moulinet est dans ses bons moments.

Mais, hélas ! ces bonheurs se faisaient de plus en plus rares. A mesure qu'elle devenait grande et belle, Margaï semblait affecter de s'éloigner de plus en plus de Moulinet. Le matin de la journée dont nous racontons les événements, le malheureux avait constaté que, depuis trois mois, Margaï ne lui avait pas adressé la parole.

Aussi, lorsqu'il la surprit en tête-à-tête avec Pascoul, lorsque le secret de cet amour profond et ancien déjà lui fut tout à coup révélé, il crut avoir deviné la cause de la froideur et du dédain que Margaï lui témoignait depuis longtemps.

— Ce Pascoul de malheur, pensa-t-il, m'aura privé de sa confiance. Ce beau *félibre* lui aura dit qu'un ignorant de mon espèce n'était pas digne de l'amitié d'une belle fille comme elle.

Et les poings crispés, plein de colère, il les regardait avec rage. Eux, impatients, honteux d'être surpris par lui, gardaient le silence.

Margaï, la première, releva la tête. Elle prit la main de Pascoul.

— Va-t-en, lui dit-elle.

Pour toute réponse, Pascoul l'attira sur sa poitrine. Leurs lèvres se rapprochèrent et, sous le regard de Moulinet, comme au moment où il les avait surpris, comme s'ils eussent été seuls, ils échangèrent un long baiser.

Puis, Pascoul se dirigea lentement vers la porte, tandis que Margaï, appuyée à son bras, lui parlait avec amour. Durant cette courte scène, Moulinet était demeuré [immobile, se demandant si le spectacle qui se passait sous ses yeux était un rêve ou une réalité.

C'était donc là cette Margaï qu'il avait vue naître et grandir, pour laquelle il aurait donné sa vie et qu'il croyait pure et chaste. Elle venait de faire devant lui litière de sa pudeur. Elle avait embrassé cet homme avec une ardeur qui choquait l'honnêteté native de ce paysan. Sa résolution fut bientôt prise. Il marcha vers la porte, la ferma brusquement, tourna la clef dans la serrure, mit la clef dans sa poche, et s'adressant à Pascoul :

— Vous ne sortirez pas, lui dit-il.

— Que prétendez-vous faire? demanda fièrement Pascoul.

— Attendre, répondit Moulinet. Avant qu'il soit une heure, le maître sera rentré, vous vous expliquerez avec lui.

— Et si je veux sortir malgré vous !

— Il faudra que vous soyez le plus fort.

— J'attendrai alors, car je ne troublerai point par une lutte la paix de cette maison.

— Moulinet, s'écria Margaï, pour l'amour de moi, laisse-le partir.

— Ne me suppliez pas, mademoiselle, dit-il avec douceur. Le laisser partir, ce serait trahir la confiance de mon maître. Je ne la trahirai pas. Je ne manquerai pas à mon devoir.

A cette déclaration, qui lui enlevait sa dernière es-

2.

pérance, Margaï bondit tout à coup, et, se mettant devant Moulinet :

— C'est par jalousie, n'est-ce pas, s'écria-t-elle, que tu veux le retenir ici ?

— Par jalousie, balbutia Moulinet.

— Oui, par jalousie ! Crois-tu que je ne me sois pas aperçue de ton ridicule amour ?

A son tour, Moulinet recula. Il perdit toute son assurance, regarda Margaï avec effroi, tandis que Pascoul s'était approché d'eux.

— Qu'espères-tu, reprit la jeune fille, en te vengeant de mon amant ? Alors même que je ne devrais pas être sa femme, et je la serai quoi qu'on fasse, aurais-tu l'idée que je pourrais être la tienne, que je deviendrais madame Moulinet ?

Et elle se mit à rire à gorge déployée, d'un rire nerveux, en laissant échapper de ses lèvres ces mots :

— Moi, madame Moulinet !...

Puis elle ajouta :

— Voilà à quoi se réduit ta conduite austère, serviteur fidèle ! Tu convoites la fille de ton maître. Le lui as-tu dit ?

Moulinet ne répondit pas.

Tremblant, plié en deux, la tête basse, les yeux hagards, il écoutait en serrant convulsivement sa poitrine brûlante.

Quel travail se fit en lui ? Quelle voix intérieure écouta-t-il au milieu de la tempête déchaînée dans son cœur ?

Après quelques instants de silence profond, il chercha dans sa poche la clef qu'il avait jusqu'à ce moment refusée à Margaï. Il la mit en tremblant dans la serrure, ouvrit la porte, et se tournant vers Pascoul :

— Partez, lui dit-il.

Pascoul, que cette scène avait frappé de stupeur, pressa, sans mot dire, la main de Margaï et se dirigea vers la porte. Mais, au moment où il en franchissait le seuil, une voix se fit soudainement entendre à ses côtés et le mit dans la nécessité de reculer.

— Que faites-vous ici à cette heure, Pascoul?

Cette voix était celle du fermier.

— Trop tard! murmura douloureusement Margaï.

Les yeux de Moulinet eurent une expression indéfinissable. C'était tout à la fois de la douleur, du contentement, de la colère et de l'effroi.

Il s'avança vers Rivarot et au moment où ce dernier allait ouvrir la bouche, il lui montra, par un geste rapide, les personnes qui venaient d'entrer dans la salle en même temps que lui. Rivarot comprit.

Il se retourna vers les gens qui l'avaient suivi, et affectant une humeur joyeuse :

— Mes enfants, dit-il, ceux d'entre vous qui veulent réveillonner n'ont qu'à passer dans la cuisine. Frédéric, et il s'adressait à son neveu, Frédéric Borel, qui se trouvait au milieu d'eux, tu veilleras à ce que rien ne leur manque. Donne tes ordres comme si tu étais chez toi.

Frédéric sortit accompagné de tout le personnel de la ferme.

Resté seul avec sa femme, en présence des trois personnages qu'il avait surpris, Rivarot promena sur eux des regards impatients, et s'adressant à Moulinet :

— M'expliqueras-tu, enfin, ce que signifie tout ceci? lui dit-il.

— Maître, répondit Moulinet, vous m'aviez confié la surveillance de la ferme. J'ai surveillé et j'ai trouvé ce jeune homme enfermé ici avec votre fille.

Mme Rivarot poussa un cri, se couvrit la figure, tandis que le fermier marchait sur Pascoul le poing levé. Mais ce dernier arrêta le bras prêt à frapper et dit avec fermeté :

— Mes intentions étaient pures, Rivarot, je vous ai demandé votre fille en mariage, je vous la demande encore.

Le calme de Pascoul, les paroles qu'il venait de prononcer parurent changer les dispositions du fermier. Il réfléchit un instant et, s'adressant à Moulinet.

— Rejoins tes camarades, lui dit-il.

Puis, se tournant vers Margaï :

— Quant à vous, ajouta-t-il, montez dans votre chambre. Vous devez avoir besoin de repos.

Il fut obéi. Moulinet et Margaï sortirent. Lorsque la porte de la grande salle s'ouvrit pour les laisser passer, il s'échappa de cette pièce un flot de lumière et de bruit. Dans celle où Pascoul était resté avec le fermier et madame Rivarot, il ne régnait qu'une pauvre clarté qui donnait à tous les visages brisés d'émotion, fatigués par la longue veillée, un air de souffrance qui faisait mal à voir. Rivarot prit la parole :

— Je vous ai refusé ma fille, dit-il à Pascoul ; vous êtes cependant revenu. Vous voulez l'avoir malgré moi ; ne vous en prenez donc qu'à vous de ce que vous allez apprendre. Je vais vous faire connaître le motif de mon refus.

— C'est ta fille ! s'écria Mme Rivarot. Elle porte ton nom ; elle est ton sang.

— Qu'importe ! oui, malheureusement, elle est ma fille ; mais Pascoul veut être mon fils, et je n'ai pas le droit de lui taire notre secret.

Il s'arrêta et reprit solennellement :

— Le Dieu que j'ai reçu tout à l'heure, ce Dieu est témoin que ce que je vais dire est l'exacte vérité. Si je vous refuse ma fille, Pascoul, c'est qu'elle n'est pas digne de vous, — ni de vous ni d'aucun honnête homme.

Comme il disait ces mots, un sanglot s'échappa de sa poitrine, sanglot qui eut un écho, car Mme Rivarot versait aussi d'abondantes larmes.

—Déshonorée ! s'écria Pascoul en serrant les poings. Quel est le misérable ?...

— Vous vous méprenez à mes paroles, répondit doucement le fermier ; si ma fille n'est pas digne de vous, ce n'est pas qu'elle se soit livrée à un autre. A ce point de vue, elle est pure.

Pascoul respira.

— Mais son âme est pervertie ; si elle n'a pas fait le mal, c'est qu'elle n'a pas pu le faire.

Il y eut un douloureux silence. Rivarot continua.

— C'est une triste histoire. Nous n'avons jamais eu que cette enfant ; elle ne marchait pas encore, et déjà elle charmait tous ceux qui la voyaient ; nous ne songions alors qu'à nous réjouir. Elle avait, il est vrai, un caractère difficile. A cinq ans, elle était déjà vaniteuse, coquette, hypocrite, elle mentait. Mais je ne m'en alarmais pas autrement... elle était si jeune ! cela passera, disait la mère. Elle se trompait, cela ne

passa pas. Un jour, Margaï n'avait pas atteint sa sep-
tième année, on vola des pommes. L'enfant d'un des
valets fut accusé. Le père le roua de coups, il l'aurait tué, si on ne le lui avait arraché des mains.
Margaï assista froide, impassible, muette à ce spectacle. Je sus quelques jours plus tard que c'était elle
a voleuse.

Le malheureux Rivarot s'arrêta un moment. Pascoul
l'écoutait avec le pressentiment qu'il allait apprendre
des choses horribles. Quant à Mme Rivarot, étendue
sur sa chaise, les yeux fermés, elle paraissait immobile.

— Cette aventure, reprit Rivarot, nous ouvrit les
yeux. Nous cherchâmes en vain à découvrir à quelle
influence malfaisante obéissait Margaï. Nous l'interro-
geâmes, et nous acquîmes une horrible certitude :
c'était d'instinct qu'elle faisait le mal. Alors il fut arrêté que nous la mettrions en pension dans un couvent,
à Avignon. Trois mois plus tard, un matin, la supérieure me fit demander et m'apprit qu'elle ne pouvait
plus garder ma fille. A tous les défauts que j'avais
remarqués dans Margaï, la paresse était venue se
joindre; mais ce n'était pas tout; elle avait toujours à
la bouche des histoires qui témoignaient d'une corruption sans exemple. A plusieurs reprises, on avait
surpris dans son pupitre des livres affreux qu'elle
savait se procurer au dehors et introduire en fraude
avec une infernale habileté; cependant c'est à peine
si elle savait lire. Elle semblait ne les avoir là que
pour pervertir ses compagnes. Je la ramenai ici. Elle
fut étroitement surveillée, et, au bout d'un an, je crus
pouvoir la placer dans un autre pensionnat. Je croyais

qu'elle était en partie corrigée, car, tant qu'elle avait
été seule, je n'avais pas eu à me plaindre d'elle. Hélas!
combien je fus détrompé, lorsque de nouveau je dus
la reprendre, pour les causes qui m'avaient obligé
déjà à la retirer du couvent d'Avignon. On me cita
d'elle des traits odieux que je n'ose vous répéter et
qui témoignaient d'une imagination malsaine. Ce qui
m'exaspérait, c'était de ne pouvoir faire peser sur personne la responsabilité des ravages causés dans cette
âme si jeune et qui n'avait eu que de bons exemples
sous les yeux. Elle était venue au monde disposée
au mal. Nous décidâmes qu'elle ne nous quitterait
plus. L'institutrice de Gordes lui donnait des leçons
auxquelles la mère assistait toujours. Le curé, qui
connaissait notre malheur, venait souvent. Il étudiait
avec nous les progrès de la corruption morale que
rien ne pouvait arrêter, bien que j'eusse essayé tour
à tour de la rigueur et de la douceur. Longtemps nous
discutâmes pour savoir si Margaï ferait sa première
communion. Le curé pensa que ce grand acte exerce-
rait peut-être sur elle une heureuse influence. Le jour
de la cérémonie, notre fille était admirable au milieu
de ses compagnes, qu'elle dépassait en grâce et en
beauté. On eût dit un ange. J'appris le soir, qu'au
moment le plus solennel, elle avait dit à une de celles-
ci : « N'avale pas ce morceau de pâte, c'est du poison
Les curés empoisonnent les hosties ! »

Rivarot s'arrêta encore, comme s'il n'avait pas la
force d'aller plus loin. Pascal frissonnait d'horreur.

— Et depuis, dit-il enfin, elle n'a pas changé ?

— Depuis, elle a grandi, elle est devenue plus belle,
mais en même temps plus hypocrite. J'aurais voulu la

tenir enfermée, ne la laisser voir à personne ; mais on n'aurait accusé de la maltraiter. J'ai donc fait contre mauvaise fortune bon cœur. Je la surveille et je surveille tout autour d'elle. J'ai renvoyé deux ou trois jeunes paysans, auxquels elle se plaisait à tourner la tête, pour le seul plaisir d'être adulée. Dans les fêtes votives où j'ai dû la conduire, car il m'a fallu la traiter ouvertement comme si elle était la meilleure des filles, vous l'avez vue orgueilleuse et froide, l'oreille ouverte à la flatterie ; mais jamais, jamais un élan sincère n'est parti de son cœur. Je vous le répète, avec douleur, mais sans colère, elle est pervertie jusqu'à la moëlle des os.

Mme Rivarot, qui jusqu'à ce moment n'avait pas ouvert la bouche, se leva et s'approchant de Pascoul :

— N'avais-je pas raison, lui dit-elle, lorsque l'autre jour, je vous engageais à ne pas revenir ?

— Je ne vous ai pas accusée, madame, répondit Pascoul.

— J'ai résolu, reprit Rivarot, de ne pas la marier tant que je pourrai exercer sur elle ma volonté. Elle serait le déshonneur de son mari, et moi vivant, je ne lui laisserai pas faire un nouveau malheureux. Peut-être, passerai-je pour un père original et cruel, car à tous ses prétendants, je n'ai pas dit, je ne dirai pas ce que je vous ai dit à vous ; c'est elle qu'on plaindra. Peu m'importe. D'ailleurs, j'espère ne pas souffrir longtemps. Dans trois ans elle sera majeure, et s'empressera de secouer mon autorité. Mais j'ai la conviction qu'avant ce moment, Dieu m'aura rappelé à lui.

— Et moi, Rivarot, dit sa femme en se jetant à son cou, tu m'oublies ?

— Non, femme, je ne t'oublie pas, car, au milieu des souffrances que j'ai endurées, tu m'as toujours consolé et soutenu.

Cette scène avait remué Pascoul jusqu'au fond de l'âme, et soudain une inspiration se fit jour dans son esprit.

— Tout n'est pas perdu, dit-il, si vous vouliez, nous la sauverions. Donnez-la moi. L'amour la transformera.

Rivarot haussa les épaules.

— Pauvre fou ! l'œuvre que vous voulez entreprendre vous tuerait. Margaï vous aime, croyez-vous, allons donc ! Elle n'aimera ni mari ni enfants, parce qu'elle n'a aimé ni père ni mère. Ce qu'elle cherche dans le mariage, c'est sa liberté. Quel usage en ferait-elle ? Maintenant, ajouta-t-il, ma confidence est terminée. Je devais vous parler ainsi ; oui, un père doit la vérité, quelque pénible qu'elle soit à dire, à l'honnête homme qui lui demande sa fille. J'ai hésité une première fois à m'expliquer, mais aujourd'hui je n'en avais plus le droit. Partez, gardez-moi le secret, et oubliez tout ceci ; oubliez ma fille : elle ne peut pas être votre femme. Ma résolution sur ce point est inébranlable.

— Ah ! vous êtes cruel, répondit le malheureux Pascoul, qui pleurait ses espérances détruites et son bonheur envolé, mon amour a résisté à vos aveux. Je l'adore toujours. Elle a pris mon cœur, et c'est pour la vie. Laissez-vous fléchir, je vous répète que je la sauverai !

3

— Et moi, je vous dis qu'elle vous perdrait. Est-ce qu'on peut redresser l'arbre lorsqu'il a grandi ? Le mal est fait, il est sans remède. Vous êtes averti, ne vous y exposez pas.

Ce cruel entretien était terminé.

Dans la pièce voisine, les cris et les rires avaient cessé. Rivarot ouvrit la porte du jardin. Le ciel devenait plus clair, les étoiles pâlissaient à moitié voilées par des nuages gris.

— Partez, Pascoul, dit alors le fermier, et croyez-moi, ne revenez plus. Cette maison ne vous porterait pas bonheur.

— Ah ! que je suis malheureux ! s'écria le jeune homme.

Et pâle, éperdu, désespéré, bouleversé par tant d'émotions, il s'élança dans la campagne sans savoir de quel côté il dirigeait ses pas.

IV

Pascoul marchait dans la campagne déserte et désolée, chancelant comme un homme ivre sous le poids de l'amoureuse folie qu'il portait dans la tête et du désespoir qu'il avait dans le cœur.

Son manteau flottait autour de lui, et pour calmer le feu qui brûlait son front, il allait tête nue, insensible au froid, au vent, à la neige qui, tout à coup, s'était mise à tomber au moment où il sortait de la maison de Rivarot.

Sur son passage, les arbres dépouillés craquaient
avec mille bruits qu'il n'entendait pas. Tout était
ombre et silence dans ces champs que le jour n'éclairait pas encore, image de son âme, d'où la lumière
s'était retirée.

Les pensées les plus diverses se présentaient à son
esprit, sans qu'il fût capable de s'arrêter à aucune
d'elles. Tantôt il s'avouait que Margaï était une créature dangereuse et qu'il fallait l'oublier ; tantôt, au
contraire, il se disait que Rivarot avait exagéré et
pris pour des vices sans remède ce qui n'était que
l'exubérance d'une âme ardente, comprimée dans ses
aspirations.

Ce cri que lui-même avait poussé : « Je la sauverai, » retentissait toujours à ses oreilles, et résumait
la seule de ses espérances qui eût résisté aux révélations qu'il venait d'entendre. Mais parfois cette espérance elle-même faiblissait à mesure que les traits
odieux cités par Rivarot se présentaient à son imagination. Alors il en voulait au fermier de lui avoir fait
de si terribles confidences. Il s'en voulait à lui-même
de les avoir provoquées. Il se trouvait lâche de garder
intacte et debout dans son cœur la statue désormais
souillée.

— Je l'en arracherai, se disait-il, et je la briserai
sous mes pieds.

Cette résolution était à peine arrêtée que l'amour
reprenait ses droits et le livrait désarmé, vaincu, à la
passion dévorante par laquelle il était envahi.

Il reculait d'épouvante lorsqu'à certains moments il
devenait évident pour lui que tout le mal qu'on lui
avait dit de Margaï la lui rendait plus séduisante. De

même que le gouffre attire, de même la femme char-
meresse dont il avait touché du doigt l'ignominie lui
semblait plus belle parée de ses vices qu'elle l'eût été
parée de sa seule vertu. La bête que tout homme renferme en soi trouvait son compte dans la possession
d'une créature pervertie. Et cette effroyable sensation
qui lui révélait à lui-même sa propre faiblesse portait
avec elle une amère volupté qu'il savourait comme un
fruit délicieux.

Ainsi ballotté d'un parti à un autre, tantôt voulant
tout rompre, tantôt voulant s'enfoncer plus avant dans
le bourbier dont il croyait désormais connaître la profondeur, il sentait dans son âme d'épouvantables dé-
chirements.

Il marchait sans but, sans savoir où il allait, où il
était, ce qu'il voulait.

Il alla longtemps ainsi, et lorsque, à bout de forces,
il s'arrêta, il reconnut qu'il avait, en quittant la Bastide-Neuve, traversé Gordes, passé devant sa maison
sans l'apercevoir et qu'il était arrivé au hameau de
Fontblanche.

La neige tombait toujours, et le jour commençait
à paraître, à travers les flocons épais qui blanchis-
saient l'horizon. Pascoul avait froid, ses dents cla-
quaient; l'humidité l'avait pénétré. Il se secoua comme
un chien mouillé et marcha vers une masure petite,
enfumée, située au milieu d'un pré sans clôture. Il
frappa deux coups à la porte vermoulue et mal jointe.

— Qui va là? demanda de l'intérieur une voix en
colère.

— C'est moi, Pascoul; ouvrez vite, la Valbray; je
meurs de froid.

La voix de la Valbray se radoucit.

— On y va, dit-elle.

Pascoul n'attendit pas longtemps. La porte s'ouvrit et la Valbray, tenant à la main, une chandelle fichée dans une bouteille, qu'elle éleva au-dessus de sa tête pour voir la figure de son visiteur, l'engagea à entrer dans sa demeure.

C'était un intérieur d'un aspect misérable et repoussant.

Trois chaises boiteuses et dépaillées, un grabat couvert de vêtements sales et froissés, une table noire de crasse, en formaient l'ameublement. Sur la cheminée, il y avait des tasses ébréchées, des assiettes en piteux état, un morceau de pain durci. Les murs étaient horribles, et ce qui ne l'était pas moins, c'étaient les gravures obscènes qu'on y avait attachées. Rien de plus sinistre que cette chambre au milieu des champs, dans laquelle le vent pénétrait par les vitres brisées et mal réparées à l'aide de bandes de papier. On eût dit la maison du crime.

Dès que Pascoul fut entré, la Valbray referma la porte, s'avança vers la cheminée, s'accroupit devant le foyer et ranima la braise couverte de cendre qui y restait encore ; puis elle y posa un sarment qui ne tarda pas à s'enflammer.

— Tu as froid, mon garçon, dit-elle en soufflant sur le feu, je le comprends sans peine. Il fait une nuit diabolique. Pour m'occuper de tes affaires, j'ai accompagné les gens de la Bastide-Neuve à la messe de minuit et, en revenant, j'ai cru que je gèlerais sur place. Je m'endormais lorsque tu as frappé. Que diable me veux-tu à cette heure ? Sais-tu que, si j'étais plus jeune, ta visite ferait jaser ?

Et elle se mit à rire, tout en plaçant sur la table le morceau de pain durci qui était sur la cheminée, un peu de fromage et quelques doigts de vin qui restaient au fond d'un verre couvert d'un papier.

— Si tu as froid, réchauffe-toi ; si tu as faim, mange, et dis-moi ce qui t'amène.

Pascoul ne répondait pas ; il regardait avec étonnement cette étrange vieille, dont la taille était encore droite, mais que l'âge avait marquée cruellement.

Surprise au lit, elle était à peine vêtue. Ses jambes sortaient nues d'un jupon sans couleur, dont l'étoffe était déchirée en tant d'endroits qu'on eût dit une bordure de franges. Sa poitrine et ses bras décharnés, mal cachés sous une ample chemise de toile rousse, se laissaient voir comme s'ils eussent encore pu exercer quelque séduction.

Elle s'aperçut de l'attention dont elle était l'objet. Une légère rougeur colora ses joues. Ce n'était pas de la pudeur, mais le dépit de n'être plus belle et de s'être montrée, sans le vouloir, dans toute son horreur. Elle attacha sur Pascoul un étrange regard.

— Tu m'examines et tu me trouves laide, n'est-ce pas ? dit-elle en jetant un mauvais châle autour de son cou. Mais, il y a vingt ans, tu ne m'eusses pas regardée impunément. J'étais belle encore, aussi belle que ta Margaï.

— Je le sais, répondit Pascoul : on me l'a dit.

— Il y en a d'autres qui le savent, et j'en ai vu plus d'un, aussi jeunes et aussi élégants que toi, se rouler à mes pieds.

Elle eut un méchant sourire, regarda de nouveau le jeune homme, tandis que son visage prenait une expression lascive et hideuse, et poussant un soupir de regret, elle ajouta :

— Mais il y a longtemps de cela ! Tout a passé. Bien attrapés ceux qui n'en ont pas voulu !

Et elle tomba dans des réflexions profondes, dont l'objet devait la préoccuper vivement, car son front se rida plusieurs fois.

Peut-être sa vie tout entière repassait-elle devant ses yeux, depuis sa naissance survenue soixante ans avant, et qui avait comblé de joie les braves cultivateurs dont elle était la fille, jusqu'à cette heure où, n'inspirant que mépris ou pitié, elle finissait dans la misère les derniers jours d'une existence qui eût pu être honorable si elle l'avait voulu.

Peut-être se revoyait-elle élégante et belle, lorsqu'à vingt ans, elle entra dans la maison de son mari, un honnête homme qu'elle abandonna quelques mois plus tard, pour suivre de village en village un saltimbanque infâme dont elle s'était affolée, qui la battit et la délaissa après l'avoir ruinée.

Peut-être se revoyait-elle au lendemain de ce lâche abandon qui vengeait son mari, mort de désespoir, se traînant sur les routes, misérable et meurtrie ; revenant au village et placée dans la nécessité de se réhabiliter par le travail ; refusant de s'y mettre ; préférant vivre du prix d'un perpétuel déshonneur ; séduisant les jeunes hommes, portant le désespoir dans les familles d'où ses charmes maudits arrachaient tantôt le fils et quelquefois le père, jusqu'au jour où la vieillesse avait arrêté ses débordements. Telle en effet avait été sa triste vie.

Pascoul ne connaissait qu'imparfaitement le passé de la Valbray. Partageant l'idée la plus répandue autour de lui, il voyait en elle une vieille pécheresse, misérable et repentie, à laquelle il fallait pardonner beaucoup. Abîme insondable de mauvaises passions, l'âme de la Valbray lui était inconnue. Il n'éprouvait qu'indulgence et sympathie pour cette mendiante à laquelle il avait fait quelque bien toujours accepté avec reconnaissance, et qui se plaisait à favoriser ses jeunes amours. Aussi, lorsqu'il était sorti de la ferme de la Bastide-Neuve, épouvanté par les confidences de Rivarot, tout naturellement ses pas l'avaient porté vers la maison de la Valbray.

On a vu quel accueil elle lui avait fait. Ils étaient assis en face l'un de l'autre, silencieux : elle, livrée à ses réflexions, lui, la regardant et pensant à tous les événements de cette nuit funeste.

— Pascoul, lui dit-elle, en mettant fin au long silence qui avait régné dans la cabane, je t'ai déjà demandé ce qui t'amène, me le diras-tu?

— A mon visage, ne le devinez-vous pas, la Valbray? demanda-t-il.

— A ton visage. Attends donc. Mais il n'est pas gai; il y a des larmes dans tes yeux. Donne-moi ta main. Tu as la fièvre, c'est l'entrevue de cette nuit?

— Oui, c'est l'entrevue de cette nuit, et surtout les événements qui l'ont suivie.

Et, brièvement, il conta à la Valbray tout ce que le lecteur connaît déjà, en passant toutefois discrètement sur les confidences que Rivarot lui avait faites.

— En résumé, dit enfin la Valbray, on te la refuse. Que comptes-tu faire?

— Je ne sais, je n'ai plus d'espérance.

— Ah! vraiment, tu désespères pour bien peu. Ce qui te reste à faire n'est pas difficile à trouver. En-lève-la.

Et comme Pascoul témoignait par un geste sa ré-pugnance pour un semblable moyen :

— Elle ne sera ta femme, continua la Valbray, que si tu as recours à un parti violent, sinon le père te la refusera toujours. Laisse là tes sots scrupules. Margaï m'a dit : Si mon père persiste dans son refus, Pascoul saura m'arracher à ces lieux maudits.

— Margaï vous a dit ces paroles, s'écria-t-il, elle les a dites?

— Je le jure, répondit gravement la Valbray. D'ail-leurs, ajouta-t-elle, tu ne seras pas le premier qui ait ainsi forcé une volonté tyrannique.

En voyant l'effet qu'elle venait de produire, elle se leva, laissant le malheureux en proie à une hésitation qui le torturait, accroupi devant le feu et la tête dans ses mains.

Le jour était tout à fait venu.

Elle marcha jusqu'à la porte, l'ouvrit et aspira quel-ques bouffées d'air pur. Devant la maison, passaient des paysans en habits de fête, car c'était la Noël. Mais personne ne s'arrêta pour lui souhaiter une bonne journée.

Elle resta ainsi sur le seuil de sa porte pendant quel-ques instants. Puis elle revint vers Pascoul, et, lui mettant la main sur l'épaule :

— Es-tu décidé? dit-elle.

3.

Pascoul se leva.

— Oui, si vous me répondez du consentement de Margaï.

— J'en réponds.

— Alors chargez-vous de la prévenir. Je cours faire les préparatifs.

— Je me chargerai de tout si cela te convient, mais cela te coûtera beaucoup d'argent.

— Je payerai ce qu'il faudra.

La Valbray réfléchit un moment.

— Trouve-toi ce soir, à dix heures, dans les alentours de la ferme de Rivarot. J'y serai moi-même avec une voiture et des chevaux, Margaï sera prévenue.

Ils se séparèrent sur ces mots : Pascoul pour retourner chez lui, et la Valbray pour se rendre à la Bastide-Neuve.

Dans le soir de cette journée, la ferme de Rivarot était loin d'offrir son animation accoutumée, les valets ayant reçu congé, à cause de la fête. Après le dernier repas, les maîtres rentrèrent dans leurs chambres. Moulinet fit, suivant son habitude, le tour de la maison, lâcha les chiens, et s'étant assuré que tout était en sûreté, il regagna son gîte, situé au-dessus des écuries.

Margaï ne s'était pas couchée ; à dix heures, une petite pierre fut lancée contre ses vitres. Ce signal la trouva prête. Vêtue d'une robe sombre, enveloppée dans sa mante, elle ouvrit doucement la croisée, et, malgré l'obscurité, put constater qu'une échelle avait été placée contre le mur pour favoriser sa fuite. Elle en descendit sans bruit les échelons et se trouva dans les bras de Pascoul.

— C'est toi, mon bien-aimé ! lui dit-elle en se serrant contre sa poitrine.

— Ce que nous faisons là est bien mal, répondit-il
tristement; mais la faute n'en est point à nous. Elle
retombe sur ceux qui n'ont pas voulu nous unir. Cependant, si tu devais regretter cette heure, remonte,
je ne t'en voudrai pas.

— Je t'aime, murmura-t-elle à son oreille.

Il l'entraîna loin de la maison.

A cent mètres, ils rencontrèrent la Valbray. D'un
signe, elle leur montra une voiture attelée de deux
chevaux, à la tête desquels se tenait un homme que
les amants ne reconnurent pas. Ils s'installèrent dans
cette mauvaise carriole; Pascoul prit les rênes, et
ayant mis de l'argent dans la main de la Valbray, il
toucha du fouet les chevaux, qui partirent sans bruit.
Une main prudente avait enveloppé leurs pieds dans
des linges humides.

— Bon voyage ! dit la Valbray.

Et se retournant vers son compagnon, elle lui remit
la moitié de la somme qu'elle avait reçue.

— Merci, la vieille, dit-il. Et tout en riant il ajouta :

— Je me serais bien passé d'argent, si j'avais enlevé cette belle fille pour mon compte.

— C'est du gibier qui n'est pas fait pour toi, Furbice.

— Bah ! que sait-on ! répondit celui que la Valbray
avait appelé Furbice.

La carriole roula vers Avignon. A la ferme, tout le
monde dormait, et c'est le lendemain seulement, à
huit heures, que Rivarot et sa femme connurent toute
l'étendue du malheur qui venait de les frapper.

— La misérable! s'écria Rivarot, elle ne nous avait donc pas assez torturés? Il était écrit qu'elle devait nous abreuver de cette dernière honte.

— C'est ce Pascoul qui lui aura tourné la tête, dit Mme Rivarot.

Le fermier fit un geste négatif.

— Non, non; c'est plutôt elle qui aura tourné la tête de ce pauvre imbécile. Je l'avais bien prévenu cependant. C'est elle qui nous vengera de lui. Mais d'elle, qui nous vengera?

— Dieu, répondit solennellement Mme Rivarot. E en même temps elle embrassa son mari, dans les yeux duquel elle venait de voir une larme de désespoir.

— Je ne ferai aucune démarche pour retrouver les fugitifs; notre fille est morte.

Ce fut le dernier mot du fermier sur cet événement. Ni lui ni sa femme n'en parlèrent plus. Cette triste aventure resta secrète. Moulinet et trois de ses camarades furent seuls à la connaître. Ils eurent la délicatesse de ne pas l'ébruiter. Dans Gordes, on ne s'aperçut pas de la disparition de Margaï. A ceux qui la remarquèrent, on parla de voyage. L'honneur de la maison Rivarot fut ainsi sauvé.

Mais la blessure que les pauvres gens avaient reçue était profonde. Ils restèrent quinze jours sans nouvelles; pendant ce temps, ils s'efforcèrent de paraître calmes l'un à l'autre. C'était à qui ferait le mieux parade de son insensibilité. Mais dès qu'ils se quittaient, ils fondaient en larmes.

Dans les premiers jours de janvier, on reçut une lettre de Margaï. Elle était datée de Toulon.

« Nous reviendrons, disait-elle, si vous consentez à notre mariage. »

Rivarot répondit :

« J'y consens : venez. »

Ils revinrent après une course fiévreuse, pendant laquelle ils n'avaient joui qu'à moitié de la joie de s'appartenir, constamment troublés dans l'isolement de leur amour : Margaï, par la crainte d'être poursuivie ; Pascoul, par le douloureux regret de voir s'ouvrir ainsi sa vie conjugale qu'il avait rêvée pure et honorée. D'Avignon ils étaient allés à Marseille, de Marseille à Toulon. Ce fut là qu'en visitant l'arsenal, ils rencontrèrent un forçat dont le visage doux et digne ne révélait rien de criminel.

— Qu'a-t-il fait ? demanda Margaï au gardien qui les guidait.

— Il a tué sa fille qui s'était enfuie avec un jeune homme.

A cette réponse, Margaï frissonna comme si elle eût été soudainement envahie par un froid glacial, et Pascoul fut obligé de la soutenir. Le même jour, elle écrivit à son père le billet auquel il avait répondu par son consentement.

Margaï arriva à la ferme dix-sept jours après son départ. Moulinet était allé l'attendre à Avignon, et Pascoul rentra à Gordes, de son côté ; on put croire que Margaï, ainsi qu'on l'avait dit, revenait de passer quelque temps chez une parente de sa mère.

On ne lui adressa pas de reproches ; elle ne fut l'objet d'aucune parole sévère, on ne fit pas même allusion à ce qui s'était passé.

Rivarot semblait armé d'une cuirasse d'impassibilité ; sa femme s'efforçait de l'imiter.

Le lendemain le fermier fit appeler Pascoul, et, l'ayant pris à part :

— La dot et le trousseau de Margaï sont prêts. Quant à la femme, elle vous appartient déjà ; à quand la noce ?

— Fixez vous-même, répondit piteusement Pascoul.

— Dans un mois, cela vous va-t-il ? Nous sauverons ainsi toutes les apparences. Car il faut songer à l'honneur de la maison que vous aller fonder.

— Vous êtes le maître. Puisque ce délai vous paraît nécessaire, le mariage aura lieu dans un mois.

— J'espère que jusque-là ma fille et vous respecterez ma maison, ajouta Rivarot.

— Rivarot ! s'écria Pascoul les yeux pleins de larmes, je ne mérite pas que vous me parliez ainsi !

— Je ne vous fais aucun reproche, répondit froidement le fermier. Vous avez voulu épouser ma fille malgré moi. Vous l'avez enlevée. De loin, vous m'avez imposé des conditions, je les subis sans me plaindre. Il n'en serait plus ainsi si vous aviez le malheur d'oublier dans ma maison que ma fille n'est point encore votre femme.

Pascoul cacha son visage dans ses mains tremblantes. Toute cette scène le navrait, car il était honnête, généreux ; il n'avait qu'à se reprocher d'avoir été faible devant l'éblouissante beauté de Margaï.

Enfin la noce eut lieu. A voir la joie qui régna dans la ferme ce jour-là, personne n'aurait deviné qu'un drame intime et douloureux avait précédé et préparé cette fête de famille.

Tandis qu'un splendide festin réunissait tous les invités dans la plus grande salle de la ferme, les

pauvres de Gordes vinrent s'asseoir dans la cuisine autour d'une autre table et eurent leur part des
largesses qui furent faites. La Valbray était au milieu
d'eux.

Rivarot et sa femme, bien qu'agités par de sinistres
pressentiments, n'en laissaient rien paraître. On remarqua seulement que le fermier était très-pâle. Mais
son visage fut constamment souriant, et lorsque Pascoul et Margaï se levèrent pour partir, il voulut les
accompagner jusqu'à la porte de la ferme. Sa femme
le suivit.

C'est ainsi qu'un moment, ils se trouvèrent tous les
quatre séparés de leurs convives.

— Mon père, dit alors Pascoul d'une voix émue,
j'emmène votre fille, je m'efforcerai de la rendre heureuse, et si vous avez eu à vous plaindre d'elle, je
jure de la rendre digne de vous.

Rivarot ne répondit pas ; sa femme pleurait.

— Mon père, reprit Pascoul, ne bénirez-vous pas
vos enfants?

Et prenant Margaï par la main, il se mit à genoux,
en obligeant sa femme à en faire autant.

Madame Rivarot regardait son mari avec anxiété
et en suppliant. Sa bouche ne s'ouvrit pas, mais
elle semblait dire : « Sois clément, pardonne. » Rivarot fut vaincu. Il étendit les bras. Mais, au moment
où, de ses lèvres, des paroles de pardon allaient
peut-être sortir, on le vit chanceler, porter la main
à son front, pousser un soupir étouffé et s'affais-
ser lourdement, inerte, les yeux à moitié fermés, dé-
figuré.

Mme Rivarot poussa un cri terrible. Pascoul s'élança vers lui, tandis que Margaï demandait du secours.

On accourut, on l'entoura, mais tous les soins furent vains. Un flot de sang, en se portant au cerveau, l'avait tué.

V

Deux années s'étaient écoulées depuis les événements racontés dans les chapitres précédents. La physionomie sous laquelle le lecteur connaît la ferme de la Bastide-Neuve ne s'était pas modifiée. C'était toujours la même activité qu'autrefois. Rien n'était changé, sinon les maîtres.

Rivarot mort, sa femme désespérée ne lui avait survécu que trois mois. Pascoul et Margaï avaient alors quitté leur maisonnette de Gordes pour venir habiter la demeure où Rivarot et sa femme s'étaient aimés. Margaï vivait là maintenant avec son mari. Libre, maîtresse absolue, elle s'était créé une existence luxueuse et coquette qui, d'ailleurs, n'était point un cadre trop riche pour son éclatante et souveraine beauté.

Moulinet travaillait toujours pour la ferme.

Il avait voulu changer de pays lorsque Pascoul était venu s'y fixer. Il croyait avoir tout à redouter du nouveau maître. Il se rappelait la fatale nuit de Noël dont le lecteur connaît les dramatiques péripéties. Il nourrissait encore au fond de son cœur ce malheureux amour pour Margaï dont elle lui avait si brutalement révélé l'existence et démontré la folie. Il pensa qu'il serait sage de partir.

— Restez, lui dit Pascoul. De ce qui s'est passé, il ne sera jamais question entre nous. Je ne vous en veux pas d'avoir accompli votre devoir. Quant au reste, Margaï l'a oublié. J'ai fait comme elle.

Moulinet resta, décidé à servir Pascoul aussi loyalement qu'il avait servi Rivarot. Il se tint parole et son nouveau maître ne tarda pas à lui accorder toute sa confiance.

Tels étaient les changements survenus à la Bastide-Neuve en deux années.

Il y en avait peut-être d'autres, mais ils étaient d'une nature plus intime ; la suite de ce récit les fera connaître au lecteur.

C'était au mois de septembre, vers le soir.

Aux champs, pendant les beaux jours, il n'est pas d'heure plus charmante que cette heure indécise et crépusculaire qui précède la nuit. Tout est poésie ; tout est mystère. Les prés se couvrent d'une brume blanche et transparente qui laisse voir les arbres comme à travers un prisme de cristal. Les étoiles, encore un peu pâles, commencent à se montrer ; dans l'herbe, le grillon chante ; dans les rochers, en haut des vieux murs, les oiseaux de nuit font entendre leurs cris plaintifs. Les paysans rentrent au logis en fredonnant quelque refrain. Tout semble dire que la nature et les hommes vont se livrer au repos.

Tel est l'aspect qu'offrait la gorge ravinée dans laquelle est située Gordes, le soir dont nous parlons. Le soleil venait de se coucher derrière les collines du

Lubéron, ce premier contre-fort des Alpes. Les valets de la Bastide-Neuve rentraient à la ferme. Dans
la grande cour, les mules étaient rangées autour
de l'abreuvoir; les servantes chassaient vers les
poulaillers la population de la basse-cour; un jeune
pâtre ramenait de la montagne les brebis et les chè-
vres.

Pascoul était assis sur un banc devant le portail de
la ferme.

Personne n'eût pu reconnaître, dans cet homme au
teint hâve, aux joues creuses, aux yeux cernés, le
Pascoul frais et vigoureux, qui, deux ans auparavant,
faisait rêver la Valbray.

Sortait-il de quelque longue crise? Non. Aucun
médecin n'avait été appelé à la Bastide-Neuve. Souf-
frait-il d'une de ces maladies organiques dont la
science ne peut avoir raison? Ce n'était pas probable, car il eût été impossible de constater chez lui
aucune lésion des principaux organes, aucune altération intérieure. Il était simplement fatigué, énervé,
épuisé au delà de toute limite. La séve qui donne la
vie au corps humain semblait tarie dans le sien. Comment une telle métamorphose s'était-elle opérée en si
peu de temps? La nature ne livre pas ainsi ses secrets. Peut-être avait-il aimé Margaï avec trop de passion.

Ce qu'on peut dire, c'est que le mal qui consumait
Pascoul n'était pas sans douceur; il y puisait une
exaltation fiévreuse au milieu de laquelle il se sentait
heureux de vivre et qui absorbait sa vie. S'il parlait à
Margaï de son amour toujours aussi violent qu'aux
premiers jours, il s'exprimait avec une éloquence infi-

nie. Ses baisers comme ses paroles avaient l'ardeur
du feu, et il semblait se complaire dans sa fatigue,
son malaise et son épuisement encore tout imprégné
de chers souvenirs.

Mais il ne pouvait rien sortir de bon de cet amour
déréglé, malsain, qui ne vivait plus que d'excitations,
et qui avait détruit peu à peu une santé autrefois si
florissante. Au bout de deux années de mariage, Pascoul n'avait pas encore d'enfant, et à voir son étiole-
ment et sa décrépitude précoces, on devait désespérer
qu'il en eût jamais.

Lorsqu'il approfondissait ces choses, malgré lui
il ressentait une impression qui allait jusqu'à la terreur. Mais il les approfondissait peu, parce qu'il
aimait passionnément, et que Margaï était l'unique objet de ses pensées. Son imagination, toujours surex-
citée, se la représentait sans cesse, et si elle ne se
trouvait pas auprès de lui, il lui semblait encore
doux d'être seul, afin de pouvoir rêver d'elle. C'est
ce qu'il faisait ce soir-là, pendant qu'assis devant
la ferme, l'œil perdu dans l'horizon, il attendait sa
femme.

Tout à coup, un individu parut à ses côtés.

C'était un jeune homme. Il n'avait pas trente ans.
D'une taille peu élevée, il portait sur ses épaules
larges et trapues, sur son cou puissant une tête ex-
pressive, couverte de cheveux blonds tout frisés. Il
avait le front large et carré, le nez vigoureusement
dessiné, les lèvres rouges et fortes, les yeux ronds
et bleus, la barbe épaisse et solidement plantée. Cet
ensemble semblait dénoter une grande énergie de caractère et une sorte de vigueur athlétique.

Frais, leste et pimpant, un cigare à la bouche, il s'approcha de Pascoul et lui tendit la main en lui souhaitant le bonsoir.

— Ah! c'est vous Furbice, répondit languissamment Pascoul, tiré tout à coup de ses réflexions. Que désirez-vous?

— Ne m'avez-vous pas fait demander, monsieur Pascoul? répliqua Furbice.

— Oui, sans doute, je me rappelle à présent. Il s'agit de me vendre une couple de belles mules de labour. Il faudra voir Moulinet. C'est lui que cette affaire concerne.

— Je verrai Moulinet et je tâcherai de vous contenter.

Alors le maquignon interrogea Pascoul sur l'état de sa santé, avec la bonhomie intéressée du marchand qui cherche à plaire à son client.

— Je vous trouve un peu affaibli, monsieur, lui dit-il. A votre place, je consulterais les médecins.

— Je ne me sens pas faible, cependant, dit à son tour Pascoul. Je suis plein de forces.

Et, en prononçant ces paroles, il se leva et se mit à marcher, afin de prouver à Furbice qu'il avait la complète jouissance de tous ses membres.

Le maquignon marcha à ses côtés, tout en parlant sur le même sujet et en lui donnant des conseils sur un régime à suivre.

Il était environ huit heures.

La nuit était tout à fait venue. Mais la clarté de la lune permettait de voir comme en plein jour.

A ce moment, une des croisées du premier étage de la ferme s'ouvrit, et une blanche vision apparut:

c'était Margaï. Une gaze légère recouvrait ses bras et
ses épaules, et permettait d'en admirer les fermes contours. Une pointe en laine blanche, coquettement ar-
rangée, couvrait ses beaux cheveux. Il était impossible
de rêver rien de plus admirable que cette créature,
posée là, dans ses voiles, comme un rêve. Margaï n'a-
vait alors guère plus de vingt ans. Sa beauté était
dans tout son éclat; plus complète, plus finie qu'à
l'époque de son mariage. Les yeux semblaient plus
grands, le teint plus reposé; les chairs s'étaient re-
couvertes d'un reflet doré qui avait le soir un incomparable rayonnement. Plus que jamais, Margaï méritait de porter le nom de la déesse des amours. Elle
resta quelques instants à suivre du regard Pascoul et
Furbice qui marchaient toujours lentement, en tournant le dos à la ferme. Le premier s'appuyait sur
son bâton, semblant traîner avec peine son corps
amaigri. Le second, au contraire, bien pris, carré des
épaules, marchait d'un pas ferme et sûr. Jamais la
force et la faiblesse personnifiées dans deux hommes
n'étaient mieux apparues avec tous leurs contras-
tes. Margaï ne put s'empêcher d'en faire la remar-
que à part elle, tandis qu'un étrange sourire passa
sur ses lèvres et dans ses yeux. Lorsqu'elle vit que
les deux promeneurs allaient revenir vers la ferme,
elle quitta sa place, ferma la croisée et descendit pour
les rejoindre.

Furbice venait rarement chez Pascoul. Il connaissait Margaï pour l'avoir rencontrée dans le village;
mais jamais il ne s'était trouvé auprès d'elle. On peut
donc comprendre quelle impression il ressentit lorsqu'il la vit s'avancer, belle, fière, élégante.

— Voici ma femme, dit Pascoul, dont le visage rayonna et dont le corps parut se redresser.

Il fit quelques pas en avant à la rencontre de Margaï ; Furbice s'arrêta, sembla jeter vivement un coup d'œil sur sa toilette, et se découvrit.

— C'est Furbice, mon marchand de chevaux, dit Pascoul à sa femme.

Le maquignon salua profondément.

— Si vous avez à causer à mon mari, monsieur Furbice, il faut souper avec nous.

A cette invitation formulée par une voix mélodieuse, dans la bouche d'une femme aussi belle, Furbice fut tout à fait ébloui, et c'est à peine s'il put répondre qu'il n'avait plus à faire qu'à Moulinet.

— Peu importe. Ma femme a eu une idée parfaite, dit Pascoul. Soupez avec nous, vous verrez Moulinet dans la soirée.

Furbice accepta. On entra dans la ferme.

Le couvert était mis dans une salle à manger comme on n'en voit guère dans les villages. Le voyage qu'elle avait fait à Marseille avec Pascoul, avant son mariage, avait développé chez Margaï le goût du luxe et du comfort, et, depuis qu'elle était maîtresse dans la maison, l'appartement des maîtres s'était transformé si complétement, que la Bastide-Neuve, par ce côté du moins, n'avait d'une ferme que le nom.

A l'aspect d'une jolie lampe suspendue sur la table recouverte d'un linge blanc et d'une belle argenterie, à la vue de deux buffets de bois noir sculpté, qui étaient à la Bastide-Neuve depuis un demi-siècle, Furbice se crut dans un château. La grâce exquise de Margaï n'était pas faite pour dissiper son illusion.

— Êtes-vous marié, monsieur Furbice? lui dit-elle durant le souper.

— Oui, madame.

— Vous avez peut-être des enfants?

— Deux, oui, madame.

Il fallut ainsi lui arracher tous les mots.

C'est qu'il était étrangement tiraillé entre deux sentiments bien contraires. D'une part, il comparait sa femme qui n'était qu'une paysanne, sa maison qui n'était qu'une maison de paysan, sa fortune qui lui donnait à peine la médiocrité, à la fortune, à la maison, à la femme de Pascoul.

Et alors il enviait le sort de cet homme.

Mais, lorsqu'il mettait en parallèle sa santé vigoureuse, son robuste appétit, sa force herculéenne avec la force, l'appétit, la santé de Pascoul, il sentait qu'il était moins à plaindre, et ses désirs se résumaient ainsi :

« Avoir ce que j'ai et avoir ce qu'il a! »

Pendant ce temps, Margaï l'examinait avec attention et plusieurs fois leurs yeux se rencontrèrent.

Il partit après le souper, et Moulinet, qui l'avait attendu à la porte de la salle à manger, s'offrit à l'accompagner, afin de pouvoir causer avec lui de l'affaire pour laquelle le maquignon était venu à la ferme.

— M'aimes-tu, mon ange? dit Pascoul à sa femme, lorsqu'ils furent seuls. Tu es toute triste.

A cette question, qui la surprit dans des réflexions dont Furbice était l'objet, Margaï regarda son mari.

— Si je t'aime! lui dit-elle; ne le sais-tu pas?

Il quitta sa place et vint s'agenouiller auprès d'elle.

— Relève-toi, Pascoul, quelqu'un peut entrer.

— Un baiser alors.

— Non, pas ici.

— Un seul, je t'en prie.

Elle l'embrassa rapidement, fiévreuse, impatientée, et comme il s'étonnait de cette froideur :

— Je veux que tu prennes du repos, lui dit-elle presque en colère et à voix basse, en le regardant dans le blanc des yeux.

Il se releva avec peine.

— Pourquoi me parles-tu ainsi? demanda-t-il tristement. C'est la première fois que cela t'arrive.

— Je te vois si faible.

— Faible, moi, allons donc. Mais je suis très-fort, fort comme Furbice, ajouta-t-il en souriant.

— Oh! je crois que tu te vantes, dit Margaï en le regardant.

Puis elle ouvrit la porte, appela une servante, donna un ordre et sortit.

Elle monta dans sa chambre, et là, seule, debout devant sa glace, qui lui renvoyait son image, elle se dit froidement :

— Décidément ce Furbice me plaît.

VI

En quittant la ferme de la Bastide-Neuve, Furbice retourna chez lui. Il habitait au hameau de Fontblanche, de l'autre côté de Gordes.

Fontblanche n'a guère que huit ou dix maisons, à supposer encore qu'on veuille qualifier ainsi la masure habitée par la Valbray, et dans laquelle nous, avons introduit déjà nos lecteurs. Une d'elles appartenait à Furbice. Elle avait été construite dans les dépendances d'un château que les paysans brûlèrent pendant la Terreur. Cette maison était d'apparence sombre. Ses murs étaient épais et noircis par le temps, ses fenêtres d'inégale grandeur : celles du rez-de-chaussée, carrées, celle du premier étage en œil-de-bœuf. Une grande enseigne surmontait la porte. On y lisait ces mots : FURBICE, MARCHAND DE CHEVAUX. Derrière la maison, il y avait une écurie, et, au delà de cette écurie, un grand pré clos de planches, dans lequel on lâchait les bêtes lorsqu'on voulait leur faire brouter l'herbe fraîche.

Le commerce de Furbice consistait principalement à recevoir en dépôt des chevaux, des mules, des ânes, et à les vendre pour le compte des propriétaires, en prélevant une commission sur le prix de la vente. A Apt, à Avignon, à Carpentras, il y a des marchés plusieurs fois dans le mois. C'est dans ces villes que Furbice conduisait ses pensionnaires et qu'il en prenait de nouveaux. Faute d'argent, il ne pouvait étendre son commerce autant qu'il l'aurait souhaité, et c'était un de ses chagrins de n'être pas assez riche pour se livrer à des achats pour son propre compte.

Néanmoins, ses opérations, telles qu'il les pratiquait, ne laissaient pas que d'être lucratives. Leur produit eût suffi à assurer le sort de sa femme et de ses deux enfants, s'il avait voulu gérer ses affaires avec un peu d'ordre. Mais il était joueur, il aimait

4

à boire. En général, les jours de marché, il ne rentrait pas le soir, ou s'il rentrait, ce n'était qu'à moitié ivre et les poches considérablement allégées
par les pertes qu'il avait faites en jouant contre d'autres maquignons plus habiles ou plus heureux que lui.

Sa femme méritait un meilleur mari. C'était une
petite créature, d'une santé un peu faible, mais pleine
de cœur, aimante, dévouée et suffisamment jolie. On
ne l'entendait jamais se plaindre, et souvent ses voisines disaient :

— Il faut que Brigitte Furbice ait une fière patience
pour supporter un homme comme celui-là.

La vérité, c'est qu'elle l'aimait. Depuis cinq ans
qu'ils étaient mariés, elle n'avait eu cependant qu'à
s'en plaindre. Sa petite dot était dévorée. Pour se
nourrir elle et ses enfants, il lui arrivait d'être obligée de prendre de l'argent la nuit, dans les poches de
son mari, pendant qu'il dormait, et d'en prendre assez peu pour qu'il ne s'aperçût pas le lendemain de
cette soustraction légitime. Ce n'était qu'à force d'ordre, d'économie qu'elle arrivait à se vêtir décemment
et à donner quelque bien-être aux deux petites créatures qu'elle avait eues de ce misérable. Sa jeunesse
se passait triste et solitaire. Sa beauté disparaissait
tous les jours effacée par les larmes.

Pendant ce temps, Furbice s'en allait dans les foires,
sur les marchés, élégamment vêtu, car il achetait ses
vêtements et son linge à Avignon. Il portait des ba-
gues aux doigts, une épingle à sa cravate. Il était
le héros des fêtes de villages; il courtisait les jolies
filles et ne se faisait aucun scrupule de troubler la
paix des familles.

Brigitte ne connaissait que la moitié de ses débordements; mais elle en savait assez pour ne se faire aucune illusion sur la tristesse de son sort. Cruellement éprouvée, elle s'était accoutumée à vivre dans de perpétuelles alarmes. A chaque instant, elle s'attendait à voir fondre sur elle une catastrophe plus terrible encore que tout ce qu'elle avait enduré.

Malgré les horreurs d'une telle vie, elle aimait Furbice; elle l'aimait par devoir, car elle avait été chrétiennement élevée, il était le père de ses enfants, et elle se rappelait sans cesse les trois premiers mois de son mariage, pendant lesquels il l'avait rendue follement heureuse. Dans le sentiment qu'elle éprouvait, il y avait de l'admiration. Parce qu'elle le voyait élégant, beau parleur, cette créature naïve, en qui une bonté toute divine semblait incarnée, le croyait d'une nature supérieure à la sienne. Quelquefois même, au moment où elle souffrait le plus de ses vices, elle se disait qu'après tout, elle devait être fière d'appartenir, même de loin, à un homme tel que lui, et qu'il lui avait fait un grand honneur en l'allant chercher parmi les plus humbles filles de Gordes.

A l'heure où Furbice soupait à la Bastide-Neuve, sa femme l'attendait. Elle savait que ce jour-là aucun marché ne se tenait dans les environs et qu'il n'avait pas quitté le pays. Elle prépara donc le repas du soir, à son intention, avec quelque soin, comme pour une fête. N'était-ce pas une fête pour elle que la présence de Furbice?

L'heure passa. Elle l'attendit encore. Puis renonçant à le voir arriver, elle soupa seule entre ses enfants, monta avec eux, les plaça dans leur berceaux et, lorsqu'ils furent endormis, ce qui ne fut pas long, elle descendit et se mit à coudre. Mais ses pensées étaient tristes ; plusieurs fois, elle dut cesser de travailler : les larmes obscurcissaient ses yeux.

Enfin il entra. Il était en belle humeur. Elle l'entendit venir de loin. Il chantait. Elle croyait le voir ivre. Pour la première fois depuis longtemps, elle eut une douce surprise.

— Tu m'as attendu, femme ? dit-il en entrant.

— Oui, mon ami, répondit-elle, oubliant déjà tout son chagrin, devant la douceur de son langage.

— Je suis allé pour affaires à la Bastide-Neuve. Pascoul m'a gardé à souper.

Elle le considéra avec une surprise mêlée de plaisir. Il avait été invité à la ferme. On appréciait donc ses qualités. Elle était heureuse et fière pour lui.

— En voilà, continua-t-il, qui peuvent se vanter de mener une belle vie ! Pas de soucis, une maison où tout est à souhait, de l'argent plein les mains.

— On dit cependant que Pascoul est très-malade, objecta-t-elle.

— Bah ! dit-il, je connais sa maladie. On en guérit. Il est riche.

— Nous pourrions l'être aussi, si tu voulais, mon ami. Tu gagnes de l'argent. Il ne tiendrait qu'à toi d'économiser.

Elle s'attendait à un orage, et se reprochait déjà de n'avoir pas su retenir une phrase aussi audacieuse ; mais il se contenta de rire aux éclats.

— Crois-tu que Pascoul économise, lui ? Il ne se prive de rien ; sa femme a des toilettes qui doivent lui coûter gros. Mais il est riche, et l'argent va à l'ar-

gent. Voilà tout le secret. C'est comme l'eau qui va
à la rivière. Tout ça changera! tout ça changera,
ajouta-t-il à part lui, en allumant une lampe.

Et sans plus rien dire, il alla se coucher. Il avait
besoin de réfléchir aux incidents de la soirée.

Le lendemain, il était debout au soleil levant, et
sortit aussitôt pour se diriger vers la cabane de la
Valbray.

La porte était ouverte. La propriétaire de ce bouge,
accroupie devant son feu, surveillait avec sollicitude
un petit pot rempli de café en ébullition.

Elle retourna la tête et reconnut Furbice.

— Tu arrives bien, lui dit-elle, si tu veux prendre
du bon café.

— Ce n'est pas de refus, la vieille, répondit-il.

Et, s'asseyant sur l'une des deux chaises qui meu-
blaient l'unique pièce de ce palais de la misère, il
attendit en sifflant entre ses dents. La Valbray se releva bientôt, prit deux tasses ébréchées, les remplit
de café, plaça une tasse devant Furbice, et lui dit :

— Il est tout sucré.

Un sourire aimable la remercia. Il avala la liqueur
brûlante, à petites gorgées. Puis, s'adressant à la
Valbray :

— Vous n'avez pas oublié, la vieille, lui dit-il,
l'enlèvement de Margaï Rivarot ?

— Non certes, tu m'as même donné un coup de main,
et tu as fidèlement gardé le secret. Mais aussi, tu as
eu une grosse part d'argent. Il y aura deux ans, vienne
la Noël, que ces affaires-là se sont passées.

— Vous rappelez-vous m'avoir dit alors que la belle

que nous venions d'enlever n'était pas du gibier fait pour moi ?

— Sans doute.

— Eh bien, je crois que vous vous êtes trompée.

A cette singulière déclaration, la Valbray poussa une exclamation de surprise, fit deux pas en avant vers Furbice, et ayant croisé les bras :

— Dis-tu vrai, bavard ?

— Très-vrai. Jugez-en.

Et il lui raconta dans ses moindres détails le souper de la veille, lui fit toucher du doigt les mille nuances que son esprit délié avait saisies, et qui lui prouvaient qu'à première vue, Margaï s'était occupée de lui.

— Pauvre Pascoul! dit la Valbray en secouant la tête.

— Ne le plaignez donc pas, la vieille. Si ce que je prévois arrive, je lui aurai rendu un fier service, car il guérira, et c'est à moi qu'il le devra.

— Le fait est qu'il s'est bien déjeté en quelques mois, le cher garçon.

— Maintenant que vous connaissez mon secret, êtes-vous disposée à servir mes intérêts? demanda Furbice.

Et comme elle ne répondait pas :

— Je vais être obligé d'agir avec prudence, pour ne pas éveiller les soupçons du mari. Jusqu'ici je n'allais à la ferme qu'à de très-rares intervalles. Je ne veux pas que d'abord on m'y voie trop souvent. Mais, sans doute, j'aurai à y faire porter des billets, à y donner des avis, à en recevoir. Puis-je compter sur vous? vous y trouverez votre compte.

— Cet homme-là ne doute de rien, s'écria-t-elle

gaiement, alléchée par l'espoir du gain. Il fait ses
plans comme si ce qu'il désire était arrivé déjà.

— Cela arrivera, répondit-il. Puis il ajouta : Vous
irez à la ferme aujourd'hui. Je crois que Margaï vous
parlera de moi.

Il sortit sur ces mots. Il y avait marché à Cavaillon,
et il n'aurait eu garde d'y manquer.

A la même heure, Margaï pensait à lui, avec cette
exaltation particulière aux natures méridionales. La
nuit ne lui avait porté que de mauvais conseils. Honneur de son nom, dignité, mari ne pesaient guère dans
sa pensée. Elle était décidée à ne faire aucune résistance au sentiment nouveau qui l'envahissait.

L'entrée de la Valbray fut une joie pour elle. Elle
pouvait lui parler de Furbice.

— Le connaissez-vous ? demanda-t-elle après l'avoir
nommé.

— Si je le connais, sans doute, et depuis longtemps.
Il est mon voisin ; c'est un bien aimable homme.

— Sa femme est-elle jolie ?

— Voici la jalousie qui perce, se dit la Valbray. Et
tout haut, elle répondit : Jolie ! comme une petite
paysanne. Comparée à vous, ma mignonne, c'est un
chardon à côté d'une rose.

La certitude d'être plus belle que sa rivale amena
un sourire sur les lèvres de Margaï. Ensuite, elle interrogea la vieille Valbray sur les habitudes de Furbice. Celle-ci lui fit un séduisant portrait du maquignon. La jeune femme buvait ses paroles avec délices.
Puis elle eut un mouvement de colère, et la Valbray
l'entendit s'écrier :

— Ah ! pourquoi suis-je mariée ?

— Auriez-vous à vous plaindre de Pascoul ?

— Non ; mais puis-je me réjouir d'être unie à un être débile ?

— C'était pourtant un bien joli homme, quand vous l'avez épousé.

— Joli ! oui, comme une fille.

Ces derniers mots furent dits avec une amertume à laquelle la Valbray ne se trompa pas. Elle connaissait le cœur de Margaï. Elle avait eu ses confidences de jeune fille, elle avait maintenant ses confidences de jeune femme. Les premières expliquaient les secondes. Elle écouta tout jusqu'au bout, et eut l'habileté de ne pas révéler que Furbice était allé chez elle le matin. Mais, en partant, elle savait que ce dernier n'avait rien exagéré.

— Je suis toute à votre service, ma mignonne, mais, pour Dieu, soyez prudente.

Elle fit cette recommandation d'un ton patelin et partit comblée par Margaï de cadeaux de toutes sortes.

— Si je suis habile, se dit-elle, désormais ma vie ne me coûtera plus rien et sera meilleure. Ces deux écervelés y pourvoiront.

Dès que la Valbray se fut retirée, Margaï sortit afin d'aller se promener aux champs. Elle avait besoin de mouvement et de grand air. D'ailleurs elle était libre. Pascoul n'était pas à la ferme.

Au lieu de se diriger vers Gordes, elle tourna le dos au village, ne voulant rencontrer personne qui pût lui adresser la parole. Elle se trouva bientôt sur la route de Cavaillon. Il était environ cinq heures. La journée avait été très-chaude. Des éclairs de plus en plus pressés, de lourds grondements de tonnerre an-

nonçaient l'approche d'un orage. Margaï ne voyait rien,
n'entendait rien. Elle marchait dans les champs soli-
taires, livrée tout entière à ses coupables pensées.
Des images rapides passaient devant ses yeux, et ses
narines, largement ouvertes, semblaient aspirer un air
chargé de parfums voluptueux et pénétrants.

Tout à coup, de grosses gouttes de pluie commen-
cèrent à tomber et l'arrachèrent à ses rêveries. Elle
voulut revenir sur ses pas. Mais elle avait fait un
long trajet, et aucun abri ne s'offrait à elle avant d'arriver à la ferme. Elle ouvrit alors une petite ombrelle,
et marcha rapidement.

Bientôt elle découvrit une retraite. En l'endroit où
elle se trouvait, la route est encaissée entre deux rochers élevés. Étroit à sa base, large à son sommet,
l'un de ces rochers s'avance hardiment sur le chemin,
comme l'arche d'un pont qui aurait été coupée par le
milieu et dont une moitié seulement serait encore
debout. C'est là, sous ce vaste champignon de pierre,
qu'elle courut se réfugier. Il y avait une espèce de
niche ; elle s'y blottit, étroitement enveloppée dans
sa robe, et regarda tomber la pluie. Elle tombait
maintenant avec violence, fouettée furieusement par
des coups de vent, illuminée par de rapides éclairs.
Le tonnerre grondait au-dessus des rochers avec des
éclats formidables que l'écho répercutait longuement.
Parmi tous ces bruits, Margaï crut entendre cependant
le galop d'un cheval et le roulement d'une voiture.
Elle prêta plus attentivement l'oreille et reconnut
qu'elle ne s'était pas trompée. La voiture se rapprochait de plus en plus ; quelques minutes après, elle
vint s'arrêter sous le rocher.

Enfoncée dans son abri de rencontre, n'osant avancer la tête, Margaï ne pouvait voir le conducteur. Ce dernier ne la vit pas non plus. Se croyant seul, il sauta rapidement à terre, en jurant contre le temps, prit dans sa voiture une couverture et enveloppa son cheval mouillé de sueur autant que de pluie.

Alors Margaï fit un pas hors de sa retraite pour essayer de reconnaître son nouveau compagnon. Ce fut en vain; il était de l'autre côté de son cheval, et caché derrière lui. Mais ce qui la frappa, c'est que ce cabriolet, monté sur deux roues, recouvert d'une capote, doublé en indienne, ne lui était pas inconnu. En effet, bientôt elle se rappela que cet équipage lui avait servi à faire le trajet de Gordes à Avignon, le soir où Pascoul l'avait enlevée de la Bastide-Neuve. Est-ce ce souvenir qui fit battre son cœur? Non; mais elle savait que cette voiture appartenait à Fubrice.

— Ciel! si dit-elle, si c'était lui!

En ce moment, l'homme fit un pas, et elle put voir son visage, c'était bien Fubrice.

De son côté, il venait d'apercevoir Margaï, et remis de sa première surprise, il s'avançait vers elle.

— Vous, ici, madame, lui dit-il, et par un temps pareil?

Elle lui répondit que l'orage avait interrompu sa promenade et qu'elle avait dû chercher un refuge sous le rocher.

— Ma foi, s'écria-t-il, c'est un bonheur pour moi d'avoir été surpris de la même façon.

Elle n'osa lui dire que c'était aussi un bonheur pour elle.

— Il ne faut pas rester dans ce trou, continua-t-il

Montez dans la voiture. Vous y serez tout à l'aise.

Elle sourit et répondit doucement :

— Vous avez raison, je serai mieux.

Il lui offrit la main, ébloui de sa beauté, du son de sa voix, de la finesse de sa peau, du parfum qui se dégageait d'elle et l'aida à s'installer sur les coussins du cabriolet, sans oublier de jeter sur ses genoux une chaude couverture. Puis il resta debout sur la route, silencieux, appuyé contre le cheval et tout occupé à la contempler, tandis qu'elle regardait d'un autre côté. Leurs cœurs battaient violemment.

Pendant ce temps, la pluie redoublait. Margaï s'en aperçut, et se tournant vers Furbice :

— Il pleut sur vous, monsieur Furbice, lui dit-elle. Il reste une place dans la voiture. Prenez-la.

En même temps, elle serrait ses jupes autour d'elle. Il hésitait.

— Montez donc, lui dit-elle. Je le veux.

Il obéit en silence et prit place à côté de Margaï, dont les yeux étaient alanguis et humides.

Ils étaient assis ensemble, serrés l'un contre l'autre, dans cette étroite voiture, sur une grande route, sans avoir à redouter les regards indiscrets.

Margaï attendait que Furbice lui parlât, qu'il révélât les dispositions de son âme. Elle voulait être aimée de cet homme, qu'elle trouvait beau, et dont elle avait rêvé depuis la veille. Elle comprenait maintenant quelle différence existait entre le sentiment qu'elle avait éprouvé pour Pascoul et celui que lui inspirait Furbice. Le premier avait subi son charme et obéi à ses séductions. Dans Furbice, au contraire, elle voyait un maître, devant lequel elle se sentait disposée à se faire humble et douce.

Elle aurait voulu lui exprimer tout cela, mais elle n'osait pas.

Furbice n'était pas moins ému que Margaï. Comment cet homme de trente ans, aux passions vives, au sang bouillant, au cerveau brûlé par le soleil de son pays, aurait-il pu rester insensible auprès de ce corps jeune, ferme, divinement beau, qu'il sentait palpiter sous ses yeux ?

— Savez-vous, dit-il enfin après avoir fait un effort, que c'est la voiture dans laquelle nous sommes en ce moment qui vous emporta vers Avignon, il y a deux ans, avec votre mari ?

— Je croyais bien l'avoir reconnue, dit-elle.

— Elle doit vous être chère.

— Elle m'est chère, en effet, mais non par le souvenir que vous rappelez.

Elle dit ces paroles sans se troubler, et Furbice lut clairement dans ses yeux, ces autres mots qu'elle ne prononça pas : « Elle m'est chère, parce que j'y suis avec vous. »

— Vous serait-elle chère encore, reprit-il avec feu, encouragé par les regards de Margaï, si je fouettais ce cheval, et si je vous entraînais loin d'ici ?

Son œil était plein de flamme ; sa robuste poitrine se soulevait. Il apparut splendide à Margaï.

Elle se laissa rouler sur lui.

Il la prit dans ses bras, palpitante et vaincue.

— Ah ! cher homme ! murmura-t-elle.

En ce moment le soleil perçait les nuages allégés. L'orage avait cessé.

VII

Comment nous revoir?

Telle fut la question que Furbice et Margaï s'étaient posée en se séparant.

Dès le lendemain, chacun de son côté travailla pour la résoudre.

En apparence, rien de plus simple; en réalité, rien de plus difficile. D'une part, les visites de Furbice à la Bastide-Neuve ne pouvaient se multiplier à moins d'être justifiées. Il importait, avant tout, de ne pas éveiller les soupçons de Pascoul. D'autre part, il était impossible à Margaï d'aller chez Furbice, qui était marié. Restait la maison de la Valbray, toujours prête pour ce genre de rendez-vous, mais le trajet de la Bastide-Neuve à Fontblanche est long, surtout pour une femme. Comment Margaï expliquerait-elle à Pascoul ses fréquents voyages ?

La beauté de Margaï était aussi un obstacle à des courses de cette sorte. Pour aller à Fontblanche, il est nécessaire de traverser Gordes. Or, la femme de Pascoul était de celles qui attirent l'attention. Lorsqu'elle passait dans le village, on se le disait. Les paysans se retournaient pour l'admirer. Aux portes, aux fenêtres, les curieux apparaissaient. Elle était si distinguée, si remarquable sous tous les rapports !

5

Une intelligente complicité eut raison de ces obstacles. D'abord, Furbice trouva mille prétextes pour
traîner en longueur la petite affaire qu'il avait à
conclure avec le propriétaire de la Bastide-Neuve. De
là, des prétextes pour se présenter à la ferme.

Margaï, de son côté, travaillait activement. Elle
vit le médecin de Gordes, lui signala l'état de santé
de son mari. Pascoul, sur les instances de sa femme,
eut avec le docteur un long entretien, dont le résultat le fit exclure de la chambre qu'il habitait avec
Margaï depuis le commencement de son mariage.

Libre de ce côté, la jeune femme ne craignit pas
de donner un rendez-vous à Furbice, la nuit, dans
cette chambre qui aurait dû lui être sacrée. La croisée
par laquelle elle était sortie, deux ans avant, pour
s'enfuir avec Pascoul, s'ouvrit un soir pour Furbice.
Il partit seulement une heure avant le lever du
jour, encore tout imprégné des baisers de sa maîtresse.

Dès lors, ce fut sous la pression d'un délire extrême
qu'ils agirent l'un et l'autre.

Le premier rendez-vous fut suivi de rendez-vous
semblables. Avec cette effronterie qui avait autrefois
révolté son père, Margaï prodiguait à Pascoul les soins
les plus affectueux et les plus tendres. Le soir, elle
l'accompagnait dans sa chambre, l'embrassait en
femme éprise, et, après l'avoir quitté, elle se faisait
belle pour Furbice.

Les vendanges ont lieu généralement au mois d'oc-
tobre, et chaque année amenait à la ferme toute une
population de travailleurs qu'on hébergeait la nuit
comme on pouvait. Leur présence fut un obstacle à

ces rendez-vous indignes ; Margaï changea de strata-
gème. Pendant le jour, tandis que les vendangeurs
étaient dispersés dans les vignes, aux caves, au pres-
soir, elle s'allait cacher dans une grange, et Furbice
venait l'y trouver.

— J'ai hâte que tout ce monde soit parti, disait
alors Furbice. Ici tu ne m'appartiens pas assez. Je suis
toujours en éveil de crainte d'être surpris.

— Oui, tu as raison, répondit Margaï. Et puis cette
grange n'est pas une retraite digne de notre amour.

C'est à cette époque que Moulinet commença à con-
cevoir quelques soupçons. Un détail futile en apparence lui ouvrit les yeux.

Afin de plaire à sa maîtresse, Furbice avait fait faire
son portrait chez un photographe d'Avignon. Le jour
où les cartes lui furent envoyées, il en apporta plusieurs à Margaï, elle en choisit une qu'elle mit sur
son cœur. En serrant les autres dans son portefeuille,
Furbice en égara deux.

Moulinet les trouva dans la grange.

Cette découverte lui causa une douleur atroce. Il
souffrit encore plus cruellement que lorsqu'il avait autrefois appris l'amour de Margaï pour Pascoul. Il pleura
durant toute une nuit, interrompant ses larmes pour
s'interroger sur la conduite qu'il devait tenir.

Tout dire à Pascoul, tel fut le premier conseil que
lui suggéra la jalousie. Tout dire ! il n'osa pas. Et
puis, il avait peur que Pascoul, aveuglé par son amour,
refusât d'ajouter foi à cette dénonciation. Ah ! comme
dans son égoïsme, il envia le sort de Furbice, comme
il maudit la destinée qui l'avait fait naître laid et qui
l'avait laissé dans l'ignorance.

— Dire, s'écria-t-il, que j'aurais pu connaître le bonheur que ces deux hommes ont goûté !

Et tout en portant envie à Furbice, il ne plaignait point Pascoul ; il éprouvait même au milieu de ses colères une âpre joie à le savoir trompé. Aussi ne parla-t-il pas.

Après une nuit fiévreuse, pendant laquelle, dans le paroxysme de son désespoir, il s'était roulé dix fois sur le plancher de sa chambre, il se décida à se rendre auprès de Margaï.

— Voici ce que j'ai trouvé, dit-il en lui présentant les portraits de Furbice. Cet homme devrait être plus prudent, et, s'il vous aime, faire en sorte de ne pas vous perdre.

Margaï prit les cartes avec colère, et, au lieu de remercier, au lieu de se défendre comme elle l'aurait pu, elle répondit effrontément :

— Vous trouverai-je donc toujours sur mon passage ? Avez-vous juré de surveiller toutes mes actions, et allez-vous devenir jaloux de Furbice, comme vous l'avez été autrefois de Pascoul ? Prenez garde ! Je suis la maîtresse ici, je puis vous chasser.

— Non, non, s'écria-t-il en tombant à ses pieds, ne me chassez pas ! Oui, c'est vrai, j'ai le malheur d'avoir le cœur plein de vous. Ce n'est pas de ma faute. J'ai tout fait pour en guérir, je n'ai pu ; mais vous ai-je jamais dit un mot de ce mal qui me ronge ? Que désirez-vous de moi ? Tenez, je mentirai à la confiance que Pascoul a mise en moi. Je vous servirai, je servirai Furbice, je veillerai autour de vous. Si quelque danger vous menace, je le saurai et vous le dirai. Vous aurez en moi un chien de garde sûr pour vous

et féroce pour vos ennemis. Mais, par pitié, ne me
chassez pas!

Cet homme laid, mal venu, qui disait ces choses en
un langage inculte et d'une voix coupée par les larmes.
était à la fois touchant et grotesque.

— Ah! dit Margaï insensible à tout ce qui n'était
pas son amour, depuis deux ans vos idées se sont
modifiées. Autrefois vous eussiez tout appris à mon
mari.

— C'est que, s'écria-t-il, je vous aime encore plus
qu'autrefois!

Ce cri si touchant et si vrai ne l'émut pas. Elle sourit dédaigneusement, haussa les épaules et s'éloigna.
Le malheureux se trouva dès lors le complice du
crime qui apportait le déshonneur sous le toit de son
maître.

Pendant que ces divers incidents se produisaient,
Pascoul, plein de confiance dans sa femme, subissait
le régime rigoureux que le médecin lui avait ordonné.
A aucune époque, Margaï n'avait eu pour lui de soins
plus dévoués.

Il les prenait pour un redoublement d'affection,
tandis qu'ils étaient un moyen de maintenir sur les
yeux de son mari le bandeau qu'elle y avait mis.

De son côté, Furbice n'avait pas perdu son temps.
D'abord, il était venu à la ferme, sous le prétexte
de donner des soins aux écuries. Ensuite, il avait fait
auprès de Pascoul de tels frais d'amabilité que ce dernier n'avait pas tardé à le prendre en amitié. Le maquignon en profita pour revenir plus souvent. Il montait dans la chambre du malade, lui racontait, pour le
distraire, les histoires du pays, jouait aux cartes afin

de lui plaire, ou vérifiait ses comptes, lui rendant ainsi mille petits services auxquels le fermier devait être sensible.

Peu à peu, il devint le commensal de la maison. Pascoul arrivait à ne plus pouvoir se passer de lui. Il citait ses paroles, riait de ses propos, suivait tous ses conseils. Furbice ne se fit bientôt aucun scrupule de passer ses journées à la ferme, et y trouva mille occasions de se rapprocher de Margaï.

Un jour, Pascoul, dont la santé semblait se rétablir, témoigna le désir d'accompagner Furbice au marché de Carpentras. Ils partirent le matin de la Bastide-Neuve, dans la voiture du fermier, pour ne revenir que le soir. Mais la fatigue de la journée exerça sur Pascoul une mauvaise influence; au retour, à quelques lieues de Gordes, il fut assez gravement indisposé. Furbice s'arrêta avec lui dans une auberge, déclarant qu'on y passerait la nuit. Il installa le malade dans une bonne chambre, le fit coucher et sortit ensuite.

— Je suis obligé de retourner à Gordes, ce soir, dit-il à l'hôtelier. Vous le direz à mon ami en le prévenant qu'on viendra le chercher demain.

Et, sans voir Pascoul, il partit sur-le-champ pour rejoindre Margaï.

D'autres incidents du même genre se produisirent durant les premiers mois de cette liaison criminelle, comme si tout eût conspiré pour la favoriser.

Un soir, cependant, l'imprudence de Margaï faillit tout perdre.

Furbice avait soupé à la ferme avec Frédéric Borel. Le repas, durant lequel les convives s'étaient montrés d'une grande gaieté, venait de finir, et le fermier attendait avec impatience le moment de demander des cartes et d'organiser une partie de lansquenet. Furbice, accoutumé à jouer ce jeu avec les maquignons ses camarades, le lui avait fait connaître, et Pascoul y avait pris un goût extrême.

— Vous me devez une revanche, dit-il à Furbice.

On apporta des cartes. La partie commença ; Margaï et Frédéric s'y mêlèrent.

Margaï perdit, s'en irrita, et eût bientôt vidé sa bourse, bien que l'enjeu fût très-minime. A un moment, Pascoul prit la main, et passa plusieurs fois au détriment des trois personnes qui jouaient avec lui.

— Banco ! s'écria Margaï exaspérée.

Il y avait six francs sur le jeu. Pascoul retournait lentement les cartes. Assise en face de son mari, entre son cousin et son amant, Margaï les coudes sur la table, le menton dans ses mains, suivait fiévreusement la partie. Ses yeux brillaient, ses lèvres étaient serrées. Elle attendait. Pascoul gagna.

— Il y a douze francs, dit-il.

— Banco, reprit-elle vivement, et elle ajouta :

— Prête-moi de l'argent, Furbice. Je n'en ai plus.

A cette interpellation inattendue, Furbice fut décontenancé. Frédéric regarda Pascoul, le fermier regarda sa femme, tandis que Moulinet, qui venait d'entrer, s'arrêtait subitement, stupéfait et glacé d'effroi.

— Que diable chantes-tu là ? dit Pascoul à Margaï.

— Je ne sais où j'en suis, répondit-elle. Je parlais à Frédéric. Veuillez m'excuser, monsieur Furbice. Décidément, je ne jouerai plus, j'en perds la tête.

Et, brusquement, elle quitta la table, et courut s'enfermer dans sa chambre pour se remettre de l'émotion qu'elle venait de ressentir. Quelques instants après, Furbice sortit de la ferme pour y rentrer bientôt et retrouver Margaï. Dès qu'elle le vit, elle se jeta à son cou en pleurant :

— Pardonne-moi, lui dit-elle, j'ai failli nous perdre, perdre notre amour. Je veillerai désormais sur moi. Mais cette contrainte est insupportable. Ah ! pourquoi ne suis-je pas ta femme ?

Furbice ne répondit pas, mais cette parole entra profondément en lui et y demeura toujours.

Le lendemain, Frédéric Borel, qui avait couché à la ferme, et qui allait partir pour retourner à Apt où il habitait, s'entretenait avec Moulinet.

— L'interpellation adressée par Margaï à Furbice ne vous a-t-elle pas paru singulière ? demanda-t-il.

— Puisqu'elle s'adressait à vous, répondit Moulinet, où est la singuralité ? Il y a eu erreur de nom, voilà tout.

Il s'était juré d'obliger Margaï à le prendre en amitié, en la défendant contre tous et contre elle-même.

— C'est tout de même bien étrange de se tromper ainsi, fit remarquer Frédéric.

— Étrange, tant que vous voudrez. Je ne vois là rien que de naturel.

Cette réponse faite avec humeur ne put convaincre Frédéric. Il garda de cette scène une arrière-pensée dans laquelle ses soupçons prirent naissance peu après.

Pascoul n'en conçut aucun. Il avait dans sa femme

une confiance absolue que ne pouvait ébranler une parole prononcée dans un moment de colère et aussitôt expliquée. Depuis l'entrée de Furbice dans sa maison, il sentait ses forces lui revenir. Il n'avait plus ce teint cadavéreux qui l'effrayait autrefois lui-même. Son corps reprenait de l'embonpoint, ses yeux leur ancienne vivacité

— Je dois cela à vos bons conseils et aux soins de ma femme, disait-il à Furbice.

Margaï et Furbice restèrent donc libres de s'aimer, et en abusèrent. Jamais Margaï n'avait pris un tel souci de sa beauté. Elle ne vivait que pour Furbice ; elle ne rêvait que de lui, et c'est en maudissant sa destinée qu'elle remplissait ses devoirs envers Pascoul. Mais elle le détestait comme tout ce qui faisait obstacle à la plénitude de son bonheur, comme tout ce qui était entre elle et son amant.

Dans de telles dispositions, elle devait être jalouse de la femme de Furbice et ne pouvait s'en cacher. Une fois, Furbice avait annoncé qu'il était obligé de faire un petit voyage avec Brigitte :

— Qu'elle est heureuse, répondit Margaï, de pouvoir aller partout avec toi, de se montrer en public à ton bras ! Ah ! tiens, je la hais ; elle me prend une partie de toi-même : je la hais !

Il essaya de l'apaiser, et fit valoir les meilleures raisons.

— Pourquoi t'irriter, disait-il, puisque je ne l'aime pas ?

— Tu me le jures ?

— Certainement.

— Eh bien ! s'écria-t-elle, donne m'en la preuve·

5.

ne pars pas seul avec ta femme. Je ne veux pas qu'elle soit libre de te parler d'amour. Emmène tes enfants. Ils seront entre elle et toi. Je t'en prie, emmène-les.

Il le lui promit. Le lendemain, elle alla se placer sur la route par où devait passer Furbice, et ce ne fut qu'après avoir vu les enfants dans le char-à-banc que son exaltation s'apaisa.

C'était leur première séparation ; depuis qu'elle le connaissait, elle n'avait jamais passé un seul jour sans le voir. Elle ne pouvait vaincre sa tristesse, et cependant il lui écrivit par l'entremise de la Valbray. Cette lettre, faite pour accroître la passion de Margaï, se terminait par ces mots : « Brûle ce papier. » Elle la couvrit de baisers, et l'ayant déchirée, en mit au feu les morceaux, l'un après l'autre, en les embrassant encore avant de les livrer aux flammes. Puis elle écrivit à son tour : « Mon cher amant, ne pense pas, je t'en supplie, que je puisse t'oublier jamais. Je t'aime trop pour cela. Oui, tu ne saurais m'aimer plus que je t'aime. Depuis deux jours, je vis dans les larmes, car ton absence *m'alanguit le cœur*. Et puis j'ai de grands soucis. J'ai toujours dans la tête que si quelque chose venait à se découvrir, il faudrait cesser de nous voir. Privée de ce bonheur, je serais bientôt morte. Je voudrais te dire encore bien des choses, mais je ne peux plus écrire; j'ai la tête brisée. Reviens, reviens vite ; je serai folle jusqu'à ton retour. »

La Valbray se chargea de faire parvenir cette lettre, la première que Margaï écrivît à Furbice. Furbice ne revint pas au jour fixé pour son retour. Elle l'attendit, enfermée dans sa chambre, se disant malade, pour n'être pas obligée de se mettre à table avec son mari. Enfin, au comble de l'inquiétude, elle appela Moulinet, et sans faire aucune allusion aux événements qui s'étaient précédemment passés entre eux, elle lui dit :

— Allez à Fontblanche, et si Furbice est revenu, faites-lui savoir que je veux le voir sur-le-champ.

Moulinet partit comme un trait, et revint au bout d'une heure, annonçant que Furbice, de retour depuis quelques instants, le suivait de près.

— Merci, Moulinet, s'écria Margaï.

Et elle embrassa sur les deux joues le valet éperdu de surprise et de joie.

Margaï ouvrit sa croisée, s'y accouda et attendit, malgré la fraîcheur du soir. On n'était pas loin de l'hiver, et depuis déjà deux mois, elle était la maîtresse de Furbice.

Elle le vit venir de loin, prendre sous un hangar l'échelle dont il avait l'habitude de se servir, l'appliquer contre le mur et monter rapidement. Sans mot dire, il retira l'échelle, la croisée fut fermée, et alors elle se jeta dans ses bras.

— Ne pars plus, ne pars plus, je t'en supplie; on souffre trop.

En disant ces mots, elle le couvrait de baisers rapides et fiévreux; elle l'enveloppait en des étreintes folles.

VIII

Plusieurs mois se passèrent sans apporter, dans la situation que nous avons décrite, aucun changement.

La liaison qui s'était établie entre Furbice et Margaï eut ce caractère particulier que, traversée par des incidents et des imprudences sans nombre, elle resta secrète pendant la moitié d'une année. Il est vrai que Moulinet et la Valbray, seuls initiés à son existence, gardèrent le silence, et que le seul homme qui eût conçu un soupçon, Frédéric Borel, habitait à plusieurs lieues de Gordes et y venait rarement.

C'est lui cependant qui fit éclater l'orage que, depuis longtemps, Furbice et Margaï n'avaient cessé de provoquer.

Frédéric était un très-jeune homme. Mais, comme il passait pour un garçon sérieux, sensé et surtout vivement préoccupé de ses intérêts, son père l'avait mis à la tête d'un commerce qui consistait à acheter à vil prix, pour les revendre ensuite à un prix beaucoup plus élevé, les propriétés des paysans que des pertes d'argent, des récoltes insuffisantes, des malheurs domestiques mettaient dans la nécessité de se défaire de leurs biens. Il avait établi à Apt une espèce de comptoir où se négociaient les affaires, et dont son fils avait pris la direction.

C'est ainsi que Frédéric avait, quelques années auparavant, vendu à Furbice la maison que ce dernier possédait à Fontblanche. Malheureusement pour le maquignon, cette maison n'était pas entièrement payée. Depuis longtemps, il ne tenait plus les engagements contractés vis-à-vis de Frédéric Borel, et celui-ci lui faisait sentir, d'une manière cruelle, l'irritation que ces retards lui causaient.

Il n'y a pas de créancier plus insupportable qu'un paysan. Ceux-là seuls qui ont vécu dans les villages peuvent dire ce qu'il y a de rapacité, d'inquiétude et en même temps de cruauté froide dans l'homme de campagne à qui il est dû de l'argent. Tous les jours, à toutes les heures, en toute occasion, le malheureux débiteur est assiégé, interrogé, humilié par son intraitable tyran. S'il porte un vêtement neuf, si la femme revêt une parure nouvelle, si sa table est mieux servie un jour qu'elle ne l'était la veille, son créancier verra ou saura tous ces détails et les lui reprochera amèrement.

Ces humiliations, Furbice les avait subies plusieurs fois pour quelques centaines de francs qu'il devait encore à Frédéric Borel. Mais elles n'avaient pas hâté le payement réclamé.

Un jour, en l'absence de Furbice, Frédéric se présenta chez lui. Il venait chercher de l'argent. Brigitte était seule. Elle reçut le jeune homme de son mieux, mais ne put lui cacher l'impossibilité dans laquelle était son mari de satisfaire à des réclamations de cette sorte.

— Je ne puis vraiment comprendre, s'écria Frédéric Borel, ce qu'il fait de tout l'argent qu'il gagne. C'est à croire qu'il le dépense à la ferme de la Bastide-Neuve. Mais puisqu'il est en si bonnes relations avec Pascoul et avec ma cousine Margaï, il devrait leur emprunter la somme que j'attends depuis plus de deux ans.

— Sans doute, Furbice est bien reçu à la ferme, répondit Brigitte. Pascoul lui témoigne de l'amitié. Mais l'amitié, vous le savez, monsieur Frédéric, s'arrête à la bourse.

— On sait ce qu'on sait, reprit Frédéric. Votre mari n'aurait qu'un mot à dire à Pascoul ou à ma cousine pour se tirer d'affaire et me payer.

Lorsque Furbice rentra, sa femme lui répéta la conversation qu'elle avait eue avec Borel.

— C'est bien, répondit Furbice, je le verrai.

Il ne donna pas d'autres explications et s'emporta contre Brigite, qui s'efforçait d'en obtenir.

— Manque-t-on de quelque chose ici? dit-il. Non. Dès lors, pourquoi t'inquiéter?

— Mais tu te trompes, Furbice, reprit-elle, on manque de tout. Voici l'hiver. Les enfants ont besoin de vêtements plus chauds et moi-même...

Elle n'acheva pas. Mais la pauvreté de son costume complétait sa pensée plus éloquemment qu'elle n'aurait pu le faire. La colère de Frédéric redoubla. Il eut le triste courage de reprocher à sa femme de se livrer à des dépenses exagérées, d'être exigeante, ambitieuse.

— Moi exigeante! moi ambitieuse! s'écria Brigitte dans un accès de désespoir.

Et, suffoquée, elle alla tomber sur une chaise, en exhalant, à son tour, des plaintes amères et plus fondées que celles de son mari. Ne trouvant rien à répondre, il asséna sur la table un terrible coup de poing, et tandis que ses enfants épouvantés s'allaient réfugier sous les jupons de leur mère, il sortit ou plutôt il prit la fuite.

Tout naturellement, il alla chez la Valbray et lui raconta ce qui venait de se passer. Celle-ci l'écouta silencieusement et lorsqu'il eut fini :

— Il faut payer Frédéric Borel, lui dit-elle. Il a des soupçons et sa présence trop fréquente dans ta maison est un grand danger pour toi. Paye-le, afin qu'il n'y revienne plus.

— Le payer, cela vous est facile à dire. Mais, où prendre l'argent?

La Valbray le regarda avec une pitié mêlée de mépris.

— Décidément, murmura-t-elle, les hommes ne sont pas très-forts. Si j'étais à ta place, je voudrais vivre les bras croisés, ne rien me refuser et ne pas exposer ma femme à formuler des plaintes, fort légitimes après tout.

Furbice l'interrogeait avec surprise. Elle ajouta :

— A quoi donc cela te sert-il d'avoir une maîtresse comme Margaï?

Ces paroles le plongèrent dans des réflexions profondes qui ne tardèrent pas à porter leurs fruits.

Sur les indications de la Valbray, il combina la comédie à laquelle nous allons faire assister nos lecteurs.

Le même jour, Furbice se trouvait à la ferme avec Margaï. Ils étaient seuls dans le jardin, assis sur un banc, au fond d'un berceau entouré de vigne vierge.

Ils aimaient ce petit coin. Exposé au midi, il leur procurait de la chaleur en hiver ; durant l'été, son ombrage les abritait contre le soleil. Mais ce qui surtout le leur rendait cher, c'est qu'ils ne pouvaient y être surpris ; c'est qu'ils voyaient sans être vus.

Assis à côté de Margaï, qui se serrait contre lui, Furbice répondait distraitement aux douces paroles qu'elle lui adressait, il poussait de gros soupirs, et si elle le regardait amoureusement, il feignait de ne pas la voir ou de s'arracher pour lui plaire à des pensées absorbantes. Cette attitude devait intriguer une femme éprise et jalouse. Margaï ne tarda pas à s'en inquiéter, et comme sa passion était sincère, elle ne put garder le silence.

— Que me caches-tu, mon Furbice ? lui dit-elle. Tu as de la peine. Pourquoi ne m'en dis-tu rien ?

Il fit le geste d'un homme qui veut éloigner un mauvais rêve et embrassa Margaï avec une effusion de tendresse faite pour dissiper toute inquiétude.

— Tu es bon, reprit-elle ; tu m'aimes; je le sais. Mais ce ne serait pas me le prouver que d'avoir un secret pour moi. J'ai vu tes préoccupations, j'ai entendu tes soupirs. Je veux en connaître la cause.

Et elle se dégageait de ses bras, l'interrogeant avec une prière dans le geste et dans le regard.

— Tu te trompes, dit-il.

Impatientée, elle frappa la terre du pied, en s'écriant :

— Je ne me trompe pas et je veux tout savoir.

Il résista encore, se fit supplier et se laissa enfin arracher une à une les confidences qu'il avait prépa-

rées, afin de les présenter habilement et d'émouvoir
le cœur de Margaï. Elle sut ainsi que depuis que Furbice la connaissait, il avait négligé ses affaires, afin
d'être plus souvent et plus longtemps auprès d'elle.
Des pertes en étaient résultées pour lui, il était dans
la plus grande gêne, sa femme et ses enfants manquaient presque de pain, et Frédéric Borel menaçait
de l'expulser de sa maison.

Lorsqu'il eut fini, elle se jeta à son cou.

— Voilà donc ce que tu me cachais, lui dit-elle,
mais ne devais-je pas être la première à le savoir, si
tu m'avais aimée comme je t'aime? Qu'est-ce que je
dis là! s'écria-t-elle en l'embrassant de nouveau. Tu
m'as prouvé, au contraire, la force de ton amour par
l'étendue du sacrifice que tu m'as fait. Et tu hésitais
à parler! Mais, tout ce que tu m'as révélé te rend encore plus cher à celle qui t'adore.

Comme il lui rendait ses caresses, elle s'y arracha
et reprit :

— Écoute-moi, il faut maintenant mettre fin d'un
seul coup à tes embarras. Demain, j'aurai parlé à Pascoul ; il te prêtera la somme dont tu as besoin. Il ne
faut laisser souffrir ni ta femme ni tes enfants ; ce
serait un remords pour moi. Quant à Frédéric Borel,
il faudra le payer, car je ne veux plus que tu aies du
tourment.

Furbice essaya de refuser ces offres de service.
Mais c'était pour la forme. Il fut décidé que Margaï
parlerait à son mari et obtiendrait les trois mille
francs que Furbice jugeait nécessaires pour sortir
de ses embarras. Ce ne fut pas tout, Furbice était à
peine parti, que la Valbray se trouvant à la ferme,

Margaï la chargea de plusieurs coupons de chaudes
étoffes, de plusieurs bouteilles de bon vin, de provisions de toutes sortes, d'un peu d'argent, en lui donnant pour mission d'aller porter le tout à Brigitte. Elle
ne voulait pas que la misère régnât dans la maison
habitée par son amant.

— Vous ne me nommerez pas, la Valbray, je vous
le défends. Vous lui direz que tout cela vient d'une
âme charitable qui connaît sa position et lui veut du
bien.

La Valbray s'acquitta de la commission, et Brigitte
reçut cette aumône abondante en pleurant de honte,
mais pénétrée de reconnaissance pour la personne inconnue dont la main se montrait aussi généreuse. Elle
essaya bien de deviner son nom, mais la Valbray demeura impénétrable.

Le même jour, Margaï parla à son mari des confidences de Furbice, et déclara qu'elle souhaitait qu'on
lui vînt en aide.

— Il est pauvre, dit-elle, chargé de famille et digne
d'être secouru. Nous sommes riches, nous n'avons pas
d'enfants, venons à son aide, Pascoul : cela nous portera bonheur.

Comment résister à une si charmante prière !

Heureux de plaire à sa femme, Pascoul accorda
tout ce qu'elle demandait, et avec un plaisir d'autant
plus grand qu'il éprouvait pour Furbice une très-vive
sympathie. C'est lui-même qui, le lendemain, voulut
lui apprendre cette nouvelle, et il le fit en des termes
qui, pour tout autre que le maquignon, en eussent
doublé le prix.

Le premier soin de ce dernier fut d'aller à Apt

payer Frédéric Borel, dont il redoutait les bavardages.

— Vous avez donc trouvé de l'argent ? dit le créancier fort surpris de voir s'aligner devant lui quarante beaux louis tout neufs.

— Apparemment, puisque je vous paye, répondit sèchement Furbice. Le compte y est. Donnez-moi ma quittance.

— Parbleu, je pense bien que vous n'avez eu recours à aucun crime pour vous procurer la somme, répondit Frédéric, qui écrivait lentement le reçu, après avoir compté l'argent plus lentement encore. Et il ajouta méchamment : — Je sais que vous ne l'auriez pas eue si, pour l'obtenir, quelque démarche peu honorable avait été nécessaire.

Furbice sentit le trait, et la colère rougit son visage. Il saisit vivement le poignet de Frédéric.

— Mon garçon, lui dit-il d'une voix sourde, je vous engage à ne jamais vous occuper de mes affaires et à vous rappeler que je me charge de vous faire avaler votre langue, si jamais elle avait le malheur de s'allonger à mes dépens.

Frédéric retira sa main toute rouge de la pression qu'elle avait subie entre les doigts de Furbice, et, tout en maugréant, il donna le reçu qui délivrait le maquignon de ses obsessions. Mais il avait été blessé au vif, et jura de se venger de la brutalité de Furbice.

Il se tint parole quelques jours plus tard. Ayant rencontré dans les rues de Gordes la femme du maquignon, il lui apprit que, grâce à l'intervention de Pascoul, la dette de Furbice était éteinte; il eut soin d'ajouter qu'il ne voulait pas chercher par quels moyens ce dernier avait obtenu du fermier une somme aussi considérable.

— Que voulez-vous dire ? répondit Brigitte. Expliquez-vous.

— Que je m'explique ! mais ce n'est point facile. Votre mari ne me pardonnerait par de vous avoir révélé un de ses secrets.

Brigitte pressentit un malheur.

— Monsieur Borel, j'ignore ce que vous allez m'apprendre. Mais, je vous jure que je ne vous trahirai jamais.

— J'ai foi dans votre parole et je ne vois dès lors aucun inconvénient à vous faire savoir la vérité.

Alors Frédéric lui dévoila les infamies de la conduite de Furbice et ses amours avec Margaï.

Brigitte rentra chez elle, en proie à une épouvantable désolation, égarée, à moitié folle. Nous l'avons dit, elle aimait Furbice. Au milieu de ses plus mauvais jours, elle n'avait jamais suspecté sa fidélité. La trahison dont on lui apprenait l'existence comblait la mesure de son malheur. Aucune illusion ne lui était plus permise. Sa joie dernière s'envolait.

Elle se lamentait et pleurait depuis longtemps déjà lorsque ses yeux s'arrêtèrent sur ses enfants. L'aspect de ces deux petits êtres qui semblaient avoir conscience de leur infortune arrêta ses larmes. Elle les caressa, se sentit soulagée et envisagea plus froidement sa situation.

Furbice ne l'aimait plus, puisque depuis plusieurs mois il la trompait. Que lui restait-il à faire ? A mourir ? Non, à vivre, car les enfants étaient là et jamais leur père ne saurait les empêcher de souffrir du froid et de la faim.

Cette paysanne sans instruction, mais douée d'un cœur ardent, eut une heure d'héroïsme. C'est lorsqu'elle prit la résolution de vivre sans se plaindre, sans manquer à aucun de ses devoirs.

Mais, tout à coup, un soupçon se dressa devant elle. Elle venait de se rappeler ces aumônes généreuses que la Valbray lui avait apportées de la part d'une inconnue charitable et qui s'étaient renouvelées à plusieurs reprises. Si les deux enfants étaient chaudement vêtus, si elle-même avait pu changer son pauvre costume contre un autre plus décent, c'est à ces aumônes qu'elle le devait.

Elle voulut savoir d'où venaient ces bienfaits.

D'un bond, elle fut chez la Valbray.

— Je connais ma bienfaitrice, lui dit-elle la fièvre aux yeux et dans la voix. C'est Margaï Pascoul.

— Quoi! vous savez? répondit la Valbray toute surprise.

Déjà Brigitte n'était plus là ; elle venait de rentrer chez elle, et arrachant la robe qui lui couvrait le corps, elle la foulait aux pieds pour reprendre celle des anciens jours. Puis elle courut vers ses enfants. Eux aussi devaient les vêtements qui les enveloppaient à la générosité de Margaï. Brigitte allait dépouiller les pauvres petits ; mais elle s'arrêta éperdue.

Il faisait froid. Devaient-ils pâtir de tant d'infamies ? Sa fermeté l'abandonna et de nouveau les larmes s'échappèrent de ses yeux. Ça n'était plus de désespoir qu'elle pleurait, c'était de colère et d'impuissance. Ah! cette Margaï criminelle autant que belle, comme elle la détestait! Que de mal elle lui eût fait en ce moment, si elle l'avait pu, pour lui rendre tout le mal qu'elle en recevait! Quoi! cette femme lui avait pris son mari; puis elle lui avait fait l'aumône! La charité complice de l'adultère! Tant de monstruosité et tant d'hypocrisie!

Les pensées les plus diverses se pressaient dans la tête de Brigitte. Elle y sentait des bouillonnements. Ses pieds et ses mains étaient glacés, et si ses yeux avaient encore l'apparence de la vie, c'est que la colère les animait. Épuisée, brisée, abattue, elle allait enfin céder à tant d'émotions et perdre connaissance, lorsqu'elle vit tout à coup la porte s'ouvrir et une femme entrer. Cette femme était belle, souriante, élégamment vêtue. On eût dit l'ange qui console les grandes douleurs et cicatrise les plaies profondes.

C'était Margaï.

IX

A l'aspect de la femme qui lui avait arraché la dernière de ses joies, Brigitte se dressa superbe d'orgueil et de courroux, et, étendant vers sa rivale victorieuse un bras irrité, elle lui dit :

— Comment osez-vous venir ici?

Cette phrase apprenait à Margaï que Brigitte n'ignorait rien de ses intrigues.

Elle resta un moment silencieuse, embarrassée, puis elle répondit :

— Je savais que vous étiez malheureuse et j'ai voulu connaître l'étendue de votre malheur, afin d'y apporter un soulagement.

— Vous voulez connaître l'étenduo de mon malheur ! Alors, écoutez bien. Vous voyez une femme qui vient d'apprendre que son mari, après l'avoir maltraitée, ruinée, abreuvée de chagrins, la trompe maintenant avec une autre.

Margaï garda le silence.

— Depuis cinq ans, reprit Brigitte, j'ai bien pleuré, et cependant jamais mes yeux n'avaient versé des larmes plus amères que celles qui en ont coulé aujourd'hui. Tout est fini maintenant; mes résolutions sont prises. A tous je montrerai un visage calme et résigné. Mais, à vous qui causez les plus cruelles de mes douleurs, je veux dire que je vous hais et que ma haine vous portera malheur. Je pourrais à mon tour vous faire bien du mal, révéler à votre mari l'infamie dont il est comme moi victime; je me tairai. Je croyais être aimée, mais j'ai mesuré l'amour qu'on me porte; il ne vaut pas que j'entreprenne une lutte pour le défendre. Seulement, ne me tentez plus en revenant ici. Sortez ! votre présence dans cette maison n'est odieuse.

Margaï, humiliée, dominée, vaincue par cette parole véhémente, allait sortir, lorsque Furbice apparut.

D'un coup d'œil il embrassa la scène et la devina.

Le geste de sa femme, l'attitude embarrassée de Margaï en disaient assez. Il n'y avait pas à se méprendre sur les paroles que les deux femmes venaient d'échanger.

A sa vue, Brigitte rougit ; son bras, jusque-là étendu en avant pour montrer la porte à sa rivale, retomba le long de son corps et elle jeta sur son mari un regard suppliant, qui disait clairement : « Ne me renie pas devant cette femme. » Mais déjà celle-ci s'était avancée vers Furbice, et prenant à son tour la parole :

— Je connaissais la misère qui règne ici. J'étais venue la soulager. Tu as vu comment j'en suis remerciée et comme on m'a traitée. Je n'en veux à personne. Je suis heureuse d'avoir souffert pour toi.

Et, vengée, par ces paroles, Margaï se dirigea de nouveau vers la porte.

Furbice l'arrêta en lui prenant la main.

— Pardon de vous retenir, dit-il. Mais vous ne pouvez sortir ainsi ; il faut qu'on vous fasse des excuses.

— Des excuses ! s'écria Brigitte indignée.

— Des excuses, reprit froidement Furbice.

Et, regardant sa femme dans les yeux avec une fixité extraordinaire, il ajouta :

— Tu es une sotte, une niaise, une ingrate. Cette femme nous a fait du bien à tous. Tu devrais baiser la place où ses pieds ont passé et tu l'injuries ! A genoux, je le veux !

Il appuya brutalement sa main sur les épaules de Brigitte, et la fit tomber sur ses genoux en répétant ces mots insensés :

— Des excuses.

Brigitte n'ouvrit pas la bouche. Son visage resta

impassible, et ses lèvres, étroitement serrées, indiquaient assez qu'elles ne s'ouvriraient pas, dût-on les desceller avec un fer rouge.

— Furbice! dit Margaï honteuse de ce spectacle.

— C'est que je suis le maître ici, et le seul! reprit le maquignon. J'ai déjà dit que je ne voulais pas qu'on s'occupât de mes affaires particulières. J'ai la prétention d'être obéi.

Il fit un signe, Brigitte se releva. Il reprit, en montrant Margaï et en s'adressant à Brigitte :

— Je veux que l'on ait pour cette femme un respect profond. Je le veux! et si on refuse de m'obéir...

Il n'acheva pas ; mais son corps herculéen s'était penché en avant, ses lèvres murmuraient des mots terribles ; ses mains étaient menaçantes et ses yeux, étincelants de fureur froide, restèrent fixés un moment sur Brigitte, comme s'il eût voulu la magnétiser. Un frisson parcourut le corps de la malheureuse femme, et ce fut d'une voix altérée qu'elle dit :

— Je ferai ce qui vous plaira.

Elle avait peur.

— A la bonne heure, reprit Furbice en souriant. Je savais bien que Brigitte serait raisonnable. Maintenant, elle sera gracieuse jusqu'au bout, et nous donnera des verres, car vous devez avoir besoin de vous rafraîchir, dit-il à Margaï.

Celle-ci répondit par un refus. Mais Furbice s'avança vers elle.

— Je veux, dit-il encore, mais d'une voix émue.

Margaï voulut aussi, et Brigitte ayant apporté les verres, Furbice y versa quelques doigts d'un vin vieux. Tandis qu'il vidait le sien, Margaï mouillait ses

6

lèvres, et debout devant eux comme leur servante, Brigitte les regardait avec une surprise mêlée d'horreur.

Margaï sortit enfin, profondément émue et sous le coup d'une inexplicable terreur. Si pervertie qu'elle fût elle-même, la conduite de Furbice avait mis dans son âme un trouble au milieu duquel il lui semblait voir surgir de toutes parts, autour d'elle, des catastrophes terribles. Jusqu'à ce moment, sa liaison avec Furbice était restée secrète. Moulinet, qui en connaissait l'existence, agenouillé devant elle, s'était lié les mains et fermé la bouche. Elle savait que de sa part aucune indiscrétion n'était à redouter. Mais désormais, ses pas étaient surveillés par un être dont elle avait fait le malheur; aussi tremblait-elle à la pensée des représailles qui la menaçaient.

Durant ces nuits agitées, il lui semblait qu'on arrachait brutalement Furbice de ses bras. Alors, s'il était auprès d'elle, elle le couvrait de caresses passionnées.

— Ne m'abandonne pas, lui disait-elle. Je vois un fantôme se dresser entre nous. On veut nous séparer. Ne pars pas ou j'en mourrai.

Et elle se tordait dans les paroxysmes de la fièvre et du délire. Furbice parvint cependant à la calmer. Il lui donna l'assurance que Brigitte ne parlerait jamais, que leur amour ne serait pas troublé et que son cœur était plein d'elle et d'elle seule. Ses protestations furent sincères. Il y mit une éloquence qui fit passer dans l'âme de Margaï une inébranlable conviction. Certaine d'être aimée et de pouvoir aimer en sûreté, elle avait retrouvé le repos, et alors son uni-

que souci fut de maintenir intacte la confiance que
son mari n'avait cessé de lui témoigner.

Des scènes que nous venons de raconter, Pascoul
n'avait rien su.

Nous l'avons dit, c'était un honnête homme, crédule
et bon, incapable de soupçonner le mal, comme il
était incapable de le faire. Il avait oublié les discours
que lui avait autrefois tenus le père de Margaï; il
croyait en sa femme comme il croyait en Dieu. Il
l'aimait à l'adoration, et cela suffit pour expliquer
cette aveugle croyance.

La santé lui revenait. Son corps se redressait,
grâce à l'inaction bienfaisante dans laquelle il se
complaisait. Il renaissait à la vie, et ce renouveau qui
se faisait dans tout son être physique avait un contre-
coup dans son esprit et dans son cœur. Tout semblait
lui sourire, et dans l'amitié que, sous ses yeux, Margaï
témoignait à Furbice, il ne voyait qu'une sainte
conspiration dont son bonheur était le but.

Quant à Moulinet, depuis le jour où Margaï l'avait
embrassé sur les deux joues, il se sentait disposé à
mourir pour elle. Il n'était pas jaloux de Furbice,
dont la présence dans la ferme lui procurait à lui-
même la possibilité de voir Margaï et de lui parler.
Cette affection si tendre, si désintéressée, si dévouée,
se rencontre surtout chez les êtres déshérités et
incomplets. Ils vivent dans l'ombre que projette sur
eux le bonheur des autres, et se contentent des
miettes du festin. L'amour platonique de Moulinet
pour Margaï faisait un étrange contraste avec la passion toute matérielle à laquelle Furbice était livré.

Le temps s'écoulait donc sans apporter de changements à cette situation singulière. Margaï et Furbice s'aimaient; Pascoul faisait parade de sa confiance; Moulinet caressait ses chimères, et Brigitte, tout à fait délaissée, insultée, trahie, mais dominée comme si elle eût dormi d'un sommeil magnétique, dévorait sa douleur et sa honte. La Valbray se rendait utile aux amants; elle recevait leurs confidences, vivait de leurs bienfaits, les inspirait de ses conseils; génie malfaisant toujours disposé à prêter les mains à toutes les infamies.

Cependant Frédéric Borel attendait à Apt le résultat de la confidence qu'il avait faite à Brigitte. Il avait cru que la femme de Furbice, maîtresse du fatal secret, saurait mettre un terme à une liaison qui avait introduit le déshonneur dans la maison de Pascoul. Il la voyait se jetant aux pieds de ce mari confiant et trompé, lui révélant l'étendue de son malheur, lui demandant vengeance pour lui. Alors Margaï, qui avait autrefois dédaigné son amour, était honteusement chassée de la Bastide-Neuve, et, en sa qualité de cousin, il arrachait à Pascoul mourant le don anticipé d'une partie de sa fortune.

Les prévisions de Borel furent trompées. Il attendit plusieurs semaines. Aucun écho, aucune rumeur ne lui apprirent que ses efforts avaient été couronnés de succès. Alors il se décida à venir à Gordes; il vit Brigitte et l'interrogea. Celle-ci se renferma dans la dignité de son infortune, ne fit aucune confidence, et, aux obsessions intéressées de Frédéric, elle se contenta d'opposer ces mots :

— Mon mari m'aime. Il me reviendra.

En la quittant, Frédéric Borel examina froidement

la situation et recherche des moyens d'action assez puissants pour arriver à ses fins. Plusieurs partis s'offraient à lui. Le plus simple, assurément, consistait dans une démarche auprès de Pascoul. Lui répéter tout ce qu'il avait dit à Brigitte semblait un procédé dont le succès n'était pas douteux. Mais Borel, comme nous l'avons dit, redoutait Furbice, et il lui répugnait d'agir à découvert. On pouvait employer aussi la lettre anonyme. Mais Pascoul était de ces gens qui vont le front haut dans la vie, affichant ouvertement leur mépris pour les vengeances secrètement exercées ; il dédaignerait les révélations d'un signataire inconnu.

Une arme seule restait à la disposition de Frédéric. Il résolut de l'employer. Sept mois environ, s'étaient écoulés depuis le jour où Margaï avait rencontré Furbice sous le rocher de la route de Cavaillon. Tout à coup, le bruit se répandit dans Gordes que la femme de Pascoul avait un amant, et que cet amant était le maquignon de Fontblanche. Il n'y avait aucune preuve, mais on le disait néanmoins.

Le premier parmi les gens de la ferme, Moulinet recueillit ce bruit, un soir, au cabaret. Il en ressentit une douleur indicible, car Margaï lui était aussi chère que s'il avait eu des droits sur elle. Mais l'émotion qu'il éprouva ne lui enleva pas sa présence d'esprit.

Le paysan qui avait parlé s'était contenté de faire des allusions aux fréquentes visites de Pascoul à la Bastide-Neuve et aux conséquences qu'on en pouvait tirer. Moulinet alla sans hésiter jusqu'au fond des choses.

— Voudriez-vous laisser entendre, dit-il, que la

6.

femme de Pascoul est la maîtresse de Furbice? **Prenez**
garde à la gravité de vos paroles.

— Je ne dis pas cela, répondit le paysan, effrayé
lui-même des propos qu'il avait tenus. Je ne sais rien,
je n'ai rien vu; je répète seulement les bruits recueillis
de tous côtés.

— Vous ne devriez pas les répéter à la légère. Il
s'agit de l'honneur d'une femme à qui sa fortune et
sa beauté ont fait beaucoup d'ennemis. Elle est honnête, entendez-le bien. Rien n'est contre elle : ni les
faits, ni les apparences. Si Furbice vient souvent à **la**
Bastide-Neuve, c'est qu'il est l'ami du maître, et **que**
ce dernier aime à le voir à ses côtés. Tas de niais!
ajouta Moulinet en s'emportant, on leur dirait que le
bon Dieu a volé dans l'église de Gordes, ils le croi-
raient! Quel est l'infâme qui a dit ces paroles men-
songères contre notre maîtresse? Je voudrais le connaître, pour lui apprendre à retenir sa langue.

Tous se turent, comme il arrive en pareille circonstance, et Moulinet sortit fièrement quelques instants
après, laissant les gens à moitié convaincus de l'innocence de Margaï Pascoul.

En rentrant à la Bastide-Neuve, il s'empressa
d'avertir Margaï de la scène qui s'était passée devant
lui.

— Prenez garde, je vous en supplie, lui dit-il; vous
ne sauriez être trop prudente. Il y a des gens malin-
tentionnés qui vous surveillent. Furbice ne pourrait-il
cesser de vous voir pendant quelque temps?

— Cesser de me voir? Tu es fou! Il le voudrait,
que je saurais bien l'en empêcher.

Tel fut le premier cri de Margaï.

Elle ajouta :

— D'ailleurs, tu as donné à tous ces propos un démenti qui les réduit à rien. Je te promets cependant d'être plus prudente. Je commencerai dès demain. Je dois accompagner Furbice au marché de l'Isle. Nous partirons avant le jour et nous ne reviendrons qu'à la nuit.

— Vous allez à l'Isle avec lui! Mais c'est impossible; on vous y verra. N'y allez pas, je vous prie. Si vous avez quelque amitié pour moi, n'y allez pas!

Margaï leva les épaules.

— Encore du sentiment! s'écria-t-elle.

Et comme elle vit la peine qu'elle causait à Moulinet, elle reprit d'une voix plus douce :

— Je te remercie de ce que tu as fait. Tu m'as défendue d'abord et prévenue ensuite, c'est bien.. Mais l'amitié que je puis avoir pour toi ne saurait rien changer à mon amour pour Furbice. Demain nous passerons la journée ensemble. C'est lui qui l'a voulu. D'ailleurs mon mari le sait.

Elle se retira, inquiète cependant, en dépit de son apparente fermeté. Le lendemain, du consentement de son mari qui savait qu'elle était dans la nécessité d'aller à l'Isle, elle s'y rendit dans la voiture de Furbice. Ils ne rencontrèrent personne durant la route. Arrivés aux portes de la petite ville, elle quitta son amant pour ne le retrouver que le soir. Au retour seulement, elle lui parla des craintes de Moulinet.

— Quelqu'un a parlé, dit Furbice, et ce ne peut être que Borel. Je sais ce qui me reste à faire.

— Que veux-tu dire? s'écria Margaï alarmée.

Furbice répondit par un signe éloquent. Il voulait donner à Frédéric une leçon à coups de bâton.

— Garde-t'en bien! reprit-elle. Le maltraiter, ce serait prouver qu'il a eu raison. Soyons prudents; maintenons la confiance de mon mari et les bruits tomberont d'eux-mêmes.

Encore quelques instants, ils allaient se séparer, après ce voyage côte à côte et solitaire qui avait été un perpétuel baiser.

La nuit était venue, à peine éclairée par une lune pâle. L'air était tiède et chargé de toutes les odorantes senteurs que la terre fertile envoyait au ciel.

— Ah! je t'aime tant, s'écria Margaï, que je voudrais souffrir sans cesse pour te prouver mon amour, à la condition d'être sans cesse à toi!

Furbice l'enlaça de ses bras puissants. Il avait abandonné les rênes sur la croupe de son cheval, qui suivait lentement la route blanche et droite, entre les champs de garance et les prairies bordées de saules. Les passions sont violentes sous le soleil du Midi, et Furbice aimait. Sa forte nature était attachée, de toutes parts, à cette femme, séduisante comme le vice.

Il la tint longtemps pressée contre lui. Tout leur parlait d'amour, et l'heure qui s'écoulait, quoique précédée souvent d'heures semblables, leur apportait des douceurs infinies plus complètes encore que celles ressenties la veille. Ils ne s'appartenaient plus, enchaînés par leurs passions, terrassés par elles.

— On nous a vus! s'écria tout-à-coup Margaï en se redressant.

Un homme, en effet, venait de sortir d'un chemin

creux, et, en passant, avait lancé un regard dans cette voiture qui roulait si lentement à l'heure où chacun s'empresse de regagner sa demeure.

— Tu t'es trompée, répondit Furbice.

— Je te dis qu'un homme a passé.

Furbice sauta lestement à bas de la voiture, et regarda tout autour de lui. La nuit était noire, il ne vit rien.

— En tous cas, reprit-il, l'obscurité nous a protégés.

Il reprit sa place, et quelques instants après, ils rentraient à la ferme d'où Furbice repartit pour rétourner chez lui.

Les jours suivants, Moulinet se montra plus fréquemment dans Gordes et au cabaret. Il voulait écouter, épier; il avait dit naguère à Margaï : « Je veillerai autour de vous comme un chien fidèle; dévoué à vos amis, féroce pour vos ennemis. »

Il tenait sa promesse.

Mais une catastrophe se préparait.

X

Un matin, on vit arriver à la ferme le curé de Gordes.

C'était un vieillard de haute taille, au visage placide, à l'œil vif, aux longs cheveux blancs. Il avait connu l'infernale jeunesse de Margaï. Les chagrins dont elle avait abreuvé son père et sa mère, n'étaient plus un secret pour lui. Il n'éprouvait pour la femme de Pascoul ni sympathie ni estime ; la mesure de sa perversité ne lui était que trop apparue. Aussi venait-il rarement à la ferme, et se contentait-il d'interroger Margaï et Pascoul sur l'état de leur santé lorsqu'il les rencontrait à la sortie des offices.

— Vous ici, monsieur le curé ! s'écria Pascoul. C'est une bonne fortune à laquelle vous n'avez pas voulu nous accoutumer, malgré toutes nos invitations. Bien des semaines ont passé sans que nous ayons goûté la joie de votre présence.

— Ce que vous dites est vrai, mon cher Pascoul, répondit le curé en s'inclinant devant la femme et en tendant la main au mari, mais je ne vous ai pas oubliés. Je n'oublie aucune des brebis de mon troupeau.

— Oui, vous êtes un pasteur vigilant et, même de loin, votre œil veille sur tous ceux dont vous avez la garde spirituelle.

On s'était assis sous les arbres du jardin, autour d'une table qui, par les soins de Margaï, s'était vite couverte de rafraîchissements.

Sa canne entre ses jambes, son chapeau sur sa canne, sa tabatière entre ses mains, le vénérable prêtre suivait d'un œil doux et attristé, la maîtresse de la maison, qui n'avait encore ouvert la bouche que pour répondre à ses politesses.

— J'étais venu, dit alors le vieillard, d'abord pour avoir de vos nouvelles, car j'ai appris que vous aviez été souffrant, et ensuite pour parler à madame de quelque bien qu'il y aurait à faire dans le pays.

— Vous avez eu raison de songer à nous, monsieur
le curé, dit Pascoul ; nous serons toujours heureux de
vous seconder dans l'accomplissement de vos bonnes
actions. Que pouvons-nous aujourd'hui ?

Et comme pour mieux prouver qu'il associait sa
femme aux sentiments qu'il venait d'exprimer, il lui
tendit la main, en souriant. Elle la serra distraitement
du bout de ses doigts.

— C'est à madame seule que j'aurais voulu parler,
répondit le curé en regardant Margaï, non sans embarras. Il s'agit de secrets qui ne m'appartiennent
pas ; il est inutile de les répéter devant deux personnes,
lorsqu'il suffit d'une seule pour que le bien soit accompli.

Margaï sentit l'inquiétude entrer dans son cœur.

— Vous vous défiez de moi, monsieur le curé,
s'écria gaiement Pascoul. Alors je m'en vais. Au sur-
plus, voici l'heure de ma promenade.

Il salua le vieillard, embrassa sa femme et sortit.

— Vous aviez à me parler ? dit alors Margaï en
laissant paraître dans sa voix l'impatience qu'elle ressentait.

— Ce que j'ai à vous dire est grave, mon enfant,
et c'est pour cela, qu'afin d'être seul avec vous, j'ai
menti à votre mari, en lui laissant croire qu'il s'agissait
d'une aumône. Ce mensonge me sera pardonné : je
l'ai commis dans une bonne intention.

Sa voix était émue, émue à ce point qu'il fut obligé
de s'arrêter.

Il reprit en tremblant :

— Je ne sais, mon enfant, si vous avez gardé la
mémoire des conseils que je vous donnais autrefois ;

vous étiez petite alors, et votre malheureux père, épouvanté, venait me supplier d'arrêter les progrès du mal dans votre âme. Ces conseils, vous ne les avez jamais suivis et peut-être vous les avez oubliés. Je me les rappelle, moi ; aux souvenirs qu'ils éveillent en mon cœur est attaché un des plus cuisants regrets de ma vie sacerdotale : celui de n'avoir pas fait de vous une fille pieuse et chaste.

— Vous ne me dites pas là des choses aimables, monsieur le curé, répondit vivement Margaï en l'interrompant, et je ne mérite pas qu'on me parle ainsi. Ma jeunesse n'a pas été heureuse ; mon père n'a jamais eu pour moi une grande tendresse et m'a châtiée trop vite et trop sévèrement pour des fautes qui méritaient plus d'indulgence. Aussi mon cœur fut-il comprimé au moment où il s'éveillait à la vie. De là, peut-être, ces étourderies que l'on me reprochait et que vous me reprochez encore avec tant d'amertume. Mais, depuis mon mariage, ma conduite a-t-elle donné lieu à des réprimandes, et suis-je une enfant, pour que l'on vienne me parler de la sorte ?

— Vous vous méprenez à mes paroles, répondit le curé sans cesser d'être calme. Elles ne sauraient être des paroles de réprimande. Il ne m'appartient pas de rien vous reprocher ; mon ministère m'oblige seulement à vous rappeler vos fautes passées, afin de vous éclairer sur celles que vous pourriez commettre aujourd'hui. Je vous apporte des conseils, écoutez-les, s'il en est temps encore ; mais surtout, lorsque vous parlerez de votre père, gardez-vous, malheureuse enfant, de l'accuser en rien. J'ai compté les larmes que vous lui avez fait verser. Il vous a tant aimée, que

votre ingratitude l'a frappé au cœur et qu'il en est
mort, vous le savez bien.

— Est-ce pour remuer ces souvenirs que vous avez
voulu me voir? demanda froidement Margaï.

— Non, et je n'en aurais rien dit, si vos propres
paroles ne m'y avaient obligé. Mais laissons ce sujet;
si grave qu'il soit, il l'est moins que celui dont j'ai à
vous entretenir.

— A quoi faites-vous allusion?

— A ce qui est devenu, dans le pays, un bruit général. On assure que vous avez avec le maquignon
Furbice des relations indignes d'une honnête femme.

Le prêtre, en proie à une émotion qu'il s'efforçait
de dominer, attendit une réponse à cette accusation :

Margaï s'était levée, et le regard ferme, la voix haute,
elle dit :

— On vous a trompé, monsieur le curé; on vous a
répété une infâme calomnie!

— Ne mentez pas, pauvre femme, ne mentez pas.
Je sais, hélas! toute la vérité. Brigitte Furbice est
venue chercher des consolations auprès de son pasteur
spirituel et me conter ses maux. J'en connais l'étendue; c'est vous dire que je connais en même temps
l'énormité de votre faute.

— Alors que voulez-vous?

— Que vous mettiez un terme à une situation horrible, qui vous déshonore, qui peut avoir pour résultat
de vous faire chasser honteusement de cette maison,
et qui va devenir un scandale public dans ce pays où
votre fortune attire sur vous tous les yeux. Cessez de
voir Furbice, rendez-le à sa femme, qu'il abandonne
pour vous, à ses enfants qu'il laisse dans la misère;

7

revenez vous-même à votre mari dont vous trompez
la confiance. Le repentir doit enfin entrer dans votre
âme et vous ramener à ce Dieu qui s'est retiré de
votre cœur, mais dont l'indulgence est infinie. Au
nom de vos parents morts par vous, au nom de votre
mari, de votre honneur, de votre repos, au nom de
votre salut, finissez-en avec une situation qui bientôt
deviendrait irréparable.

Le prêtre s'était levé, solennel et simple à la fois,
éloquent, inspiré. Son doigt montrait le ciel. Margaï
ne l'écoutait plus. De toutes ses paroles, elle n'en avait
entendu qu'une.

— Cesser de voir Furbice! Le rendre à sa femme!
s'écria-t-elle au comble de l'exaltation. Jamais, devrais-je mourir, devrais-je brûler toute l'éternité, dans
les flammes de l'enfer, s'il y en a un! Monsieur, vous
n'entendez rien aux choses du cœur. Vous croyez
qu'on peut aimer un homme qui vous aime, se livrer
à lui corps et âme pour l'abandonner au nom des
devoirs que vous me rappelez. Ces devoirs ne sont pas
faits pour moi. Je suis, comme vous l'avez affirmé,
une créature criminelle, pervertie, de qui votre Dieu
s'est retiré. Si je vous crois, au delà de cette vie, je
trouverai d'éternels châtiments... Eh bien! qu'on me
laisse me livrer tout entière au sentiment qui les
éloigne de moi, puisqu'il me fait vivre. J'aime Furbice,
et l'accent que je mets à vous le dire doit vous
montrer que je suis prête à tout braver!

Ce langage épouvantait le vieillard; son corps
tremblait d'indignation contenue. Quoique accoutumé
à la violence des cerveaux de ce pays, où le soleil
échauffe tout, têtes et cœurs, il n'avait jamais rien

:onnu de semblable à ce qu'il voyait. Cette femme enfiévrée, se parant de son crime, s'en faisant une gloire, lui apparaissait comme une chose monstrueuse. Il essaya cependant de demeurer calme ; il y parvint à force de volonté.

— Je sais, dit-il, qu'une infernale passion tient vos yeux aveuglés ; qu'égarée, folle, inconsciente, vous allez dans d'épaisses ténèbres, vous heurtant contre des obstacles réels et vous accrochant à des chimères, avec l'espoir de tout sauver : votre coupable amour et votre repos. Vous vous trompez ; vous descendez dans un abîme d'où rien ne pourra vous tirer.

Margaï répondit :

— J'aime Furbice !

— Mais, reprit le prêtre désespéré, si vous ne croyez à rien de ce qui pourrait vous éclairer, ni aux colères d'en haut, ni aux vengeances de votre mari, ni aux douleurs que vous réserve votre indigne amant, comment le soin de votre honneur ne vous retient-il pas ? Je vous ai dit que votre nom est dans toutes les bouches. Vous allez être déconsidérée, honnie, montrée au doigt.

— J'aime Furbice ! répéta-t-elle.

Le curé leva ses mains vers le ciel, comme pour le prendre à témoin de l'ardeur de ses efforts et de leur inutilité.

— Je n'ai plus rien à faire ici, dit-il enfin ; si Dieu n'a pas pitié de vous, vous êtes perdue.

Et prenant sa canne et son chapeau, qu'il avait mis dans un coin, il sortit le cœur rempli de tristesse et d'horreur, s'éloignant à la hâte de cette maison que le malheur semblait envahir.

Lorsque le curé fut parti, Margaï se laissa tomber dans un fauteuil, et la tête dans ses mains, elle pleura amèrement.

Ce n'était pas la crainte des châtiments invoqués pour la convaincre qui causait ses larmes. Elle pleurait, parce qu'il lui semblait qu'on cherchait de tous côtés à lui arracher Furbice.

A ce moment, celui-ci entra et elle lui raconta la scène qui venait de se passer. Furbice n'en fut pas surpris. Il avait aussi recueilli quelques-unes de ces rumeurs dont le curé avait parlé, et sur lesquelles la Valbray avait également appelé son attention.

— Mais alors nous sommes découverts ! s'écria Margaï. Notre honneur est menacé ; il doit nous être cher, cependant, puisque notre espérance secrète est de nous marier un jour. Qu'il eût été doux d'être unis sans avoir rien perdu de notre réputation !

Être la femme de Furbice, l'aimer en toute sécurité, ne plus redouter aucune séparation, que de fois elle avait fait ce beau rêve, tandis que Furbice, de son côté, se voyait, débarrassé de sa femme, devenir l'époux de Margaï, veuve enfin de ce débile Pascoul ! Maître de la fortune du fermier, il savourait le plaisir de vivre dans la richesse et dans l'oisiveté auprès d'une femme aimée. De telles pensées dans des esprits aussi corrompus que ceux de Margaï et de Furbice devaient porter leurs fruits.

— Rien n'est encore perdu, dit ce dernier après avoir jeté un rapide coup d'œil sur l'horizon qui s'ouvrait devant lui ; mais il faut prendre un parti.

— Fuir ! s'écria Margaï.

— Non, rester pour nous tirer d'affaire, répondit-il. Cependant tu dois te préparer à un sacrifice.

— Lequel ? demanda-t-elle en pâlissant.

— Nous voir moins souvent. Il le faut pour faire réussir tous les projets que j'ai là.

Et il montrait son front.

— Te perdre pour te garder ! s'écria-t-elle.

— Me perdre pour quelque temps, afin de ne plus jamais nous séparer.

Il attira Margaï contre sa poitrine ; et ne voulant pas rencontrer Pascoul qui allait rentrer, il sortit pour se rendre chez la Valbray, son conseil et sa confidente.

— Je veux épouser Margaï, lui dit-il. Elle le veut aussi. C'est le seul moyen d'en finir avec nos embarras.

— Peste ! voilà de la belle besogne ! Et son mari, et ta femme, qu'en ferez-vous ?

— Je suis décidé à tout, répliqua Furbice d'un air sombre.

La Valbray s'approcha, lui frappa sur l'épaule, et lui dit :

— As-tu parlé sérieusement, mon garçon ?

— Oui, dit Furbice d'une voix étouffée.

— Alors écoute-moi. Si tu en arrives là, c'est que tu as réfléchi aux chances que tu cours. La femme d'ailleurs vaut bien que l'on tente un mauvais parti pour se l'assurer, elle et son argent. Seulement, crois-moi, pas de violence. Les juges sont malins, vois-tu ; un coup de couteau, sans doute, ça mène vite les affaires, mais il y a du sang, et il suffit d'une goutte pour vous perdre. A ta place, moi...

Et la Valbray, se dressant sur la pointe des pieds
pour que sa bouche arrivât à l'oreille de Furbice
ajouta d'une voix presque inintelligible :

— Du poison! c'est un peu long, mais c'est sûr; et
pas de traces, si on est habile.

Furbice frissonna.

— Écoute encore, reprit-elle plus haut, j'ai de
l'amitié pour Margaï, mais j'en ai plus pour toi, et je
ne veux pas qu'il t'arrive de mal. Suis mon conseil.
N'agis pas toi-même, fais agir. Si tu emploies le poison, ne le verse pas. Ordonne de le verser. Elle sera
le bras, toi la tête. Il y a moins de danger.

— Vous êtes habile, la vieille, dit Furbice. A quelle
école êtes-vous allée?

— Le vieux Rivarot disait que j'étais née pour le
mal, murmura-t-elle. Fie-t'en à moi, et si tu suis mon
conseil, tu arriveras à tes fins.

— Je serai riche ou on me coupera le cou, s'écria
résolûment Furbice.

Ce fut son dernier mot. En dépit de ses résolutions,
il n'osa rien dire à Margaï durant les jours qui suivirent. Il était décidé à aller jusqu'au crime, mais il
aurait voulu y être provoqué ou trouver une occasion
qui lui permît de profiter de l'exaspération de Margaï
pour faire d'elle sa complice. Les circonstances le ser-
virent à souhait.

Un dimanche, Pascoul, dont les forces revenaien
rapidement, proposa à sa femme de l'accompagner à
la messe. Depuis plus de six mois, il n'avait pas mis
les pieds dans l'église de Gordes, et c'était une fête
pour lui de faire la route à pied et d'assister à la cérémonie religieuse.

On partit dès le matin, et à huit heures, Pascoul et Margaï prenaient place à leurs chaises. Au moment où ils entrèrent, Pascoul entendit quelques chuchotements.

— On s'étonne de me revoir, dit-il à sa femme.

Margaï fit un signe de tête en souriant, mais elle avait cru saisir au passage des regards hostiles. Elle s'efforça néanmoins de ne rien laisser deviner de son inquiétude, mais elle pâlit visiblement lorsque, s'étant retournée, elle put constater le vide qui s'était fait autour d'elle. Dans un espace de trois mètres environ, elle était seule avec son mari. Les femmes qui, habituellement, se faisaient gloire de prendre place à ses côtés, avaient été les premières à s'éloigner d'elle.

— Miséricorde! se dit-elle, suis-je donc déjà déshonorée!

Et ses beaux yeux adressèrent des supplications à celles des femmes qui, jusqu'à ce moment, se disaient ses amies. Personne ne répondit à son appel. Seul, Moulinet, qui se trouvait au bas de l'église, eut le courage de traverser la nef dans toute sa longueur, afin de se placer derrière ses maîtres, dans l'espace laissé vide autour d'eux. Pascoul ne comprit rien à cet incident. Comment l'aurait-il compris; il était à mille lieues de soupçonner sa femme? Dévotement agenouillé, il priait pour elle et suppliait Dieu de la lui conserver toujours aussi belle, toujours aussi dévouée. Le supplice de Margaï n'était pas encore fini. A la fin de la cérémonie, le curé monta en chaire, et, après avoir lu la liste des mariages qui devaient être célébrés dans la semaine, il recommanda aux prières des fidèles, une âme égarée dans les ténèbres du mal et qui avait besoin que Dieu la secourût au plus tôt. A ces paroles, tous les assistants regardèrent Margaï de nouveau, et lorsqu'à la fin de l'office, elle sortit au bras de son mari, on s'éloigna d'elle comme d'une pestiférée.

— De qui donc a voulu parler le curé en recommandant aux prières des fidèles une âme égarée ? demanda ingénument Pascoul.

Margaï ne répondit pas. Elle venait de passer devant Frédéric Borel, adossé contre la grille d'une chapelle, et à l'expression de son visage, elle avait deviné qu'il était l'auteur de tous ses maux. Elle n'avait pas été seule à deviner la vérité. Moulinet, qui marchait derrière elle, venait d'éprouver la même impression à l'aspect de Frédéric Borel.

Il marcha résolûment vers lui.

— C'est vous qui avez parlé, lui dit-il brusquement ; c'est vous qui avez répandu sur Margaï ces calomnies infâmes. Gare à vous s'il lui arrive malheur !

Et il passa, laissant Borel interdit et confus.

Dans sa chambre, Margaï trouva Furbice qui l'attendait. Elle ne le vit pas d'abord, et serrant les poings comme pour menacer les ennemis dont elle venait de recevoir les coups :

— Les misérables ! s'écria-t-elle au comble de la colère, injurier une femme !

— Qu'arrive-t-il ? demanda le maquignon.

— Ils m'ont traitée comme si j'avais la lèpre ; ils se sont tous éloignés de moi, sans pitié pour ma faiblesse, sans que la présence de mon mari pût arrêter leur vengeance. Que leur ai-je fait à tous ces gens? Pourquoi m'en veulent-ils?

— Tu ne leur as rien fait; mais tu es jeune, tu es belle, tu es riche, tu es aimée. Ils ont voulu, dans leur jalousie, détruire ton bonheur. Ils n'y parviendront pas, car je t'aime et je te défendrai, je le jure!

Il mit de l'âme dans sa réponse, à ce point qu'elle en fut transportée.

— Ce n'est pas moi seule que tu défendras, s'écriat-elle, tu défendras aussi ton enfant.

Le maquignon laissa échapper un geste de surprise; elle continua :

— J'ai senti un tressaillement dans mes entrailles. Notre amour a donné son fruit. Je porte un enfant, il est bien de toi, je ne puis en douter, et je t'appellerai dorénavant mon mari.

Tandis qu'elle parlait ainsi, sa voix fiévreuse et vibrante avait des accents inconnus. Elle était transfigurée, comme si la révélation de sa maternité eût fait d'elle une femme nouvelle et poétisé le crime vers lequel elle marchait à grands pas!

XI

En apprenant que Margaï allait-être mère, Furbice ressentit tout à la fois de l'inquiétude et de la joie : de l'inquiétude, car cette nouvelle rendait impérieuse-

7.

ment nécessaire l'exécution du projet auquel il s'était
arrêté; de la joie, car désormais Margaï était irrévoca-
blement liée à lui, et il allait pouvoir exercer sur la
malheureuse une influence encore plus absolue. Ainsi
s'expliquera l'entretien qu'ils eurent ensemble, lorsque Margaï eut révélé à Furbice l'état dans lequel elle
se trouvait.

— Il faut sauver notre enfant, dit-elle. Il faut sauver
notre amour ! Autour de nous se dressent des piéges
sans nombre. Ma grossesse justifiera les méchancetés
qu'on dit de tous côtés. On ouvrira les yeux de mon
mari. Tous les efforts que j'ai faits pour ne pas éveiller ses soupçons seront perdus. On voudra nous séparer et, si on nous sépare, j'en mourrai !

— On ne te ravira pas à ma tendresse, répondit
Furbice. Je saurai te défendre contre toutes les embû-
ches. Seulement, comme je t'en ai avertie, il faut
prendre une décision. Tu voulais fuir avec moi. Mais,
la fuite, c'est le déshonneur, c'est la misère. J'ai cherché autre chose.

— As-tu trouvé

— Oui, et l'exécution de mon projet sera facile, si
tu jures d'obéir aveuglément à ma volonté, à mes conseils.

— Je le jure, dit-elle, d'une voix ferme, la tête
haute, comme une femme décidée à tout.

— Il n'y a qu'un moyen d'en finir avec nos peines,
reprit Furbice, c'est de nous marier. Notre mariage
couperait court à tous les bruits qui nous inquiètent.
Nous pourrions nous aimer en repos. Rien ne nous
empêcherait de quitter ce pays, s'il ne nous convenait

plus d'y vivre, et si nous y demeurions, nul n'aurait le droit de nous adresser des reproches.

— Quel rêve ! s'écria Margaï.

Furbice continua :

— Ce rêve peut se réaliser, à condition de nous débarrasser, moi de ma femme, toi de ton mari.

Cette horrible proposition n'épouvanta pas Margaï. La pensée criminelle que son amant venait de lui soumettre, s'agitait en elle depuis longtemps. En même temps que son amour pour Furbice, une haine profonde pour son mari avait grandi dans son cœur. Le dévouement et la passion de Pascoul, l'affection qu'elle-même avait autrefois ressentie pour lui, elle n'en tenait aucun compte. Le passé n'existait plus ; elle ne vivait que dans le présent.

— Tu es mon mari depuis longtemps, dit-elle ; ni les paroles du maire ni le sermon d'un prêtre n'ajouteront rien à mon amour. Mais, puisqu'il faut pour notre bonheur, pour notre repos, que ces paroles soient prononcées, elles le seront. Je ferai tout ce que tu voudras.

— Il ne sera pas difficile, reprit alors Furbice, d'en finir avec ma femme. Elle disparaîtra sans bruit, sans embarras. Il n'en est pas de même de ton mari. Lorsque je t'ai connue, sa mort était prochaine. La santé lui est revenue, et c'est un malheur, car il faudra se donner du mal avant de le ramener au point où il en était alors. En le touchant du doigt, on l'eût tué.

Furbice disait ces choses à voix basse, mais froidement, comme s'il se fût agi de quelque honnête projet, et Margaï les écoutait sans horreur. Ah! son père l'avait bien jugée lorsque, la refusant si obstinément à Pascoul, il s'écriait, des larmes dans la voix :

— Elle est corrompue jusqu'à la moelle des os.

Depuis la mort de Rivarot, cette corruption native n'avait fait qu'augmenter, et maintenant, dominée, affolée par la plus violente des passions, elle marchait à grands pas vers le crime.

Ces préliminaires posés, Furbice aborda les moyens d'exécution.

— Il faudra employer le poison pour Pascoul, dit-il. C'est sûr et rapide. Tu pourras en mettre dans ses mets, dans ses tisanes, et personne ne sera surpris de le voir mourir. Lui-même ne s'apercevra de rien.

On voit que Furbice se rappelait les prudents conscils de la Valbray. Margaï ne partagea pas entièrement son avis :

— Il n'est pas facile de se procurer du poison ni de s'en servir sans éveiller les soupçons. Je te l'ai dit : je ferai ce que tu me diras de faire. Je sens bien que si mon mari ne meurt pas, nous sommes perdus. Puis, je le déteste, cet homme qui m'empêche de crier que c'est toi que j'aime. Mais, pour nous en débarrasser, ne vaudrait-il pas mieux se servir d'un moyen qui permettrait d'attribuer sa mort à un accident? Lorsque tu vas avec lui, dans les marchés des environs, ne pourrais-tu pas le faire tomber sous les roues de ta voiture, ou bien l'engager à une promenade dont la fontaine de Vaucluse serait le but, et le pousser dans le gouffre? Qui songerait à nous accuser?

— C'est bien chanceux, objecta Furbice, on peut manquer son coup et alors tout se découvre.

— Tu ne le manqueras pas, toi !

— Que sait-on? on a beau être solide et décidé, on ne fait pas ces choses-là froidement. Commençons par le poison, veux-tu ?

— Soit ! dès que tu m'en auras apporté, je commencerai.

Sur ces mots, ils se dirent adieu, et Furbice sortit, après avoir averti Margaï qu'il ne reviendrait que le lendemain dans la soirée. La plus stricte prudence lui était désormais ordonnée, et le maquignon avait résolu de ne pas se montrer à la ferme, durant le jour, plus d'une fois par semaine. Cette décision affligea Margaï; elle ne pouvait plus donner à Furbice tout son temps, et elle allait passer de longues heures loin de lui. Mais le sacrifice qu'elle était tenue de s'imposer ne fit qu'accroître son désir d'y mettre fin au plus tôt par la mort de son mari.

A dater de ce moment, le but qu'elle poursuivait fut sans cesse devant ses yeux. Elle y songeait même durant son sommeil; ses rêves lui montraient fréquemment son mari étendu sans mouvement, à côté de Brigitte inanimée; Furbice repoussait du pied ces cadavres qui le séparaient de Margaï. Il la rejoignait et la pressait sur sa mâle poitrine.

La beauté de Margaï prit aussi vers cette époque un caractère plus sombre. Autour de ses yeux, abîmes voilés et profonds, qui ne laissaient rien échapper des noirceurs de son âme, un léger cercle bistré se dessina. Les préoccupations dont elle était sans cesse assiégée se traduisirent sur son visage, où jamais on ne vit plus ni le rire, ni les larmes, car elle apprit rapidement à concentrer toutes ses émotions, les plus légères comme les plus vives.

Le lendemain du jour où, pour la première fois, Furbice l'avait entretenue de ses criminels projets et décidée sans peine à y tremper les mains, elle entra, suivant sa habitude, dans la chambre de son mari. Tous les matins elle allait auprès de son lit, et se faisant violence, elle lui tendait son front. Ce jour-là elle s'approcha de lui, ainsi qu'elle s'en était approchée la veille, et l'embrassa, comme si désormais il n'avait pas été pour elle un homme fatalement condamné.

— Ta nuit a-t-elle été bonne? As-tu dormi ?

Ces deux questions sortirent machinalement de ses lèvres.

Pascoul passa ses bras autour de la taille flexible de Margaï, et l'attirant auprès de lui :

— Je suis guéri, dit-il, bien guéri. Je bois, je mange, je dors, je marche. Encore quelques jours, et j'irai reprendre ma place auprès de toi, dans ta chambre, que jamais je n'aurais voulu quitter. Cette pensée seule me rend mes forces; car, je t'aime bien, vois-tu, et j'ai beaucoup souffert lorsque je me suis vu condamné à passer, loin de toi, une partie de 'ma vie. Mais, bientôt, je retournerai tout à fait dans notre cher nid.

Margaï frissonna. L'espérance que son mari caressait amoureusement n'était pour elle que la perspective d'un intolérable supplice. Pascoul reprit :

— Ne seras-tu pas heureuse de voir recommencer notre vie d'autrefois ?

— Sans doute, répondit Margaï d'un air distrait.

— Cette vie était si douce, reprit Pascoul. Durant
'été, nos longues promenades matin et soir ; en hiver,
nos chères veillées, nos entretiens alors que tout nous
parlait d'amour. As-tu perdu la souvenance de toutes
ces belles choses ? Elles recommenceront.

Elles recommenceront ! mots imprudents, doux à
prononcer pour lui, terribles à entendre pour Margaï.
Ils condamnaient à mort Pascoul et lui ôtaient tout
espoir de recours en grâce.

Quelques heures après, en traversant la cour de la
ferme, elle vit son mari seul, debout, devant la mar-
gelle du puits, dont une charrette avait la veille dé-
moli tout un côté. Il était là, sur le bord du trou béant,
examinant avec l'attention intéressée du propriétaire
le dommage causé par l'accident. Sa position était
telle, qu'il eût suffi d'un choc pour le précipiter
dans ce gouffre dont la profondeur ne lui aurait offert
aucune chance de salut.

Margaï eut une inspiration infernale. Elle regarda
autour d'elle. La cour était déserte, tous les gens de
la ferme aux champs, les servantes dans la maison.
Alors, d'un pas lent, mais ferme, retenant son haleine,
elle marcha vers son mari, les bras tendus, les mains
fermées, réunissant dans un suprême effort toutes ses
forces décuplées par la colère nerveuse qui grondait
en elle.

Elle allait atteindre Pascoul et le pousser dans l'a-
bîme, lorsqu'il se retourna tout à coup. Elle avait sans
doute prévu ce mouvement, car aucun des muscles de
son visage ne remua. Ses bras restèrent étendus en
avant, mais ses mains s'ouvrirent, et Pascoul, se mé-

prenant à ce geste, les saisit vivement, et attirant sa femme vers lui :

— Si je veux t'embrasser, dit-il, je le crois bien!

Et c'est en l'embrassant qu'il la ramena doucemen vers la maison.

— Voilà des baisers que tu payeras cher, murmura Margaï lorsqu'elle fut seule, et en même temps, elle essuyait son visage.

Elle ne voulut pas revoir son mari de la journée. Elle s'enferma dans sa chambre et y demeura. Pascoul dut prendre seul son repas du soir, et lorsqu'il se rendit auprès d'elle, il la trouva étendue sur une chaise longue, se plaignant d'une migraine violente e demandant qu'on ne vînt pas troubler son repos. La vérité, c'est qu'elle avait voulu rester seule, afin d'er visager froidement sa situation. Le long examen auquel elle se livra ne modifia pas ses sentiments.

Son mari l'avait quittée depuis quelques minutes qu'elle était déjà sur pied. Elle attendait Furbice. Il avait promis de venir à la nuit. Il tint parole. Elle le reçut comme s'il arrivait d'un long et périlleux voyage, et lui raconta toutes les émotions de cette journée.

— J'ai cru, dit-elle, que tout allait être fini. Je le tenais dans ma main. Encore un pas, et je le poussais dans ce puits, d'où jamais il ne serait sorti vivant. Son mauvais sort a voulu qu'il se retournât, et j'ai été obligé de l'embrasser. L'embrasser! Ces baisers m'ont souillé le visage. Que les tiens en anéantissent le souvenir.

Vers le milieu de la nuit, Furbice se prépara à sortir; il ne devait plus revenir que dans trois jours.

— Il le faut, disait-il, je crains d'être suivi. On parle de nous dans le pays; nous sommes menacés. La prudence seule nous sauvera. Aie le courage de cette séparation. Bientôt tous nos maux seront finis; tu seras ma femme, et nous ne devrons compte à personne de nos actions.

Margaï ne répondit pas. Elle se demandait pourquoi tout la séparait de celui qu'elle aimait et pourquoi celui qu'elle détestait vivait à ses côtés dans une quiétude absolue, heureux, se croyant aimé, et maître de la retenir auprès de lui selon son bon plaisir. La même impression se produisait en elle toutes les fois que Furbice la quittait. Elle oubliait les joies folles qu'elle avait goûtées pour s'abandonner tout entière à la douleur cruelle que lui avait causé son départ.

Il était debout devant elle, prêt à partir. Il allait éteindre la lampe, ouvrir la croisée et descendre l'échelle qui la nuit lui donnait accès chez sa maîtresse, lorsque tout à coup, elle lui dit :

— Écoute, ne pars pas tout de suite. Mon mari est dans sa chambre, il dort. Tout repose autour de nous. Finissons-en, puisqu'il est écrit que nous devons en finir. Jamais nous ne retrouverons une heure plus propice.

— Pas de sang, répondit-il. Ça gâterait tout.

— Es-tu enfant ! Est-ce que je voudrais nous perdre ? Viens, et tu verras combien il est facile de mettre un terme à nos maux. Je ne tremblerai pas.

Sans lui laisser le temps d'ouvrir de nouveau la bouche, elle s'empara de la lampe, dont la flamme, cachée sous un abat-jour de couleur sombre, jetait autour d'eux un reflet pâle et sinistre, et marcha devant Furbice. Machinalement il la suivit.

Elle ouvrit sans bruit la porte de sa chambre. Ils se trouvèrent dans un large couloir, sur lequel s'ouvraient deux portes. Elle alla vers l'une d'elles et tourna le bouton. C'était une vaste pièce ensevelie dans l'ombre. Au fond était un lit entouré de rideaux en laine brune. Margaï fit signe à Furbice de ne pas entrer, et marchant seule vers le lit, éleva la lampe au-dessus de sa tête, regarda, et revenant vers son amant :

— Approche-toi, dit-elle à voix basse.

Il obéit, en marchant sur la pointe des pieds.

Pascoul était là, couché, endormi ; son sommeil était paisible comme celui d'un enfant. Sa tête reposait sur une pile de coussins. Ses cheveux, qu'il avait longs et abondants, inondaient l'oreiller ; sur ses lèvres errait un sourire que le sommeil semblait avoir interrompu. Ainsi posé, Pascoul était véritablement beau, et si l'amincissement de ses traits trahissait encore quelque faiblesse, la coloration de son visage annonçait le retour complet de sa santé, naguère si profondément ébranlée. Il y avait dans ce repos d'un homme honnête et heureux une sérénité qui en imposait. Mais Margaï ne se laissa pas attendrir par ce spectacle. Elle approcha la lampe des yeux de son mari et la tint là, un moment, afin de voir si son sommeil était bien profond. Plusieurs fois la lumière passa sur le visage de Pascoul. Il ne remua pas. Alors Margaï, s'emparant d'un large coussin jeté à l'extrémité du lit, le tendit à Furbice, en prononçant, d'une voix mélodieuse, ces simples mots :

— Toi qui es fort, étouffe-le.

Furbice fit un pas en avant, et, follement excité par les regards provocateurs de Margaï, il prit le coussin et l'éleva au-dessus de la tête du fermier.

XII

Une minute s'écoula, une seule, mais terrible.

Dans les mains vigoureuses de Furbice, le coussin restait suspendu au-dessus de la tête de Pascoul endormi. Margaï avait instinctivement fermé les yeux, sans s'éloigner cependant, car elle avait son genre de bravoure, et se tenait prête à porter secours à son amant. Mais ce dernier ne remuait pas. Elle ouvrit les yeux.

— Qu'as-tu? dit-elle à Furbice.

Au lieu de répondre, il se retourna lentement, le front baigné de sueur, et le coussin, s'échappant de ses mains tremblantes, tomba sans bruit sur la peau de renard étendue devant le lit, tandis que de ses lèvres sortaient ces paroles :

— Je ne peux pas.

— Comment, toi, Furbice, tu recules! murmura-t-elle à son oreille. Mais il dort, regarde ; j'en viendrais à bout, moi, si j'avais la force.

— Je te dis que je ne peux pas. Viens, viens, sortons d'ici, j'ai peur!

Et sans plus attendre, il s'éloigna pâle et chancelant comme un homme ivre.

Margaï le retrouva dans sa chambre.

— Il dormait, lui dit-elle en forme de reproche.

— C'est ce qui m'a épouvanté, répondit Furbice s'il eût fait un mouvement, un seul, il était mort Mais ce sommeil tranquille m'a troublé. J'aurais préféré avoir à attaquer deux hommes bien éveillés.

— Alors, nous n'en finirons jamais !

— Si, mais à l'aide du poison seulement.

— Du poison, soit. Mais, où en trouveras-tu ? I faut sortir de ces embarras. Des émotions comme celle-ci m'auraient vite tuée.

Elle était vivement émue, en effet. L'excitation qu l'avait soutenue jusque-là venait de passer, et un tremblement fiévreux agitait tout son corps. En la voyant ainsi, Furbice l'engagea à prendre du repos, et partit en lui promettant de lui envoyer du poison le lendemain. Elle s'endormit sur cette promesse, brisée de fatigue, mais sans remords.

Lorsqu'il rentra chez lui, le jour allait paraître.

Accoutumée à l'existence singulière qu'il lui avait faite depuis longtemps, sa femme dormait, seule dans la maison, avec les enfants. Pauvre Brigitte ! Malgré tous ses maux, la jalousie qui la torturait, les brutalités de tous genres qu'elle avait à subir, elle demeurait soumise à son mari. Jamais aucune plainte ne sortait de ses lèvres, jamais aucune confidence e s'échappait de son cœur brisé.

Furbice, en arrivant, évita d'entrer dans la chau bre où sa femme était couchée auprès du berceau de ses enfants. Il s'arrêta dans une petite cave attenant à la

cuisine. C'est là qu'il renfermait les drogues destinées
à ses chevaux. Il prit sur une étagère un grand bocal
plein d'eau où l'on voyait briller des petits bâtons
courts et minces, d'une couleur blafarde. Il agita le
bocal, et le liquide eut aussitôt des reflets semblables
à ceux que produit sur la mer, durant la nuit, le
sillon tracé par un navire. Alors il fit sauter le parchemin qui recouvrait le flacon, et aussitôt des vapeurs blanches se répandirent dans l'air. Puis il plon-
gea ses mains dans l'eau, retira un des bâtons qui
offrait l'aspect d'un morceau de cire et essaya de le
briser. Il y parvint sans peine; mais le choc ayant
déterminé un frottement, la matière s'enflamma tout
à coup, le maquignon n'eut que le temps d'ouvrir les
doigts afin de n'être pas brûlé. Le phosphore, car
c'était du phosphore, tomba sur la terre humide et
s'y consuma lentement.

Satisfait de cette expérience, il referma hermétiquement le bocal et dit tout haut :

— Voilà qui fera l'affaire.

Il revint dans la cuisine, se jeta tout habillé sur un
mauvais canapé recouvert d'un matelas bourré de
paille de maïs, et y dormit profondément jusqu'au
lever du soleil.

Lorsqu'il se réveilla, Brigitte vaquait silencieusement aux soins du ménage, et les enfants jouaient
auprès d'elle.

— On ne m'embrasse donc pas, ce matin? s'écria
le maquignon.

Les deux petits, troublés au milieu de leurs jeux,
s'approchèrent timidement. Leur père les mit sur ses

genoux, et essaya de leur arracher un sourire. Ce fut en vain.

— Est-ce que je vous fais peur? dit-il.

Comme ils ne répondaient pas, il les posa brusquement à terre, murmura quelques paroles grossières et alla voir ses chevaux. Mais auparavant, il s'était tourné vers sa femme, qui avait regardé cette scène d'un œil en apparence indifférent, et lui avait dit :

— Je veux déjeuner. Que ce soit vite fait.

Lorsqu'il rentra, après avoir parcouru son écurie, son repas était servi au bout de la table, repas modeste et fugal, qui n'eut guère le don de lui plaire. Il ne se plaignit pas; mais Brigitte, devinant sa répugnance, crut devoir s'excuser.

— Je ne m'attendais pas à ce que tu mangerais ici aujourd'hui, dit-elle, sans cela j'aurais essayé de te faire un déjeuner comme ceux de la Bastide-Neuve.

Furbice la regarda dédaigneusement et leva les épaules.

— Est-ce que je me plains, idiote! Garde tes réflexions pour toi.

A cette brutale apostrophe, Brigitte baissa la tête, et une larme, une seule, car elle sut vite dominer son émotion, apparut dans ses yeux.

Quelques heures après, tandis qu'il se rendait à Cavaillon pour vendre des chevaux, la Valbray arrivait à la Bastide-Neuve. Margaï était seule. La mendiante entra mystérieusement dans sa chambre, et se débarrassant d'un objet qu'elle tenait caché sous sa pelisse.

— Ma mignonne, dit-elle, voici ce que Furbice
vous envoie.

— C'est bien, répondit Margaï, il a tenu parole.

— C'est du phosphore, reprit la Valbray. Depuis
longtemps, il repose au fond de cette eau. Elle en est
tout imprégnée et constitue une sorte de poison dont
l'effet est sûr. Toutes les fois que vous le pourrez,
vous mettrez de cette eau dans les breuvages et dans
les aliments de votre mari. Si cela n'opère pas assez
vite, Furbice vous enverra autre chose.

— Il y a des poisons qui tuent sur le coup, dit
Margaï à la Valbray. Pourquoi ne m'a-t-il pas envoyé
un de ceux-là?

— Vous êtes trop pressée, mignonne, répondit la
vieille. Les poisons qui tuent sur le coup laissent des
traces... Et la guillotine aussi tue sur le cou.

Et riant de son horrible jeu de mots, elle partit
après avoir embrassé Margaï.

Le bocal resta tout le jour à la même place. La
Valbray avait dit que, s'il se cassait, le phosphore
prendrait feu. Margaï n'osait y toucher. Elle le contempla durant de longues heures, et lorsqu'elle était
obligée de descendre, elle fermait à clef la porte de
sa chambre. Mais, dès qu'elle était libre, elle remontait, comme si elle eût voulu surveiller cette terrible
bouteille qui portait la mort dans ses fragiles flancs.
Le soir, en entrant sans lumière dans sa chambre, le
bocal lui apparut tout en feu.

Ce phénomène, des plus simples, lui était inconnu
et l'épouvanta.

— Ciel! dit-elle, il brûle!

Et elle s'élança sur l'escalier pour demander du

secours. Mais un instinct secret la retint. Commen
expliquerait-elle la présence de ce flacon dans sa
chambre? Elle se rapprocha pour éteindre seule ce
incendie singulier, et eut le courage de toucher le
verre ; il était froid. Alors, elle se rappela ce qu'autrefois elle avait appris au couvent, alluma une bougie
à l'autre extrémité de la chambre, et la phosphores-
cence disparut.

Ces émotions avaient mis en elle une indicible terreur. A la veille de commettre le crime, elle sentait
peser sur elle la responsabilité de tout ce qui allait
se passer, et le courage lui manquait; non pas qu'elle
eût pitié de sa victime, mais la Valbray avait parlé de
l'échafaud, et l'échafaud lui faisait peur, et plus encore
que l'échafaud, la perspective de la honte qui rejailli-
rait sur elle, si elle était découverte.

Elle eut presque un regret. Pourquoi avait-elle
connu Furbice? Mais ce mouvement de faiblesse
n'eut pas de suite : sa destinée ne lui appartenait
plus.

Un moment, elle eut aussi la pensée de prendre elle-
même le poison.

— Alors, tout serait fini, dit-elle.

Deux causes la retinrent. Le chagrin qu'elle cau-
serait à son amant et la crainte d'être défigurée, sans
arriver à mourir rapidement.

Enfin elle se décida. Tous les soirs, Pascoul, en se
couchant, avait coutume de boire une tisane chaude
et calmante, destinée à le disposer au sommeil. A
l'heure ordinaire, il vit entrer sa femme dans sa
chambre, portant entre ses mains, une tasse fumante,
pleine jusqu'aux bords.

Sur les traits de Margaï, était répandue une angélique sérénité. Elle marchait avec une raideur automatique, mais d'un pas ferme et sûr.

— Bois, dit-elle à son mari.

Il prit la tasse en souriant, et d'un trait, il avala le contenu.

— Cette tisane est aujourd'hui pire encore que les autres soirs, fit-il en rendant la tasse. Je n'en veux plus.

— Le médecin a ordonné de t'en faire prendre pendant quelques jours encore.

Il poussa un soupir et murmura ces simples mots :

— Quand donc pourrai-je m'arracher à ses griffes?

Puis, se rapprochant de sa femme, il voulut l'embrasser.

— Ah! s'écria-t-elle avec horreur, laisse-moi.

— Je suis donc à faire peur, demanda-t-il. Je t'aime pourtant! Tu es si belle, ma Margaï!

Elle essaya de s'enfuir.

— Ne pars pas, dit-il doucement, au nom de l'enfant que tu portes, ne t'en va pas!

Elle était alors grosse de plusieurs semaines, et la prudence lui avait fait un devoir de prévenir son mari, lorsque cette grossesse s'était déclarée. Le même sentiment la retint encore.

— S'il ne meurt pas, j'en mourrai, se dit-elle lorsqu'elle se trouva seule.

Durant quinze jours, elle servit à Pascoul de l'eau phosphorée dans ses tisanes. Mais Furbice s'était trompé sur l'efficacité de ce poison. On sait, en effet,

8

que le phosphore ne se dissout pas dans l'eau froide.
L'eau prend le goût et l'odeur du phosphore, mais
elle absorbe la matière en si petite quantité, qu'elle
ne saurait avoir d'autres résultats que de produire des
désordres dans l'estomac. C'est ce qui arriva. La santé
du malheureux Pascoul s'altéra de nouveau, mais aucun symptôme grave ne fit présager sa fin prochaine.
Margaï se désespérait, en constatant que le résultat si
vivement désiré n'arrivait pas. Pour comble de malheur, Furbice n'apparaissait plus que rarement à la
ferme. De temps en temps, il venait voir Pascoul, et
comme celui-ci lui reprochait la rareté de ses visites, il
alléguait l'importance de ses occupations. La Valbray
lui avait dit :

— Crois-en mes conseils. Montre-toi partout
excepté à la ferme. Fais en sorte qu'on te suppose absorbé par les affaires. Va en voyage aussi souvent que
tu pourras. De cette manière, lorsque Pascoul suc-
combera, personne ne songera à t'accuser de sa
mort.

Furbice suivait cet avis, et Margaï ne le voyait plus
durant le jour. La nuit, il venait encore quelquefois,
mais toujours à la hâte. Elle souffrait horriblement de
ce déploiement de prudence : livrée à elle-même,
chargée de l'horrible mission de tuer son mari, elle
ne trouvait autour d'elle ni encouragements ni conseils ; Furbice, pensait-elle, ne la secondait pas assez
dans cette tâche monstrueuse. A la vérité elle recevait
de lui, par l'intermédiaire de la Valbray, des billets
que, par son ordre, elle brûlait après les avoir lus.
Mais ces billets ne pouvaient lui procurer les mêmes
douceurs que sa présence. Elle se plaignait amère-

ment de la position qui lui était faite, et il n'est pas sans intérêt de publier, dès à présent, certains fragments de lettres qu'elle lui adressait, soit par la Valbray, soit par Moulinet. Ces lettres furent mises au jour plus tard; car, cédant à un ignoble calcul, Furbice les conservait toutes, tandis qu'il ordonnait de détruire les siennes.

« Mon bon mari, écrivait-elle (dès cette époque, elle ne l'appelait plus que de ce nom), je commence à m'inquiéter. Je vois que le poison opère bien doucement. La première bouteille était meilleure que les autres. Je n'épargne rien, et pourtant je n'avance guère. Je n'oublie aucune de tes recommandations. Mais, hélas! je n'arrive pas au but. Que dois-je faire? Ordonne, j'obéirai. J'ai commencé la faute. Rien ne pourra plus me faire reculer. »

Et comme Furbice la pressait d'en finir, elle lui répondait :

« Je suis toujours dans les mêmes intentions. Je fais ce que je peux; mais il ne m'est pas possible d'aller plus vite. J'en suis désespérée. Je pense toujours à toi. Cette nuit, je me suis vue dans tes bras. Comme j'ai hâte de t'embrasser et que je voudrais être déjà ta femme! Si tu voulais m'aider, nos peines toucheraient bientôt à leur terme. Les hommes ont plus de courage que les femmes, et il te serait si facile d'en finir d'un seul coup avec lui! »

Telle n'était pas l'intention de Furbice. Craignant

de se compromettre, il refusait d'adopter les moyens violents.

— Puisque l'eau phosphorée n'opère pas, dit-il une nuit à Margaï, sers-toi du phosphore.

Et quelques jours après, elle lui écrivait :

« Mon bon mari, j'ai fait ce que tu m'as indiqué. La première fois, j'ai mis deux morceaux de phosphore dans une omelette; cela n'a rien fait. Le lendemain j'en ai mis quatre morceaux. Il a dit : Cette omelette sent le soufre. Il l'a mangée cependant, et n'a éprouvé aucun effet. Je ne sais plus qu'imaginer. Si tu voulais m'aider, nos maux seraient vite calmés. Je suis bien malheureuse. Je n'ai même plus le moyen de te voir et de te parler en sûreté. Dimanche, j'irai à la première messe à Gordes : c'est notre seule manière de nous rencontrer. Je suis toujours inquiète. De noirs soucis me roulent dans la tête; au moment où je t'écris, je suis bien triste et ta présence seule pourrait me consoler. »

Plusieurs semaines s'écoulèrent ainsi. Un dimanche, en sortant de la messe, Furbice glissa dans la main de Margaï une poudre blanche et cristallisée. On eût dit du verre pilé.

C'était du sublimé corrosif.

Mais Pascoul mettait à vivre une persistance singulière qui semblait accroître en raison des efforts qu'on faisait pour le tuer. Margaï, qui, sous prétexte de lui prodiguer des soins les plus actifs, se plaisait à préparer ses repas, lui présenta le sublimé corrosif dans un potage. A peine Pascoul eût-il porté la cuiller à sa bouche qu'il en rejeta vivement le contenu.

— Il y a de la poudre de fer dans cette soupe, dit-il.

Il ne voulut pas l'achever. Il l'offrit à son chien, qui flaira l'écuelle et se retourna sans y toucher.

Furbice envoya alors à Margaï deux grammes d'opium, qu'il s'était procurés sous le prétexte de dompter un cheval rétif. Elle les fit prendre à son mari en plusieurs fois, et l'effet fut encore nul.

Ainsi, les criminels projets de ces misérables étaient constamment déjoués par leur maladresse, par leur ignorance ou par Pascoul lui-même. Ils avaient cru à l'efficacité de l'eau phosphorée : leur erreur a été expliquée. Ils avaient eu confiance dans le phosphore en morceaux, mais dans le plat où la cuisson s'était faite, le phosphore s'était consumé sans laisser d'autres traces qu'un goût affreux. Enfin, ils avaient cru à l'efficacité de l'opium ; administré sans discernement, il n'avait pas agi. Seul, le sublimé corrosif était un poison susceptible de servir leurs plans, et c'est justement celui-là que Pascoul avait refusé.

Furbice ne savait plus quelle matière employer. Son érudition laissait à désirer, et il ne connaissait d'autres toxiques que ceux dont il se servait pour ses chevaux. Or, tous ces poisons avaient échoué. Margaï cependant, quoique découragée, continuait sa tâche; Pascoul prenait du poison à toutes les heures, par tous les moyens. Dans les draps de son lit, dans ses habits, dans ses mouchoirs, dans ses aliments, on jetait des poudres malsaines. Le malheureux avait la gorge en feu ; trois mois de ce régime horrible suffirent pour détruire à tout jamais sa santé. On le vit maigrir de

nouveau, il redevint ce qu'il était une année auparavant.

— Avez-vous remarqué comme le maître a changé?
dit un jour Moulinet à Margaï.

— Son ancien mal lui reprend, répondit-elle, sans
se troubler.

Cette métamorphose rapide fut aussi remarquée
dans le village. Mais personne n'en connut la cause
véritable. Un jour, Frédéric Borel vint à la Bastide-
Neuve et fut épouvanté des ravages dont la figure de
Pascoul portait les traces.

— J'ai là, lui dit le malheureux, en montrant sa poitrine, un feu qui me consume lentement. Margaï me
comble de soins; les médecins m'environnent. Personne ne comprend rien à mon mal, et pourtant je
sens qu'il me tuera si on n'en arrête les progrès.

Frédéric fut attristé par ces paroles; sa cupidité ne
lui avait pas enlevé toute sensibilité, et il chercha
Margaï, afin de connaître d'elle les détails de l'horrible maladie dont Pascoul se plaignait. Il trouva la
jeune femme seule dans un coin du jardin, la tête
entre ses mains, en proie à une violente tristesse
qu'elle expliqua par le spectacle même que Borel
venait de voir.

En parlant de sa prétendue douleur, elle ne put retenir quelques larmes.

— Ne te désole pas, Margaï, lui dit Frédéric, ton
mari guérira. Ce n'est rien.

Le lendemain, elle écrivait à Furbice un long billet
qui se terminait par ces mots :

« ... Lorsqu'on me voit les yeux mouillés, on me
dit : « Ne pleure pas, cela n'est rien. » Lorsque j'en-

tends dire que cela n'est rien, je pleure encore plus. »

XIII

Le temps s'écoulait : Pascoul avait l'estomac délabré. Dans son corps débile, les organes digestifs ne fonctionnaient plus. Ses yeux avaient de nouveau perdu leur limpidité, ses joues leurs couleurs, et les médecins cherchaient en vain un nom pour le mal mystérieux qui le minait sourdement.

De tous les témoins de ce sombre drame, aucun ne se doutait de la vérité. Plus intéressé que les autres à la mort de Pascoul dont il convoitait la fortune, Frédéric Borel venait maintenant à la Bastide-Neuve plusieurs fois par semaine. En apparence, c'était pour avoir des nouvelles de son cousin, mais en réalité il espérait saisir une preuve de la liaison adultère de Margaï et Furbice, qu'il avait été le premier à connaître et à faire connaître dans le pays. Malgré ses fréquentes visites, il ne découvrit rien. Furbice ne faisait plus à la ferme que de rares apparitions. Margaï témoignait à son mari une affection d'autant mieux jouée, qu'afin de lui faire prendre le poison, elle avait besoin de ne pas altérer sa confiance. Quant à Moulinet, c'est en vain que Frédéric s'était efforcé de le faire jaser. Il ne se laissait arracher aucune confidence.

Ainsi, le crime faisait son œuvre lentement, mais sûrement, et lorsque Margaï, soit dans ses lettres, soit dans les rares entrevues qu'elle avait avec son amant, lui reprochait de ne pas l'aider :

— De quoi te plains-tu? lui répondait-il, s'il ne meurt pas vite, c'est tant mieux pour nous. On le croira mort de sa belle mort.

Néanmoins, elle fit tous ses efforts pour décider Furbice à tuer Pascoul, soit en le noyant, soit en l'écrasant.

— C'est inutile, disait-il encore. Nous nous exposerions à être découverts. Je me suis chargé de ma femme, charge-toi de ton mari. Je t'ai fourni le poison, c'est bien assez pour ma part.

— C'est que nous ne pouvons plus vivre ainsi, murmura-t-elle. Nous y perdrions l'honneur, et l'honneur est une belle chose.

Malgré son calme apparent qui avait pour but de lui éviter une participation plus directe dans la mort de Pascoul, Furbice n'était pas moins impatient que sa complice. Son impatience avait deux mobiles : son amour d'abord, le besoin d'argent ensuite. C'est alors que, pour donner un aliment à l'attente qui le dévorait, il essaya d'empoisonner Brigitte.

Un jour, tandis qu'ils mangeaient ensemble, elle quitta un instant la table. Aussitôt il versa dans le verre où elle venait de mettre du vin quelques gouttes de cette eau phosphorée qu'il avait déjà donnée à Pascoul. Brigitte reprit sa place, tenant dans ses bras l'aîné de ses deux enfants.

— Boire, dit le pauvre petit.

Elle lui offrit son verre.

L'enfant allait y tremper ses lèvres; mais Furbice avait suivi tous les mouvements de sa femme.

— Ne bois pas, mignon, s'écria-t-il vivement, et comme Brigitte le regardait avec surprise, il ajouta : il y a trop de vin pour lui.

En même temps, il versa de l'eau dans son propre verre et l'offrit à son fils. Brigitte but dans le sien. A peine y eut-elle goûté, qu'elle l'éloigna de ses lèvres.

— Ah! dit-elle, que c'est mauvais!

Furbice pâlit subitement, balbutia quelques mots, se décontenança, et Brigitte ne poussa que ce cri :

— Misérable! c'est du poison!

Et, dans un mouvement d'horreur, elle brisa le verre et prit la fuite, en poussant des cris terribles.

Il courut après elle et la ramena de force.

— Tu es folle, dit-il, folle à lier. Où as-tu vu du poison?

— Là, là, repondit-elle en montrant le verre brisé.

— Te tairas-tu, coquine! reprit-il; si quelqu'un t'entendait, on mettrait les gendarmes à mes trousses. Il n'y a pas plus de poison que dans ta main. Tu perds la tête.

Elle n'osa insister, mais sa conviction était faite. Elle alla s'enfermer dans sa chambre, et, plongeant sa tête dans le berceau de ses enfants, elle pleura longtemps. Resté seul dans la salle du bas, Furbice se demandait comment il détournerait les soupçons conçus par Brigitte. Bientôt il la rejoignit et lui dit d'une voix menaçante :

— Malheur à toi, si tu ouvres la bouche sur ce qui vient de se passer!

Brigitte ne répondit pas. Mais, dès ce jour, elle ne

put manger et boire qu'avec une instinctive répugnance. Elle voyait du poison partout et tremblait plus encore pour ses enfants que pour elle-même.

Quant à lui, il renonça provisoirement à poursuivre ses tentatives de ce côté. Cette scène lui avait suggéré de graves réflexions. Si sa femme avait, d'instinct, deviné la présence du phosphore dans son verre, Pascoul ne pourrait-il pas, à la longue, être averti de la même façon? On pouvait tout redouter d'une imprudence : Margaï n'avait qu'à se troubler en présence de son mari, comme lui-même venait de se troubler en face de sa femme.

Il alla le même soir à la Bastide-Neuve. Margaï, prévenue, l'attendait dans sa chambre. Il lui raconta l'aventure de la journée et lui communiqua ses craintes.

— Ne te l'avais-je pas dit? s'écria Margaï. N'était-il pas plus sage d'en finir d'un seul coup? A défaut d'un poison foudroyant que nous ne pouvons nous procurer, il faut te décider à agir toi-même. Tu es fort, et la double pensée de mon amour et de l'enfant qui en est le fruit doit accroître tes forces. Pascoul est si faible que tu pourras le tuer sans peine ; le mauvais état de sa santé expliquera suffisamment sa mort.

Et alors, elle lui dicta un plan nouveau que, dès le lendemain, il essaya d'exécuter.

On était dans les premiers jours de décembre; le soleil se leva radieux dans un ciel sans nuages, inondant de ses rayons la nature rassérénée et lui donnant un air de fête, malgré la vivacité du froid. De bonne heure, Furbice se présenta à la Bastide-Neuve. Depuis longtemps, il n'y était pas venu, et Pascoul manifesta la joie la plus vive en le voyant.

— Vous m'abandonnez donc, Furbice ? dit-il au maquignon. Est-ce parce que je suis malade ?

— Je ne vous abandonne pas, répondit ce dernier, et ma présence ici en est la preuve. Je vais à Cavaillon dans ma voiture. Le temps est splendide comme au printemps. Accompagnez-moi. Nous déjeunerons en route.

Cette proposition sourit agréablement au fermier. Depuis plusieurs semaines, ses promenades étaient rares et courtes. Il n'avait d'autre distraction que la lecture, et encore ne pouvait-il s'y livrer longtemps, ses yeux ne pouvant supporter une longue fatigue. Il interrogea sa femme du regard.

— Tu es bien faible, mon ami, dit-elle.

— Le voyage lui donnera des forces, s'écria Furbice. Ce qui l'affaiblit, c'est de vivre enfermé. Il lui faut de l'air ; confiez-le-moi. Je vous le ramènerai en bien meilleur état.

— Il a raison, dit le fermier, qui se leva tout joyeux.

Margaï ne résista pas. Elle l'aida à se vêtir, le couvrit d'un grand manteau, et le pauvre homme, appuyé au bras du maquignon, descendit lentement l'escalier de la ferme pour monter en voiture. Il embrassa Margaï, qui lui prodiguait des soins minutieux, et bientôt il fut avec Furbice sur la route de Cavaillon, Ce dernier ne s'était pas trompé. L'air vif opéra sur Pascoui une réaction salutaire, et lorsqu'on fut à une courte distance de Cavaillon, il déclara qu'il saurait faire honneur au déjeuner.

— Alors, arrêtons-nous ici, dit le maquignon.

Il y avait aux portes de la petite ville, une auberge réputée dans le pays pour les talents culinaires du maître de l'établissement. Furbice y venait souvent, les jours de marché, et c'est à dessein qu'il y avait conduit sa victime. Ils s'installèrent dans une chambre; on jeta force bois dans la cheminée, et bientôt ils s'attablèrent devant un succulent déjeuner composé de gibier et de sauces fortement épicées, le tout accompagné de plusieurs bouteilles de vin de Châteauneuf-du-Pape, l'un des plus capiteux du Midi. Pascoul, qui par goût était sobre, avait, en outre, perdu l'habitude des repas substantiels. Aussi, après ce déjeuner, qui ne dura pas moins de trois heures, avait-il complétement perdu la raison.

— Le voilà bien parti, pensa Furbice en entendant le fermier balbutier des mots sans suite et sans signification.

L'aubergiste, appelé pour donner sa note, manifesta quelque inquiétude en voyant Pascoul dans cet état.

— Bah ! répondit Furbice, avant que nous soyons arrivés chez lui, il n'y paraîtra plus. Nous allons retourner à la Bastide-Neuve; j'irai à Cavaillon un autre jour. Aidez-moi à le mettre en voiture.

A peine installé sur les coussins, Pascoul s'endormit.

— Il s'agit maintenant de le pousser de manière à ce qu'il tombe sous les roues, se dit Furbice après s'être remis en route.

Et, réunissant les rênes dans une seule main, de l'autre il secoua vivement Pascoul, afin de l'envoyer hors de la voiture, la tête en avant; mais, dans ce sommeil provoqué par l'ivresse, le fermier s'était fortement cramponné aux coussins de la voiture. Ce fut ce qui le sauva. Trois tentatives ne purent avoir raison de sa résistance inconsciente.

Exaspéré, Furbice arrêta brusquement son cheval et sauta sur la route, afin d'y précipiter plus commo-dément son compagnon et de l'écraser ensuite en re-venant sur ses pas. Au moment où il allait commencer cette manœuvre, le cheval, ne se sentant plus retenu, partit d'une manière si brusque que le maquignon resta quelques secondes, stupéfait, à la même place. Enfin il se mit à courir et parvint à arrêter le fugitif. Mais, cette fois, il était ému ; le silence des champs l'intimidait : il eut peur de nouveau, comme lorsqu'il s'était trouvé devant le lit de Pascoul.

— Je ne peux pas, répéta-t-il encore, comme il avait fait jusqu'alors.

Il reprit sa place à côté de Pascoul, qui dormait toujours, et se dirigea vers la ferme en maudissant sa faiblesse.

Pendant ce temps, Margaï fiévreuse, tourmentée, avait compté les heures l'une après l'autre. A chaque instant, elle se mettait aux croisées, dans l'espoir de voir arriver Furbice et de connaître un peu plus tôt le résultat du voyage.

Tout à coup, un bruit de grelots et de roues se fit entendre. La voiture rentrait dans la cour. Se préci-piter à sa rencontre, saisir d'un coup d'œil la position de Pascoul, reconnaître qu'il n'était pas mort, tout cela fut rapide comme un éclair. Elle n'ouvrit pas la bouche, mais le regard qu'elle adressa à Furbice était chargé d'amers reproches :

9

— Il s'est grisé, dit piteusement le maquignon. Il faudrait le coucher.

Margaï appela Moulinet, et les deux hommes transportèrent Pascoul sur son lit.

— Lorsqu'un homme est aussi malade que lui, il est imprudent de l'enivrer, fit observer Moulinet.

— Tous mes efforts pour l'empêcher de boire ont été inutiles, répondit Furbrice.

— C'est surprenant, reprit Moulinet.

Margaï était exaspérée et son exaspération tomba sur Moulinet, auquel elle enjoignit brutalement de se taire. Mais celui-ci continua :

— Si j'ai manifesté ma surprise, c'est que, dans l'état où le voilà, il pourrait bien ne pas se réveiller.

Ces paroles eurent le don de dissiper la colère de Margaï, qui se rapprocha du lit, afin de suivre sur le visage de Pascoul les effets de l'ivresse. Au bout d'une heure, elle assista à son réveil et eut dans le cœur une impression douloureuse.

— Où suis-je ? demanda le fermier.

— Chez vous, notre maître, répondit Moulinet. Ne parlez pas ; on va vous faire du thé.

A ces mots, Margaï se précipita hors de la chambre, descendit rapidement à la cuisine, fit faire le thé sous ses yeux, et voulut l'apporter elle-même à son mari. Il en but plusieurs fois durant la soirée, et se plaignit du mauvais goût de cette boisson qui provoqua de violents vomissements. Mais, cette fois encore, il ne mourut pas.

En présence de tant de tentatives avortées, vivement sollicité par sa maîtresse et pressé lui-même d'en finir, Furbice prit enfin une décision irrévocable.

Une nuit, il vint trouver Margaï et lui fit part de son projet.

— Le poison n'a pas réussi, dit-il, tu n'as pas su pousser Pascoul dans le puits ; je n'ai pas eu le courage de l'étouffer ni de l'écraser. Mais je saurai le tuer autrement : un bon fusil nous délivrera de lui.

A ces mots Margaï se récria :

— Malheureux ! y songes-tu ? Et le bruit, et le sang ? Pourquoi n'as-tu pas voulu le noyer à Vaucluse ?

— Parce que, toutes les fois que j'ai dû le toucher, j'ai eu peur. Mais un fusil, ça me connaît. Je suis sûr de moi, une arme à la main.

— Pas cela, je t'en prie, reprit Margaï. Ce bruit produira en moi une sensation horrible. Songe à notre cher enfant.

— Je te préviendrai avant de tirer, et tu n'auras aucune émotion. D'ailleurs, ajouta-t-il, je veux que cela soit ainsi.

Il parlait maintenant en maître, et Margaï était devenue son esclave.

Elle ne résista plus.

— Dans huit jours d'ici, c'est la Noël. Je viendrai le soir et ça se fera.

— As-tu un fusil ? demanda Margaï.

— Demain, à Avignon, j'en achèterai un.

— Furbice, sois prudent, je t'en supplie. Si on te voit cette arme...

— On ne la verra pas.

— N'achète ni poudre ni balles : ça pourrait te faire découvrir. Je sais où mon mari tient sa poudre, je t'en donnerai.

— Et des balles?

— Fais-en avec les grelots de ton cheval.

Ce fut le dernier mot de cet entretien. Ils se séparèrent pour ne plus se revoir que le jour où tout serait consommé.

Durant la semaine qui suivit, Furbice, entraîné par la fièvre du crime, se rendit à Avignon et y acheta un fusil de chasse. Margaï lui envoya de la poudre par la Valbray, que le maquignon tenait au courant de ces divers incidents, et qui tenta vainement de lui faire abandonner le moyen violent dont il voulait user.

— Soyez sans inquiétude, la vieille; tout ira bien.

Il prononça ces paroles d'une voix si ferme, il paraissait avoir tant de confiance en lui-même, que la Valbray fut rassurée. Elle le savait homme à se tirer de tout.

La veille de la Noël, dès le matin, Pascoul envoya Moulinet à Fontblanche, afin d'inviter de sa part Furbice au repas qui, suivant une coutume décrite au début de ce récit, devait avoir lieu le soir à la ferme. Le maquignon fit transmettre de nombreux remerciements à Pascoul, mais il refusa son invitation, alléguant que, ce jour-là, lui aussi se devait à sa famille. Il soupa chez lui, et ce fut même un assez triste souper, car il voulut avoir à sa table la Valbray, bien qu'il sût que la vieille mendiante inspirait à sa femme une horreur profonde.

A huit heures, ils s'arrachèrent aux douceurs du repas, qui avait été copieusement arrosé. La Valbray en eut un vif regret. Mais le moment était venu de tenir la promesse faite à Margaï, et Furbice était dé-

cidé. Lorsqu'il fut debout, prêt à partir, enveloppé
dans son manteau, il dit à sa femme :

— Si quelqu'un vient me demander, tu répondras
que je suis allé au cabaret. On m'y trouvera toute la
soirée.

Et, se retournant vers la Valbray, il ajouta :

— En route, la vieille.

Ils sortirent. Mais il rentra par son écurie, prit son
fusil déjà tout chargé et caché sous la paille, le dis-
simula le mieux qu'il put sous ses vêtements, et,
rejoignant la mendiante qui l'avait attendu, ils se
dirigèrent vers la Bastide-Neuve.

Pendant ce temps, Brigitte, restée seule, versait
d'amères larmes sur sa triste destinée. A cette heure,
toutes les familles étaient réunies ; dans toutes les
maisons il y avait fête ; le dernier des valets lui-même
prenait place à la table du maître. Pour elle, délaissée à jamais, ne trouvant pas encore dans ses jeunes
enfants une consolation efficace, il ne lui restait dans
cette nuit solennelle d'autres compagnes que les pensées cruelles qui venaient l'assaillir et lui montrer
l'avenir sous les couleurs les plus sombres.

XIV

Furbice et la Valbray marchaient rapidement et
mirent très-peu de temps à parcourir la route qui va

de Fontblanche à La Bastide-Neuve. Ils avaient pris
les chemins de traverse afin de ne pas être obligés de
passer par Gordes ; aussi ne rencontrèrent-ils personne, et n'échangèrent-ils aucune parole durant
le trajet.

Furbice, absorbé par les pensées qui roulaient
tumultueusement en lui, se plaisait dans ce silence
qui lui laissait sa liberté d'esprit. Quant à la Valbray,
ayant noyé au fond de son verre une grande partie de
sa raison, elle était suffisamment occupée par les
soins qu'elle devait prendre pour ne pas trébucher
contre les cailloux du chemin.

Lorsqu'ils furent arrivés devant la ferme, Furbice
s'arrêta. La Valbray fit comme lui. Alors le maquignon
marcha vers elle, et la regardant dans les yeux, en lui
mettant une main sur l'épaule, tandis que de l'autre
il retenait son fusil :

— Parlons sérieusement, si c'est possible, dit-il.
Êtes-vous ivre tout à fait, la vieille ?

— Ivre ! moi ! répondit-elle en se campant fièrement. Où as-tu vu cela ? Les yeux sont un peu trou-
bles, c'est possible ; les jambes se refusent parfois
au service, mais on a toute sa tête.

Ces paroles rassurèrent Furbice.

— Alors, dit-il, vous allez entrer dans la ferme.
Vous rappelez-vous bien ce que je vous ait dit ?

— Je me rappelle tout, absolument tout.

— Répétez un peu.

— Tu te défies encore ! Pour qui donc prends-tu
la Valbray, grand niais ? Je sais la valeur des mots
et l'importance des choses. Un coup de fusil ne se
tire pas tous les jours, et...

— Veux-tu te taire? s'écria Furbice en lui posant
la main sur la bouche. Et plus bas il ajouta : Si quelqu'un était aux croisées, on nous entendrait. Ne
prononce jamais ces mots-là. Entre dans la ferme,
dis à Margaï que j'attends ses instructions, et surtout
pas de bavardage ; va !

La mendiante ne répondit pas ; elle obéit.

La porte de la ferme était entr'ouverte. La Valbray
pénétra dans la cour, la traversa dans sa longueur,
et, guidée par les lumières qui brillaient aux fenêtres
du rez-de-chaussée, elle entra dans la maison.

Pour la troisième fois, depuis la mort de Rivarot,
on célébrait la veillée de Noël à la Bastide-Neuve.
Comme durant la soirée dont nous avons raconté les
événements au début de ce récit, tout le personnel
de la ferme, maîtres et serviteurs, était réuni dans
la grande salle, autour d'une table chargée de mets
et de vins. A la place autrefois occupée par Rivarot,
Pascoul était assis entre Margaï et Frédéric Borel. En
dépit du déplorable état de sa santé, il avait voulu
paraître au milieu de tous les siens. Mais sa présence,
au lieu d'être une cause de joie pour les convives, les
avait plongés dans la tristesse.

En vain, Frédéric Borel essayait de ranimer leur
gaieté. Nul ne secondait ses efforts, et si parfois un
éclat de rire partait du bas bout de la table où les
petits pâtres se contaient des histoires en mangeant
le gâteau aux amandes, des regards sévères lancés
par Moulinet venaient l'arrêter brusquement.

Margaï était triste et Moulinet voulait qu'on res-
pectât sa tristesse, qui, pour tous ces gens, s'expliquait par le navrant spectacle qu'offrait Pascoul, assis

dans son fauteuil, la tête appuyée contre un coussin.
Cet homme jeune se défendant contre un mal inconnu,
cette pâleur cadavéreuse, cette maigreur de phthisique,
cette décrépitude des membres, refroidissaient les
plus solides gaietés.

On touchait à la fin du repas, et, à voir l'embarras
des convives, on eût dit qu'ils aspiraient au moment
où ils pourraient quitter la table. Margaï sortait de
temps en temps de la rêverie dans laquelle elle était
plongée, regardait son mari avec inquiétude, puis ses
invités, comme si elle eût voulu les pousser à boire,
à crier et à rire. Mais Moulinet ne semblait pas comprendre, et son visage, mélancolique et sévère à la
fois, inspirait autour de lui une terreur contre laquelle
les efforts de Margaï venaient se briser.

Enfin elle parut deviner que la présence de son
mari produisait cette situation gênante pour tous. Elle
se pencha vers Pascoul et lui demanda s'il n'était pas
disposé à remonter dans sa chambre.

— Non, répondit-il. Je suis bien ici; il y a si longtemps que je ne vous avais tous vus réunis à ma table !
D'ailleurs, avant de monter, j'irai respirer l'air pur et
froid de la nuit. Cela me disposera au sommeil et cal-
mera peut-être le feu que j'ai toujours là.

En disant ces mots, il montra son front.

— Si tu ne nous quittes pas encore, dit alors Margaï, efforce-toi d'être gai. Tout le monde est triste,
parce qu'on ne t'a pas vu sourire, ni entendu parler.

Pascoul fit de la tête un signe d'adhésion, et aussitôt, se soulevant, il tendit son verre vers les assistants :

— Mes amis, leur dit-il, je bois à votre santé à tous.

— Merci, merci, notre maître, s'écrièrent vingt voix.

Moulinet ajouta :

— Nous souhaitons que vous soyez bientôt tout à fait rétabli.

Ce double toast détermina dans la salle une véritable explosion de cris et de rire. Le maître avait parlé, une subite rougeur était venue colorer son visage, sur ses lèvres errait un sourire ; il n'en fallait pas davantage pour rassurer tous ces braves gens et les engager à s'amuser. C'est à ce moment que la Valbray entra. On lui fit bon accueil. Tous les ans, le même jour, à la même heure, elle se présentait à la ferme. Elle y venait chercher la part des pauvres, et la Bastide-Neuve avait des habitants charitables.

— Venez vous asseoir ici, la Valbray.

— Non ici !

— Venez là !

Et chacun lui faisait une place, en se disputant presque le plaisir de servir la mendiante. Elle se dirigea lentement vers Margaï, qui l'avait appelée, tout en poussant sa chaise contre le fauteuil de Pascoul, et elle dit :

— Voici ma place.

Elle fut bientôt servie. Mais elle n'avait ni soif ni faim. La chaleur de la salle, l'éclat des lumières, le bruit des assistants, tout cela produisit en elle une sensation d'autant plus vive qu'elle quittait la froide atmosphère du dehors. Dans sa tête un peu échauffée déjà, l'ivresse se détermina tout à fait. Elle eut ce-

9.

pendant le temps de dire à Margaï, à voix basse :

— Ma mignonne, Furbice est au dehors, il vous attend.

Sa commission remplie, elle se livra à une sorte de monologue à mi-voix auquel personne ne prêta d'abord attention. Les conversations avaient repris, et Margaï promenait sur tout le monde des regards distraits, tout en cherchant l'occasion de sortir, afin de rejoindre son amant.

Toutefois, la voix de la Valbray s'élevait peu à peu. Elle gesticulait tout en parlant. Frédéric Borel s'aperçut le premier de cette pantomime, et interpellant sa cousine, il lui dit :

— Margaï, pourrais-tu nous répéter ce que marmotte entre ses dents ta voisine? Vois donc; elle parle seule.

Margaï devina la vérité.

— On l'a trop fait boire, dit-elle un peu troublée.

— Qui parle de boire? s'écria la Valbray, dont la langue un peu épaisse n'articulait pas les mots d'une manière très-distincte. C'est vous, petite! Vous avez soif. Buvez, ma mignonne... Dans la vie, il faut manger quand on a faim et boire lorsqu'on a soif... Vous êtes en vérité bien jolie. Mais, ça ne prouve rien... Moi aussi j'ai été belle, aussi belle que vous. Vous voyez à quoi je ressemble, aujourd'hui... Ah! je voudrais être à votre place, pour faire mourir d'amour tous les hommes qui s'approcheraient de moi.

A ces mots, ceux qui écoutaient la Valbray — et c'étaient presque tous les convives — se regardèrent avec surprise.

— Elle divague, s'écria Pascoul, que cette scène semblait récréer.

— Je crois bien, reprit Frédéric. C'est qu'elle est tout à fait ivre.

— Ivre! non, je ne suis pas ivre. Furbice me l'a dit aussi. Mais il a menti.

— Est-ce Furbice qui vous a fait boire, la Valbray? demanda Frédéric.

— Trop curieux, le petit bonhomme, répondit-elle, comme si à ce moment un éclair de raison eût illuminé son cerveau troublé.

— Calmez-vous, la Valbray, lui dit Margaï, que cette scène commençait à inquiéter, le nom de son amant ayant été prononcé.

La Valbray continua :

— Si nous ne faisons pas du mal aux hommes, c'est eux qui nous en font... Moi, j'ai pris les devants... Leur en ai-je fait voir à tous et de toutes les couleurs !... Imite-moi, Margaï.

— Voilà qu'elle te tutoie, fit observer Pascoul en riant.

Margaï écoutait ce flot de paroles, prête à l'arrêter, si la Valbray allait trop loin.

— Ça ne sert à rien d'avoir du cœur. Plus on en a, plus on souffre. Lorsqu'on possède la beauté, la vertu est inutile. Les hommes, c'est pour nous servir de souffre-douleurs. Retiens bien tout cela, Margaï.

— Jolis principes! murmura Frédéric.

Quant à Moulinet, assis en face de la Valbray, il l'écoutait avec une attention singulière et suivait du regard tous ses mouvements. Elle s'était arrêtée un moment; bientôt elle se leva en s'écriant :

— Les maris sont faits pour être trompés. Je savais là-dessus une chanson. Comment disait-elle donc? Chante-la, Margaï. Furbice ne te l'a-t-il pas apprise?

Il y eut un silence glacial dans la salle. Frédéric regarda son verre d'un air embarrassé. Margaï devint pâle comme une morte. Seul, Pascoul ne put retenir un sourire, et il dit à sa femme :

— Connais-tu cette chanson? Tu devrais bien nous la chanter.

— Cette malheureuse est folle, répondit Margaï; si elle continue ainsi, elle débitera bientôt des infamies.

— Nous l'en empêcherons, s'écria Moulinet.

En même temps, il quitta sa place, et, passant derrière la Valbray :

— Il faut vous taire, la vieille, lui dit-il d'une voix haute et ferme.

Puis, s'adressant aux convives, il ajouta :

— Agissez tous comme si elle n'était pas là. Elle est excitée parce qu'on l'écoute.

On comprit et on obéit. Pascoul lui-même, donnant l'exemple, se mit à causer avec Frédéric. Ce dernier aurait cependant désiré entendre encore la Valbray, et il maudissait intérieurement Moulinet, dont l'intervention l'avait arrêtée.

Quant à la mendiante, loin de se taire, une fois assise, elle dit d'une voix pleine de reproche :

— Que t'ai-je fait, Moulinet? As-tu à te plaindre de moi? J'ai su autrefois que tu aimais Margaï et je n'ai rien dit. Pauvre niais! Elle a aimé Pascoul à ton nez, maintenant elle aime...

— Moulinet, fais-la taire, je t'en prie, s'écria Margaï.

— Bast! laissez-la donc parler, cousine ; elle est très-amusante, dit Frédéric Borel, qui avait entendu ces derniers mots.

Mais les forces de la Valbray étaient épuisées. Bientôt elle balbutia des mots inintelligibles et elle s'endormit.

Margaï se leva et s'approchant de son mari :

— Es-tu toujours décidé à sortir?

— Toujours, répondit-il. Le grand air me sera bon.

— Alors, je vais voir si le froid n'est pas trop vif pour toi.

Et, tandis que Pascoul la remerciait de sa sollicitude, elle sortit rapidement. Elle avait hâte de retrouver Furbice.

En l'attendant, le maquignon s'était adossé contre la porte de la cour, après avoir caché son fusil derrière un tas de pierres, au bord d'un fossé. Les bras croisés sur sa poitrine, enveloppé dans son manteau, son chapeau sur les yeux, il était dans une immobilité si complète, qu'on eût dit un tronc d'arbre debout contre la muraille.

— J'ai longtemps attendu, dit-il à Margaï dès qu'elle le rejoignit.

— La faute en est à la Valbray, répondit-elle. La malheureuse n'a plus sa tête ; elle déraisonne. Elle a failli tout dire devant mon mari.

— La misérable coquine! s'écria Furbice; c'est le vin. Elle n'a pas bu beaucoup cependant. Mais n'a-t-elle rien dit de trop?

— Moulinet lui a imposé silence; sans cela, nous étions perdus.

Furbice respira.

— Le fusil est là, dit-il.

— Chargé?

— Tout chargé. Où est Pascoul?

A cette question, Margaï frissonna des pieds à la tête.

— Ne pourrais-tu le tuer sans bruit? demanda-t-elle. Ah! ce bruit me fait peur.

— Il est impossible de l'éviter. Envoie ton mari ici, puis monte dans ta chambre. Les croisées sont de l'autre côté, tu n'entendras rien. D'ailleurs, pour plus de sûreté, enfonce ta tête dans ton oreiller.

— Oui, je suivrai ce conseil; mais, toi, comment feras-tu pour n'être pas découvert?

— La nuit est noire, dès que j'aurai tiré, je jouerai des jambes du côté de Gordes. Bien fin celui qui m'attrapera.

— Ne va pas le manquer, au moins.

— Sois en repos. J'ai mis dans mon fusil trois grelots en guise de balles. Envoie-le seulement de ce côté.

Margaï passa sa main sur son front. Il faisait froid, elle était là, tête nue, sans manteau, et cependant des gouttes de sueur perlaient sur son visage. Elle s'approcha de son amant.

— Je veux t'embrasser, lui dit-elle : ça te donnera du cœur.

Lorsqu'elle l'eut quitté, Furbice, sans trembler, alla prendre son fusil dans l'endroit où il l'avait caché. Ainsi qu'il l'avait dit, la nuit était obscure; mais ses yeux étaient faits à l'obscurité. D'ailleurs la lumière qui s'échappait de la ferme par les croisées éclairait la partie de la cour où Pascoul devait passer, laissant dans l'ombre celle où se tenait Furbice. Pour plus de prudence, il resta au dehors sur la route.

La grande porte contre laquelle il se trouvait était vermoulue, disjointe, à moitié ruinée. Il y avait, à hauteur d'enfant, une ouverture résultant de la vétusté du bois, longue de huit centimètres et large de sept. Il y passa le canon de son fusil, s'agenouilla et attendit en silence. Ainsi posé, il avait la porte de la maison en face de soi à quelques mètres ; à sa droite, la route de Gordes ; à sa gauche, celle de Vaucluse.

Il était là depuis cinq minutes, lorsque la porte de l'habitation s'ouvrit, et l'intérieur de la salle où avait eu lieu le repas apparut à Furbice dans toute sa profondeur. Il reconnut les convives. Mais celui qu'il reconnut avant tous, ce fut Moulinet, qui se dirigea vers l'écurie. Derrière lui s'avançait Pascoul. Appuyé sur une canne, chaudement enveloppé, le fermier regarda le ciel couvert de nuages, aspira quelques bouffées d'air, puis, refermant la porte derrière lui, il fit trois pas en avant.

Furbice attendit que Moulinet eût disparu dans l'écurie. Alors il arma son fusil sans l'épauler. Visant de bas en haut, il tint pendant quelques secondes Pascoul au bout de son canon, et, lorsqu'il le vit en face de soi, il pressa la détente.

XV

Le coup partit. Les trois balles portèrent.

Pascoul tourna sur lui-même et tomba à la renverse, en poussant un cri déchirant. Attirés par la détonation et par ses gémissements, les gens de la ferme, Frédéric Borel en tête, s'élancèrent vers lui, tandis que Moulinet sortait de l'écurie, regardant, stupéfait, l'horrible spectacle qu'il avait sous les yeux.

— Je suis assassiné! dit Pascoul d'une voix éteinte. Un prêtre! vite un prêtre!

— Et un médecin, s'écria Frédéric.

— Pierre, prends un cheval et cours au village demander du secours, ajouta Moulinet en s'adressant à un valet de ferme.

En même temps, Moulinet et Frédéric, aidés par les servantes, relevèrent le malheureux Pascoul, étendu sans mouvement sur le sol, et le transportèrent dans sa chambre. Lorsqu'on l'eut placé sur son lit, Frédéric, voulant éviter à Margaï la vue de son mari sanglant, enjoignit aux femmes qui se trouvaient là de se rendre auprès d'elle et de l'empêcher d'entrer dans la chambre. Cette précaution était inutile. Margaï s'était enfermée chez elle et n'avait pas entendu le coup de fusil. Les cris qui retentissaient de tous côtés dans la ferme venaient seulement de lui apprendre que le crime était consommé. On la trouva au pied de son lit, debout ou plutôt pliée en deux, la tête appuyée contre les matelas. On crut qu'elle pleurait et on respecta sa douleur. Mais, sur son visage, si elle l'eût relevé, on n'aurait pas vu une larme. Ses yeux étaient secs, sa bouche muette. Elle ne songeait qu'à deux choses : Furbice était-il en sûreté? L'émotion ne tuerait-elle pas l'enfant qu'elle portait?

Au milieu de l'inexprimable désordre causé par cette catastrophe, la Valbray avait été laissée seule dans la grande salle, endormie devant la table abandonnée. Le bruit la réveilla. Les vapeurs du vin s'étaient dissipées et il ne lui en restait qu'un certain trouble de cerveau. Elle écouta les voix dispersées qui se faisaient entendre dans la cour et au-dessus d'elle, dans l'escalier, dans les chambres. Tous ses souvenirs lui revinrent et un sourire se dessina sur ses lèvres.

Quelques minutes s'écoulèrent. Alors elle monta, et put arriver jusqu'au lit de Pascoul que tout le monde entourait.

— Est-ce qu'il est mort? dit-elle à voix basse.

— Non, mais il n'en vaut guère mieux.

— Voilà un grand malheur !

— C'est horrible, répondit quelqu'un. On se demande en vain qui a pu faire le coup. Pascoul n'avait pas un ennemi dans le pays.

— Ça se découvrira, reprit la mendiante en secouant la tête d'un air entendu.

Elle sortit un instant après pour essayer de rejoindre Furbice et lui faire part du succès que son coup de fusil avait obtenu.

Il était environ dix heures. La Valbray, qui n'avait
pas encore, nous l'avons dit, entièrement recouvré ses
esprits, prit à sa gauche au lieu de prendre à sa droite
le chemin de Gordes. Elle marcha durant trois quarts
d'heure environ, se croyant sur sa route. Absorbée
dans ses pensées, elle ne regardait et ne voyait rien
autour d'elle. Cette misérable vieille se sentait à
l'aise et trouvait plaisir à se mouvoir dans le crime.
Pascoul qui avait eu pour elle mille bontés, à qui,
trois ans avant, elle s'était dévouée, alors qu'entraîné
par sa passion, il avait commis le seul acte blâ-
mable de sa vie, Pascoul agonisait, et elle ne songeait
ni à le pleurer ni même à le plaindre. Elle se demandait seulement comment Furbice, libre d'un côté,
arriverait à se débarrasser de sa femme, et elle cherchait elle-même un plan à lui soumettre.

Tandis que son imagination dépravée travaillait
ainsi, elle se heurta tout à coup contre un rocher et
s'aperçut qu'elle avait perdu son chemin. Elle regarda
avec inquiétude autour d'elle, et l'obscurité de la nuit
l'empêchant de s'orienter, elle essaya de revenir sur
ses pas. Cette tentative l'engagea plus avant dans le
dédale de rochers au milieu desquels elle s'était égarée. Elle fit encore quelque chemin, obligée de gravir
un sentier qui montait devant soi. Puis elle s'arrêta
de nouveau. Un autre sentier était là; il allait en des-
cendant. Elle le prit, dans l'espérance qu'il la ramè-
nerait en quelque endroit où elle se reconnaîtrait.

Elle se reconnut en effet : au moment où elle arrivait au bout de cette route étroite, taillée dans une
masse calcaire, la lune perçant les nuages illumina
tout à coup le paysage. La Valbray se trouvait dans le

vallon clos de rochers, au milieu duquel est située la
célèbre fontaine de Vaucluse.

D'abord rassurée, elle se prépara à reprendre la
route de l'Isle, seul moyen qui lui restât de regagner
le petit village de Vaucluse d'où il lui serait facile de
rentrer à Gordes, mais, à chaque instant, la lune se
cachait derrière de gros nuages. Elle eut peur de se
perdre de nouveau, fit quelques pas en avant, puis,
serrant sa mante autour de son corps fatigué, la
tête troublée, elle s'assit dans une niche taillée en
plein roc.

En face d'elle se trouvait un énorme amoncellement
de rochers, d'une hauteur de plus de cent mètres,
terminé par un vaste plateau, premier contre-fort
d'une suite de collines, adossées les unes contre les
autres, et qui vont rejoindre les Alpes à Briançon.

Au pied de ces rochers taillés à pic est un gouffre
large et profond qu'ils surplombent hardiment et d'où
sort la source de Vaucluse. Au mois de décembre,
l'eau jaillit avec abondance, se répand, avec des bruits
secs et saccadés, dans un lit dont le fond a le poli du
marbre, et forme plusieurs ruisseaux qui, après s'être
rejoints, deviennent la petite rivière destinée, sous le
nom de la Sorgue, à arroser une partie du Comtat-
Venaissin.

On se croirait enfermé de toutes parts. La pierre
des collines est grisâtre, aride, nue. Dans ce coin
sauvage et perdu au milieu d'une végétation luxuriante,
il n'y a pas un arbre, sinon un figuier qui croît péniblement dans une excavation de la montagne et qui
portait déjà des fruits, dit-on, du temps de Pétrarque.
Enfin, dominant ce val fermé qui a donné son nom au

département dont Avignon est le chef-lieu, se dressent les ruines d'un château appelé à tort le château de Pétrarque, et qui appartenait à la famille de Sade, après avoir abrité le cardinal de Cabassol, l'intime ami du poëte italien.

A la pâle clarté que la lune répandait par intervalle, le paysage avait un aspect terrifiant. Les ruines ressemblaient aux bras décharnés d'un squelette. Les rochers, amoncelés les uns sur les autres, paraissaient prêts à se séparer et à tomber dans l'abîme. L'eau, en roulant avec fracas, troublait seule le silence de la nuit. Pour la première fois de sa vie, peut-être, la Valbray eut peur. Tout à coup, elle crut voir des fantômes se dresser à la cime des rochers. Elle crut entendre sortir des gorges voisines les gémissements de Pascoul. Pâle, les yeux hagards, elle quitta rapidement sa place et se dirigea du côté de l'eau. Ses dents s'entre-choquaient, et de ses lèvres tremblantes s'échappaient des paroles sans suite. Elle regarda l'eau qui tournoyait rapidement. Sa peur redoubla. Elle essaya de crier, d'appeler au secours. Son gosier rendit un son rauque que l'écho lui-même dédaigna de répéter.

Alors elle voulut fuir. Mais rien ne lui indiquait son chemin.

Elle s'élançait, marchait, courait, et tout à coup revenait sur ses pas. Elle perdait la tête comme ces oiseaux troublés par le bruit, et qui viennent se heurter avec effarement contre les barreaux de leur cage. En même temps, des fantômes s'élançaient des rochers pour la rejoindre ; les gémissements de Pascoul montaient plus distinctement de l'abîme.

Terrifiée, à moitié folle, elle s'arrachait les cheveux et tourbillonnait dans la nuit, comme entraînée par une danse infernale.

— Où fuir ? comment fuir ? s'écria-t-elle.

La lune donnait alors sur la masse de rochers qui surplombe la fontaine. Dans le désordre de son esprit, il lui sembla que par là elle pourrait se sauver, et elle s'élança furieusement de ce côté, en escaladant un rocher. Elle avait retrouvé les forces de sa jeunesse. Ses pieds s'appuyaient sur le sol glissant et y demeuraient fixés avec la solidité d'un bâton ferré.

Elle monta ainsi pendant une dizaine de minutes, suivant un sentier qui circulait horizontalement dans les flancs de la montagne.

Tout à coup elle se recula en poussant un cri. Le sentier était brusquement coupé. Un pas de plus et elle roulait dans l'abîme.

Elle voulut redescendre la pente rapide qu'elle venait de gravir, mais ses forces étaient épuisées. Ses jambes se mirent à trembler.

Elle resta là, durant quelques secondes, immobile. Puis elle s'affaissa lourdement. Le sang jaillit de son front et teignit les pierres. Son corps roula de roche en roche jusqu'à la base de la montagne et alla rebondir dans le gouffre. L'eau tourbillonna. Ce fut tout.

Furbice pouvait, dès lors, nier effrontément son crime. La mort venait d'enlever sa seule confidente, et il n'avait rien à craindre de Margaï sa complice.

A la même heure, Pascoul se mourait. Près de son lit ensanglanté veillaient Frédéric Borel et Moulinet. Le médecin et le juge de paix n'étaient pas encore arrivés, et Margaï n'avait pas paru dans la chambre de son mari. Les souffrances du malheureux fermier devaient être terribles; hors de lui, fou de douleur, il essayait parfois de s'élancer de son lit et de se briser la tête contre la muraille.

— Qu'on m'achève! qu'on m'achève! hurlait-il alors, dans son délire.

Puis, les forces lui manquant, il retombait épuisé, haletant, à moitié mort; ses yeux se fermaient et de ses lèvres déjà froides sortaient des sons inarticulés, des lambeaux de phrases, des plaintes étouffées, quelquefois des cris terribles.

Impuissants à le soulager, n'osant toucher à ses blessures de peur de le faire souffrir davantage, Frédéric Borel et Moulinet se tenaient silencieusement au pied du lit et regardaient avec effroi. Moulinet, profondément touché par cette scène, avait oublié toutes ses jalousies, toutes ses rancunes. On l'entendait pleurer.

— J'étouffe! j'étouffe! dit tout à coup Pascoul en essayant de se soulever; à boire, à boire!

Moulinet prit sur la table un verre d'eau sucrée qu'il venait de préparer, et s'avançant vers le lit, précédé de Frédéric, qui tenait une lampe, il se pencha sur le blessé. Alors Pascoul ouvrit les yeux, regarda son serviteur dont le visage se trouvait en ce moment éclairé par la lampe, fit un suprême effort pour repousser le verre qu'il lui tendait, et s'écria dans son délire :

— Va-t'en! va-t'en! tu aimais Margaï, c'est toi qui m'as tué!

— Moi! moi! s'écria Moulinet.

Il voulut protester. La voix lui manqua.

— Appelez tout le monde, criait Pascoul **que la**
souffrance avait rendu fou, appelez tout le **monde.**
C'est lui qui m'a tué ! Il faut qu'on me venge !

Son corps était penché en avant, sa main **droite**
s'étendait menaçante vers Moulinet.

— Appelez ! répétait-il, appelez !

Mais cet effort avait épuisé ses forces. Son bras s'a-
baissa, ses yeux se fermèrent, et son corps tomba
inerte, dans l'immobilité de la mort. En ce moment
le médecin entrait, mais trop tard. Étouffé par un flux
de sang, le mari de Margaï venait d'expirer.

XVI

Le médecin, assisté du juge de paix, du commissaire de police et du brigadier de gendarmerie, procéda aux premières constatations, en attendant l'arrivée
des magistrats d'Apt, auxquels un express avait été
envoyé. Il reconnut que la victime avait plusieurs
blessures : la première, d'une ouverture d'un centi-
mètre et demi, répondait à l'articulation sterno-clavi-
culaire gauche ; la seconde, du même diamètre, entre
la quatrième et la cinquième côte droite. La distance
d'une plaie à l'autre était de seize centimètres. Enfin,
on remarquait à la partie moyenne du dos, entre la
base de l'omoplate droite et la colonne vertébrale,

une tumeur de trois centimètres de diamètre occasionnée par un projectile qui, après avoir traversé la poitrine, s'était logé entre le tissu cellulaire et la peau.

De ces constatations il résultait trois faits qui devaient singulièrement éclairer l'accusation : 1° le coup de fusil avait été tiré d'une certaine distance, puisqu'il existait deux blessures à seize centimètres l'une de i'autre, pour une seule détonation; 2° ces blessures avaient été faites de bas en haut ; 3° la victime avait succombé à une double hémorrhagie interne et externe.

Cet examen dura toute la nuit. Vers cinq heures du matin, seulement, on le terminait. A ce moment, la cuisine de la ferme et la salle à manger étaient remplies par les personnes accourues à la nouvelle du crime, plusieurs parents de Pascoul, la plupart de ses voisins, et enfin, Frédéric Borel, Moulinet et les gens de la ferme. On faisait cercle autour du juge de paix, qui interrogeait les uns et les autres, essayant de réunir des renseignements sur les traces du coupable. C'est alors qu'apparut Furbice.

La veille, son crime accompli, il s'était élancé sur la route de Gordes, après avoir précipité son fusil dans le puits de la Bastide-Neuve. Au village, il s'était montré dans plusieurs maisons, s'était fait raser chez le barbier de Gordes et avait bu au cabaret avec plusieurs personnes. En un mot, jusqu'à dix heures, il avait fait tout ce qu'il fallait pour se préparer un alibi. Il était retourné ensuite chez lui afin d'y passer la nuit, et le matin, après avoir inutilement frappé à la porte de la Valbray, il s'était rendu à la Bastide-Neuve.

— Quel malheur ai-je appris? dit-il en entrant. Je le sais de tout à l'heure; mais je n'en ai rien cru.

— Ce n'est pourtant que trop vrai, lui répondit brusquement Frédéric Borel.

Furbice garda le silence; mais au bout de quelques instants, il s'informa de Margaï et apprit qu'elle s'était enfermée dans sa chambre, se livrant à sa douleur, et renvoyant toutes les personnes qui s'offraient pour rester auprès d'elle. Furbice monta à son tour, et put pénétrer auprès de sa maîtresse.

— Je te remercie d'être venu, lui dit-elle; j'avais besoin de te voir. J'ai passé une horrible nuit; j'ai tremblé pour notre enfant. Mais il vit, et c'est pour lui que je veux rester calme et éviter les émotions violentes.

Alors, elle demanda à son amant des détails sur le crime de la nuit. Il les lui donna.

— Rien ne peut te faire soupçonner, dit Margaï. On accuse un autre que toi. Surtout, pas d'imprudences; il y va de la vie!

— Sois tranquille, je suis sûr de moi, répondit-il.

Ils se séparèrent, et Furbice redescendit dans la salle commune.

— Pauvre ami Pascoul! s'écria-t-il devant tous les assistants. Quel monstre a dû le haïr assez pour l'assassiner! Son caractère doux et facile le faisait aimer et estimer de tous. Personne ne lui voulait du mal. Comment deviner le nom du misérable coquin qui a fait le coup?

A ces mots, Frédéric Borel s'avança vers Furbice.

— N'en savez-vous rien? lui dit-il à voix basse.

— Êtes-vous fou, Borel, s'écria le maquignon, ou

10

voulez-vous venger des démêlés que nous avons eus ensemble autrefois? Fort heureusement, on m'a vu hier dans Gordes, à l'heure où le crime s'accomplissait ici, et je n'ai rien à redouter.

— Et qui songe à vous accuser? répliqua Frédéric en lui tournant le dos.

— Je ferais mieux de m'en aller, se dit Furbice en s'avouant qu'il venait de commettre une première imprudence.

Il se dirigea vers la porte, mais il rencontra le brigadier de gendarmerie.

— Restez donc, monsieur Furbice, fit celui-ci. Vous étiez l'ami du défunt ; vous pourrez peut-être donner des renseignements utiles au juge d'instruction qui va arriver.

Redoutant d'éveiller des soupçons s'il refusait de se rendre à cette invitation du brigadier, Furbice resta. Il prit place sur une chaise dans un coin, et on l'entendit se livrer à de longs regrets sur son ami Pascoul.

— Que je voudrais tenir celui qui l'a tué! s'écriait-il de temps en temps.

A quelques pas de lui, Moulinet était assis, triste, pâle, ému. Ce sombre drame avait mis le deuil dans son âme. Il ne pouvait plus éloigner de ses yeux l'image de Pascoul mourant et lui jetant à la face une accusation terrible. Frédéric Borel, qui avait entendu cette accusation, y croyait-il? En ferait-il part aux juges? Moulinet n'osait l'interroger à ce sujet.

Puis, au fond de cette terrible aventure, il voyait la douleur de Margaï, douleur qui lui brisait l'âme à lui-même. Il savait bien qu'elle n'aimait pas son mari comme on aime un amant, mais il lui croyait au cœur

une affection sincère pour Pascoul. En proie à des
réflexions si cruelles, n'osant lever les yeux, humble
et morne dans un coin, il pouvait passer pour le coupable. Telle fut l'idée qui vint à Furbice; il voulut
aussitôt en tirer parti, et s'avançant vers le brigadier :

—Croyez-vous que le coupable soit ici? lui demanda-t-il.

— Si je le savais, la besogne de l'instruction serait
bien simplifiée. Mais pour que le coupable osât demeurer, il lui faudrait un fier toupet.

— Et puis, reprit Furbice, il me semble qu'il se
trahirait. Lorsqu'un homme a commis un crime, cela
doit se voir sur sa figure.

— Pas toujours, répondit le brigadier, il y a des
gens qui ont une rude audace.

— Sans doute. Mais enfin, si vous aviez à chercher le coupable, vous commenceriez par examiner
les visages, et à faire parler les gens.

— Certainement.

— Et tenez, Moulinet, par exemple, que voilà dans
un coin, ne vous inspirerait-il pas des soupçons?

— Ma foi, il n'a pas l'air bien rassuré.

Comme le brigadier disait ces mots, il y eut dans
la cour de la ferme un grand mouvement et quatre
personnages vêtus de noir entrèrent, accompagnés
d'un lieutenant de gendarmerie. C'étaient le juge et le
procureur impérial du tribunal d'Apt, un médecin as-
sermenté, commis aux constatations médico-légales,
et un commis-greffier chargé de recueillir les dépositions. Il était environ neuf heures du matin.

Le premier soin des magistrats fut d'examiner le
cadavre, d'écouter le rapport des médecins, de prendre

divers renseignements sommaires, et de visiter avec attention les lieux où le crime avait été commis.

A peu près édifiés sur tous ces points, ils allaient rentrer dans la grande salle de la ferme et procéder avec ordre à différents interrogatoires, lorsque le brigadier de gendarmerie crut devoir leur communiquer les soupçons que, grâce aux suggestions de Furbice, lui inspirait Moulinet.

— Quelle est la profession de cet homme ? demanda le juge d'instruction.

— Il est valet dans la ferme, répondit le brigadier.

— Quelle cause aurait armé son bras, selon vous ?

— Je l'ignore absolument. Mais depuis que je suis arrivé ici, je l'ai vu constamment pâle, tremblant, embarrassé comme s'il avait un crime sur la conscience et s'il redoutait d'être découvert.

— Nous allons l'interroger.

Un ordre fut donné et le brigadier introduisit Moulinet, que ses jambes ne portaient plus.

— Rassurez-vous, lui dit le juge d'instruction, et tâchez de répondre clairement à mes questions.

Moulinet balbutia quelques paroles qui ressemblaient à une protestation d'innocence.

Le juge feignit de ne pas entendre et reprit :

— Connaissez-vous quelque chose de nature à nous éclairer sur le crime commis dans cette ferme ?

— Rien, monsieur, dit Moulinet en reprenant un peu d'assurance. J'avais soupé à la table commune, et je ne l'ai quittée qu'à neuf heures. Le maître est sorti pour respirer l'air de la nuit, en marchant dans la cour. Je suis sorti en même temps que lui pour aller donner à manger aux chevaux. Je venais d'en-

trer dans l'écurie, lorsqu'une détonation et un cri se
sont fait entendre. Je me suis élancé au dehors, et
j'ai trouvé mon malheureux maître étendu par terre,
sans mouvement. Je n'ai vu que lui, et rien n'a pu
m'indiquer de quel côté était parti le coup.

— Nous le savons maintenant, répondit le juge
d'instruction. Puis il ajouta : Ainsi, au moment où le
coup de fusil a été tiré, tandis que ce crime se com-
mettait, vous n'étiez plus dans la salle commune?

— Non, monsieur.

— Et vous prétendez que vous veniez d'entrer dans
l'écurie?

— C'est la vérité, la vérité pure.

— Quelqu'un vous accompagnait-il?

— Non, monsieur, j'étais seul.

— C'est fâcheux pour vous, répondit gravement le
juge d'instruction.

En même temps, il se retourna vers le procureur
impérial et le juge de paix et leur dit à voix basse
quelques mots.

La vue des magistrats discutant entre eux à son
sujet terrifia Moulinet, qui entendait toujours résonner
à ses oreilles la terrible accusation de Pascoul mourant. Il perdit complétement la tête, et, fondant en
larmes, il tomba à genoux au milieu de la salle.

— Je suis innocent, messieurs, s'écria-t-il, je suis
innocent, je vous le jure!

Mais les magistrats causaient toujours entre eux.

— Monsieur, dit enfin le juge d'instruction au lieutenant de gendarmerie, je vous confie cet homme. Il
n'est pas en état d'arrestation, mais il importe qu'il
soit gardé à notre disposition.

— Je suis innocent, répéta le malheureux Moulinet.

— Eh bien ! ne vous tourmentez pas alors, dit l'officier en le conduisant dans une chambre voisine. Si vous êtes innocent, on vous laissera tranquille.

— Il n'est pas prouvé que cet homme soit coupable, fit observer le procureur impérial. Il faudrait savoir s'il avait quelque intérêt à tuer Pascoul.

— C'est ce que nous apprendrons en interrogeant les gens de la ferme, répondit le juge d'instruction.

On fit comparaître Frédéric Borel, dont la figure intelligente et les bonnes manières avaient attiré l'attention des magistrats.

— Êtes-vous le parent de la victime ? lui demanda-t-on d'abord.

— Son cousin, monsieur le juge, répondit Frédéric d'une voix assurée.

— Alors, pouvez-vous nous renseigner sur les rapports qui existaient entre le malheureux Pascoul et un valet du nom de Moulinet.

— Ces rapports étaient excellents. Moulinet est le plus ancien serviteur de la famille. Sa vie entière s'est écoulée ici.

— Au moment où le crime a été accompli, est-il vrai qu'il n'était plus à table ?

— Cela est vrai, mais il était dans l'écurie. Lorsque j'ai entendu la détonation, je suis sorti, et avant d'avoir aperçu mon pauvre cousin baigné dans son sang, j'ai vu Moulinet qui s'élançait hors de l'écurie une lanterne à la main. Or, il vous a été prouvé, messieurs, que l'assassin était posté sur la route, derrière le portail de la ferme ; c'est de là qu'il a tiré.

Cette réponse impressionna les magistrats.

— Pour détourner les soupçons, dit cependant l'un d'eux, Moulinet aurait pu tirer le coup de fusil de dessus la route, et se précipiter vers l'écurie, d'où il serait sorti, lorsqu'il vous a vu porter secours à son maître.

— Cela n'est pas possible, reprit vivement Borel. Entre le moment où Pascoul est sorti et celui où la détonation s'est fait entendre, il s'est à peine écoulé trois minutes. Moulinet est sorti en même temps que mon cousin, mais il n'avait pas de fusil. Il aurait donc été obligé d'aller chercher son arme dans l'écurie, le seul endroit où il avait pu la cacher, de revenir derrière le portail, de commettre le crime et de retourner ensuite précipitamment dans cette même écurie. Tout cela, en trois minutes, me paraît impossible. C'est, du reste, une expérience à faire.

— Évidemment, dit le juge d'instruction, et nous allons y procéder.

On se rendit dans la cour. L'officier de gendarmerie prit la carabine d'un de ses hommes, se plaça d'abord dans la salle où le souper avait eut lieu la veille, et exécuta successivement, avec un grand soin, tous les mouvements que venait d'indiquer Frédéric Borel. L'expérience dura trois minutes. Renouvelée plusieurs fois, elle donna le même résultat. C'était une charge accablante pour Moulinet, puisque ce délai correspondait exactement avec celui qui s'était écoulé entre le moment où Pascoul avait quitté la table et le moment de l'assassinat.

— Qu'en dites-vous maintenant? demanda le juge d'instruction à Frédéric Borel, qui se tenait toujours près de lui.

— Je dis, monsieur le juge, répliqua le jeune homme un peu troublé, que je ne puis croire à la culpabilité de Moulinet, malgré cette expérience et malgré ce que j'ai entendu.

— Qu'avez-vous donc entendu ? s'écria vivement le procureur impérial.

Frédéric Borel se troubla de plus en plus et balbutia quelques mots.

— Veuillez nous répondre clairement, reprit le juge d'instruction. Rappelez-vous que vous êtes en présence de magistrats qui ont le droit d'exiger de vous la vérité.

— Mais, répondit Frédéric, mon malheureux cousin avait la fièvre et le délire. Sa raison lui échappait, il était à moitié fou. On ne peut attacher aucune importance à son accusation.

— De qui parlez-vous ?

— De celui qui vient d'être assassiné, de mon cousin, de Pascoul.

— Aurait-il donc, avant de mourir, désigné son meurtrier ?

— Mais... balbutia Frédéric.

— Voyons, expliquez-vous. Nous vous attendons, fit observer le procureur impérial.

— Eh bien ! j'étais seul dans sa chambre, près de son lit, avec Moulinet, lorsque tout à coup, désignant celui-ci, il s'est écrié : « Va-t'en, va-t'en, tu aimais ma femme, c'est toi qui m'as tué ! »

Les magistrats se regardèrent. Ils croyaient avoir trouvé le coupable.

XVII

— Pourquoi, dit le juge d'instruction en reprenant l'interrogatoire de Frédéric Borel, avez-vous tant tardé à nous répéter les dernières paroles de la victime ? Vous ne pouviez cependant vous dissimuler leur importance et vous auriez dû les faire connaître à M. le juge de paix, même avant notre arrivée.

— J'ai déjà eu l'honneur de vous dire, monsieur, répondit Frédéric, qui avait recouvré toute son assurance, que je n'attachais pas de valeur à ces paroles. Lorsqu'il les a prononcées, mon pauvre cousin ne savait plus ce qu'il disait, il était comme fou. S'il avait eu sa raison, il ne lui serait jamais venu à l'idée de soupçonner un homme qui lui était tout dévoué.

— Très-dévoué, en effet, puisque son dévouement allait jusqu'à aimer la femme de son maître, fit ironiquement observer le procureur impérial.

— Oh ! dit Borel, d'autres personnes aiment ma cousine Margaï et ne sont pas soupçonnées d'avoir assassiné son mari.

— De quelles personnes parlez-vous ? demanda le juge d'instruction.

— Je parle d'un marchand de chevaux qui s'appelle Furbice et qui demeure au hameau de Fontblanche.

— Il aime la femme de Pascoul? Voyons, plus de réticences, expliquez-vous, dit sévèrement le magistrat.

— Oh ! je puis m'expliquer sans crainte, monsieur, répliqua Borel, la chose est malheureusement connue de tout le pays. On dit de tous côtés que Furbice est au mieux avec Margaï.

— On dit, fit observer le magistrat; mais donne-t-on des preuves à l'appui de cette assertion?

— Il est bien difficile d'en avoir. Cependant...

— Cependant?

— J'en ai, moi.

— Quelles sont-elles?

— Mais...

— Nous vous sommons de nous le dire.

— J'ai rencontré Furbice et ma cousine revenant un soir, en voiture, du marché de l'Isle et s'embrassant sur la route.

— Est-ce que vous soupçonnez ce Furbice du crime qui nous occupe ? demanda le juge d'instruction après avoir échangé à voix basse quelques mots avec son collègue.

— Je ne dis pas cela, répondit Frédéric, mais je le soupçonnerais plus volontiers que Moulinet. Je le crois très-capable d'un mauvais coup.

— Où demeure cet homme? Nous allons le faire appeler. Était-il hier dans la maison au moment de l'assassinat ?

— Non, monsieur. On ne l'a pas vu de tout le jour. C'est ce matin seulement qu'il est arrivé et, depuis, il n'a pas quitté la ferme.

— Qu'on le fasse entrer alors, dit le juge d'instruc-

tion en se tournant vers le brigadier de gendarmerie.
Et s'adressant à Frédéric Borel : Ne vous éloignez pas,
ajouta-t-il, nous pouvons encore avoir besoin de
vous.

Quelques minutes après, Furbice était introduit auprès des magistrats.

— Suis-je soupçonné? dit-il en entrant avec une
tranquillité parfaitement jouée.

— Il y a de graves présomptions contre vous, répondit à dessein le juge d'instruction.

Il ne laissa pas à Furbice le temps de se remettre
de cette première attaque et reprit aussitôt :

—Que faisiez-vous hier, à neuf heures du soir? Où
étiez-vous ?

— Où j'étais ?... Ah! dit le maquignon en s'interrompant, que j'ai du bonheur d'avoir gardé le souvenir de ce que j'ai fait hier dans la soirée. J'étais à
Gordes ! A neuf heures, on me rasait chez le barbier,
et à neuf heures et demie, je buvais de la bière,
au café, avec le directeur de la voiture de Gordes à
Avignon.

— Vous avez de la mémoire, fit observer un des
magistrats. On serait presque tenté de croire que vous
répétez une leçon.

— Je réponds à ce qu'on me demande, répliqua
Furbice un peu troublé par l'observation qu'on venait
de lui faire.

— C'est bien, reprit le juge d'instruction, nous allons envoyer aux informations, et, si votre alibi est
prouvé, nous n'aurons plus affaire à vous.

Il se leva et alla causer dans l'embrasure d'une fenêtre avec le lieutenant de gendarmerie. Lorsqu'il re-

prit sa place, Furbice disait effrontément aux personnes qui l'entouraient :

— Quel intérêt aurais-je eu à tuer Pascoul ? C'était mon meilleur ami.

Le juge l'interrompit par ces mots :

— N'étiez-vous pas l'amant de sa femme ?

— Moi ! s'écria le maquignon. C'est une infâme calomnie !

— Cependant, on assure vous avoir vu l'embrasser

— Oh ! peut-on mentir ainsi ! s'écria Furbice. Moi, embrasser la femme de mon ami ! Qu'on l'appelle, monsieur, qu'on l'appelle, et on verra bien ce qu'elle dira. Y a-t-il au monde de méchantes gens ! Je parie que c'est Frédéric Borel qui a dit du mal de moi. C'est une vipère, une vraie vipère.

— Pourquoi soupçonnez-vous Frédéric Borel ? A-t-il des raisons de vous en vouloir ?

— S'il a des raisons ? Eh ! parbleu ! n'était-il pas jaloux de l'amitié que me montrait ce brave et cher Pascoul ? Et, du reste, on sait partout qu'il a été amoureux de sa cousine ; il en voulait à tous ceux qui étaient reçus à la ferme.

— Décidément, dit en souriant le juge d'instruction au procureur impérial, ils se reprochent tous d'avoir aimé la femme de la victime.

— Elle a une grande réputation de beauté dans le pays, fit observer le juge de paix ; on l'a surnommée la Vénus de Gordes.

— Ah ! vraiment ? L'avez-vous vue, monsieur, depuis la catastrophe ?

— Je l'ai aperçue, répondit le juge de paix, mais

elle m'a paru dans un tel état de prostration que je n'ai pas osé l'interroger.

— Nous respecterons aussi sa douleur, reprit le juge d'instruction, tant qu'il n'y aura pas absolue nécessité à la faire comparaître devant nous.

En ce moment, un gendarme envoyé à Gordes pour constater les différents alibis invoqués par Furbice revint rendre compte de sa mission. Des informations prises, il ressortait que Furbice était entré chez le barbier de Gordes à neuf heures et demie et non pas à neuf heures, comme il l'avait assuré. Quant au directeur de la diligence, il reconnaissait s'être rencontré au café avec Furbice, mais seulement à dix heures. Par suite de circonstances particulières, que Furbice n'avait pu prévoir, ces deux personnes avaient remarqué l'heure à deux ou trois minutes près, et l'avaient fait remarquer à d'autres.

— Que dites-vous de ces témoignages? demanda le juge d'instruction au maquignon, devenu tout à coup très-pâle.

— Je dis, s'écria Furbice, que tous ces gens-là m'en veulent.

— Que leur avez-vous fait ?

— Je ne sais pas, mais ils m'en veulent, c'est sûr. Ils essayent de me perdre.

— Je crois plutôt que c'est vous qui vous perdez. Ainsi, il est établi qu'on ne vous a vu à Gordes qu'à neuf heures et demie au plus tôt. Or, le crime a été commis à neuf heures. Combien faut-il de temps, continua le magistrat en se tournant vers les personnes qui l'entouraient, pour aller à pied d'ici à Gordes?

11

— Vingt minutes, en marchant d'un bon pas, ré-
pon lit-on.

Rien ne nuit à un prévenu comme d'invoquer un
alibi qu'il ne peut justifier. On le soupçonne aussitôt,
avec raison, de l'avoir préparé pour se mettre à l'abri
de toute accusation. Ce qui, suivant Furbice, devait le
sauver, contribuait à le compromettre. Il s'en rendit
compte, et, à partir de ce moment, l'assurance dont
il avait besoin et le sang-froid qu'il s'était promis de
garder l'abandonnèrent. Il s'était cru si sûr de son fait,
tellement à l'abri de tous les soupçons, qu'au premier
danger, alors qu'il fallait redoubler d'énergie, il perdait la tête.

Mais sa position menaçait de devenir encore plus
critique. Le gendarme qui arrivait de Gordes avait remarqué, au bord du sentier qui part de la ferme pour
rejoindre la grande route, des traces de pas espacées
de telle sorte qu'elles avaient dû être laissées par un
homme courant ou marchant très-vite. Aussitôt les
magistrats, suivis de Furbice et de toutes les personnes présentes en ce moment à la ferme, se rendirent
sur les lieux indiqués par le gendarme. Celui-ci ne
s'était pas trompé : les traces dont il avait parlé étaient
des plus visibles.

— Voyons si vos chaussures entrent dans ces empreintes, dit le juge à Furbice.

Celui-ci fut obligé d'obéir, mais tout le monde remarqua son trouble croissant. Ses souliers, à première vue,
remplissaient exactement les empreintes.

— Voilà qui est grave, objecta le procureur impérial.

— Cela ne prouve rien, essaya de dire Furbice.

N'y a-t-il pas ici d'autres chaussures semblables aux miennes?

— Nous allons le savoir.

On fit avancer successivement diverses personnes; leurs souliers étaient trop grands ou trop petits. Furbice fut atterré.

Ces interrogatoires, ces minutieux examens avaient pris toute la journée. La suite de l'instruction fut remise au lendemain. Mais on retint prisonniers Moulinet et Furbice. Le premier resta à la ferme, sous la surveillance d'un gendarme. Quant à Furbice, on le conduisit à Gordes, dans une auberge où il devait être gardé toute la nuit.

Le juge d'instruction, afin de pouvoir reprendre ses travaux le lendemain dès la première heure, accepta l'hospitalité que lui offrit le juge de paix de Gordes. Mais sa nuit fut des plus agitées. Ses soupçons se portaient sur deux personnes. Il les avait toutes les deux sous la main, mais à titre officieux pour ainsi dire, car il n'avait encore lancé aucun mandat d'arrêt. Les preuves qu'il avait réunies jusque-là, étaient-elles assez graves pour qu'il se crût autorisé à lancer ce mandat?

Un de ces deux hommes était-il le coupable? Lequel des deux?

Le trouble de Moulinet, la terrible accusation formulée contre lui par la victime semblaient le condamner. L'alibi que Furbice avait invoqué et qu'il ne pouvait prouver, ses rapports avec la femme de Pascoul, l'empreinte de ses pas dans le sentier étaient autant de faits à sa charge.

Pendant une grande partie de la nuit, l'honorable magistrat passa en revue les divers incidents de cette

affaire et tous les détails qui l'avaient frappé depuis le
moment où on était venu le prévenir qu'un crime avait
été commis à Gordes jusqu'à l'heure où il avait quitté
la ferme. Il dut en appeler à ses souvenirs, à son
expérience, à sa sagacité habituelle, pour dissiper ses
doutes et se faire une conviction. Hélas! quand le jour
parut, il fut obligé de s'avouer qu'il était aussi irré-
solu que la veille.

Il s'habillait pour rejoindre le procureur impérial
et retourner à Gordes reprendre l'instruction où il
l'avait laissée, lorsqu'il entendit une grande rumeur
dans la rue. Il ouvrit sa croisée et aperçut un attroupement considérable devant l'auberge où, d'après ses
ordres, Furbice avait passé la nuit. Plus loin, plusieurs personnes entouraient un gendarme et semblaient l'interroger avidement. En même temps il vit
le brigadier de gendarmerie, qui l'ayant reconnu à sa
fenêtre, traversait précipitamment la rue pour le rejoindre.

— Qu'est-il donc arrivé? se dit-il. Le prisonnier se
serait-il évadé?

Et il courut ouvrir au brigadier, qui entra dans la
chambre.

XVIII

Le gendarme qui avait été chargé de veiller sur
Furbice était un jeune homme appelé Lebel. Pour la

première fois, il se trouvait en face d'un individu accusé d'assassinat ; aussi tout était pour lui sujet à surveillance. Dans chaque mouvement du prisonnier, il
voyait une tentative de fuite, et il exerçait son mandat
avec une si rigoureuse conscience, que si le maquignon avait eu l'intention d'essayer de se sauver, il
aurait dû y renoncer en face de l'attitude de son gardien.

Mais Furbice ne songeait pas à fuir. Tout ce qui
s'était passé, depuis la veille jusqu'à ce moment, lui
semblait un rêve. Il avait commis le crime avec la
certitude de l'impunité, et maintenant que l'échafau-
dage de ses combinaisons s'écroulait, il se sentait
faible comme un enfant. Il voyait avec terreur tous
ses plans tourner contre lui, tous les moyens employés
pour n'être pas découvert, devenir autant d'armes
terribles suspendues sur sa tête. Puis, comme il était
perfide et lâche, il n'hésitait pas à soupçonner les
autres de perfidie et de lâcheté.

— Si on arrête Margaï, comme on m'a arrêté, se
disait-il, ne fera-t-elle pas des aveux dans l'espoir
de rendre sa situation meilleure et de faire retomber
sur moi la plus grande part du crime ? Si j'en étais
sûr, ajoutait-il, je prendrais les devants. Cela vaudrait peut-être mieux pour moi.

On arriva à l'auberge où Furbice et le gendarme devaient passer la nuit. Le jour venait de disparaître,
personne ne les vit entrer dans le village, et, pour
plus de précaution, Lebel ordonna à l'aubergiste de
ne point parler des clients auxquels il donnait asile.

On les installa dans une chambre au premier étage.
Elle avait deux lits, l'un entre la porte et la croisée,

l'autre donnant dans une alcôve dont un rideau cachait l'intérieur.

Lebel procéda minutieusement à l'examen des murs, afin de voir si les papiers qui les couvraient ne cachaient aucune issue. Satisfait de sa visite, il dit à Furbice :

— Vous coucherez dans cette alcôve.

Furbice ne répondit pas, le gendarme ajouta :

— Maintenant, nous allons manger.

On mit deux couverts, sur une petite table, devant la cheminée où flambait un grand feu. Lebel et Furbice prirent place vis-à-vis l'un de l'autre. Ce dernier touchait à peine aux mets ; en le voyant plongé dans de sombres réflexions, le gendarme, poursuivi par son idée fixe, se disait :

— Attention ! il médite un mauvais coup.

— Je suis innocent, s'écria bientôt le maquignon, et pourtant, je suis ici gardé à vue comme un malfaiteur !

Lebel évita de répondre.

— La pauvre femme ! ajouta hypocritement Furbice, elle doit m'attendre : c'est l'heure où j'ai l'habitude de rentrer.

Ce cri toucha le jeune homme.

— Il ne vous est pas défendu, dit-il, de faire prévenir votre femme de ce qui se passe.

— Non, non ! elle le saura toujours assez tôt, répondit le prisonnier.

Il refusait l'autorisation qui lui était donnée, dans la crainte que sa femme, pour se venger de ses trahisons, ne dévoilât ce qu'elle savait sur son compte. Le repas se termina. On desservit la table. Alors

Lebel alluma sa pipe, ferma la porte à clef, mit la clef dans sa poche, poussa un fauteuil devant la croisée et s'asseyant, son sabre entre les jambes :

— Maintenant, camarade, dit-il à Furbice, je vous engage à vous coucher.

Furbice obéit. Il pénétra dans l'alcôve, se jeta sur son lit tout habillé et essaya d'envisager sa situation. Mais il en est des grandes émotions comme des fatigues du corps : elles vous brisent. A peine couché, Furbice sentit ses paupières s'appesantir, il ferma les yeux et s'endormit d'un lourd sommeil.

Le matin, il se réveilla vers quatre heures, et subissant l'effet ordinaire du réveil, il se crut d'abord dans sa maison. Bientôt il se rappela la vérité ; l'horreur de sa position lui apparut tout entière.

Il vit l'échafaud se dresser devant ses yeux !

— Je suis perdu, se dit-il.

Alors, que se passa-t-il en lui ? Voulut-il, comme il l'affirma plus tard, échapper au déshonneur par une mort soudaine ? Voulut-il, au contraire, apitoyer les juges sur son sort ? On ne l'a jamais su.

Mais, en proie à une exaltation causée plus encore par ses craintes que par ses remords, il saisit un couteau oublié sur la table, s'en porta un coup dans le ventre, et s'élança hors de l'alcôve, les vêtements ensanglantés et les yeux égarés.

— Malheureux ! dit le gendarme subitement réveillé, qu'avez-vous fait ?

— C'est moi qui ai tué Pascoul, s'écria Furbice. Je me suis puni ; on ne m'aura pas vivant.

Il voulut se frapper de nouveau, mais sa main privée de force laissa échapper le couteau, tandis que, peidant connaissance, il roulait inanimé sur le plancher.

Lebel, désolé de cet accident, dont ses chefs pouvaient le rendre responsable, poussa des cris d'alarme qui réveillèrent en sursaut tous les gens de la maison. L'aubergiste accourut.

— Mon prisonnier s'est tué! s'écria Lebel.

L'aubergiste ne perdit pas la tête. Il s'agenouilla devant Furbice et le regarda avec attention.

— Il n'est pas mort, dit-il. Mettons-le sur son lit. Je vais avertir le médecin qui couche dans une chambre voisine.

Ce médecin était celui que le juge d'instruction avait amené pour les constatations médico-légales. Il fut immédiatement sur pied et reconnut, non-seulement, comme l'aubergiste, que Furbice n'était pas mort, mais encore que sa blessure n'était pas mortelle. Alors Lebel respira, et tandis qu'on opérait un premier pansement, il alla faire son rapport au brigadier de gendarmerie, son chef immédiat. Nous avons vu celui-ci se rendre chez le juge d'instruction.

Lorsque les magistrats arrivèrent sur les lieux, Furbice avait repris connaissance. Ils demandèrent d'abord si le blessé était en état de supporter un interrogatoire, et, sur la réponse affirmative du docteur, ils y procédèrent sur-le-champ.

— Reconnaissez-vous être l'auteur du crime commis dans la soirée d'avant-hier, à la Bastide-Neuve, sur la personne de Pascoul? demanda le juge d'instruction.

— Oui, monsieur.

— Quels motifs vous ont poussé à ce crime?

— J'étais l'amant de sa femme depuis tantôt quinze mois. Elle était enceinte, et nous ne pouvions supporter la pensée qu'on découvrirait notre liaison, ce qui aurait amené une rupture entre nous.

— Alors vous avez résolu de tuer Pascoul ?

— Ce n'est pas moi, monsieur, c'est cette femme! s'écria Furbice, à qui la fièvre donnait une grande animation. C'est elle qui a eu l'idée que nous pourrions nous marier ensemble, si nous arrivions à nous débarrasser de ma femme et de son mari. Elle a tenté plusieurs fois d'empoisonner ce dernier avec du phosphore, du sublimé corrosif, de l'opium. Lorsqu'elle a vu que le poison n'opérait pas assez rapidement, elle m'a poussé à en finir avec lui et à le tuer d'un coup de fusil. Elle m'a même fourni la poudre avec laquelle j'ai chargé mon arme.

— Puisque vous êtes entré dans la voie des aveux, soyez tout à fait sincère. Est-ce bien Margaï Pascoul qui vous a poussé à commettre ce crime épouvantable? Il est difficile de s'expliquer que vous ayez été assez faible pour lui céder.

A cette question, Furbice se dressa sur son lit, et fixant le juge d'instruction :

— Vous ne connaissez donc pas cette femme s'écria-t-il dans son délire. Vous ne savez donc pas comme elle est belle? Elle m'a ensorcelé, monsieur, elle a fait de moi ce qu'elle a voulu!

— Ainsi, vous affirmez que c'est elle qui vous a poussé au crime. Réfléchissez bien avant de répondre; ceci est de la plus haute gravité.

— C'est elle, oui, monsieur, je l'affirme, dit lâchement le blessé.

11.

— Rien ne nous le prouve, fit observer le juge d'instruction, tout nous porte même à croire que si elle a été votre complice, c'est grâce à votre influence.

— Mon influence! mais je n'en avais aucune sur elle. C'est elle, je le répète, qui est cause de tout; c'est elle qui m'a poussé au crime. Du reste, ses lettres en font foi.

— Ses lettres? Elle vous écrivait donc?

— Oui, monsieur. Vers ces derniers temps, nous ne pouvions nous voir qu'à de rares intervalles; alors elle m'écrivait.

— Qu'avez-vous fait des lettres?

— Je les ai conservées. On les trouvera dans une cachette de mon grenier, derrière un tas de blé, au fond d'un trou.

En entendant ces mots, le juge donna un ordre au commissaire de police. Ce dernier sortit sur-le-champ pour se rendre à Fontblanche.

— Et vous, demanda le juge d'instruction, ne lui avez-vous jamais écrit?

— Jamais, répondit Furbice.

— L'arme dont vous vous êtes servi, qu'en avez-vous fait?

— Je l'ai lancée dans le puits de la Bastide-Neuve.

— Vous comptiez donc sur l'impunité?

— Oui. J'étais ensorcelé. Hélas! je vois bien que je m'étais trompé.

Lâche, humble, vil, il livrait ainsi, sans pudeur, la femme qui l'avait aimé jusqu'au crime.

— Êtes-vous prêt à signer tout ce que vous avez dit? lui demanda-t-on.

— Tout, répondit-il.

On lui mit une plume dans les mains. Il signa.
Puis il parla longtemps encore, rejetant sur Margaï
toute la responsabilité de l'assassinat.

— J'ai été le bras, disait-il avec énergie, mais elle
a été l'âme.

Enfin, épuisé, il s'arrêta. D'après les ordres du
juge d'instruction, on l'emporta à l'hospice de Gordes. Il ne cessait pas d'appartenir à la justice, mais
il devait rester à l'hospice jusqu'au moment où il
serait guéri de ses blessures.

Deux heures après cet interrogatoire, le commissaire
envoyé à Fontblanche revint avec toutes les lettres
de Margaï et raconta que, dans la maison du maquignon, il avait trouvé une femme plongée dans le désespoir.

— Elle me suit, dit-il, je n'ai pu l'en empêcher.

C'était Brigitte. Le juge l'autorisa à voir son mari,
et l'accompagna lui-même à l'hospice. Il espérait
pouvoir relever quelques faits nouveaux dans l'entretien que la pauvre femme aurait avec Furbice.

Elle entra dans la chambre où le coupable avait été
placé. En le voyant étendu, pâle et sombre, sur un
lit de sangle, elle fondit en larmes et, se jetant à son
cou, l'embrassa avec effusion.

— C'est donc là que je devais te trouver? dit-elle.
Ah! nos pauvres enfants, que vont-ils devenir!

Furbice ne fit pas un mouvement.

— Je savais bien, reprit-elle, que ta conduite nous
porterait malheur. Je m'attendais à tout. J'ai beaucoup
souffert par toi, mais je souffre plus cruellement encore en ce moment. Pourquoi ne m'as-tu pas écoutée?

Pourquoi m'as-tu trahie? Que t'avais-je fait? Sans
doute, cette femme est plus belle que moi, mais, elle
ne t'aimait pas.

— Si! si! elle m'aimait, murmura le blessé, en qui
l'amour-propre parlait encore.

— Pourquoi donc t'a-t-elle conduit au crime?
Grâce à elle, on te traînera sur les bancs de la cour
d'assises, et...

Brigitte n'osa pas achever, et relevant la tête avec
énergie :

— Non! non! s'écria-t-elle, cela ne sera pas. Je te
sauverai, car, malgré tout, je t'aime! J'irai me jeter
aux pieds des juges, ils m'écouteront.

Elle se retourna vers le juge d'instruction, en ajou-
tant :

— N'est-ce pas, monsieur, qu'ils m'écouteront?

Les larmes coulaient abondamment de ses yeux,
tout son pauvre corps tremblait. Sa douleur faisait
mal à voir.

— Je l'aime, disait-elle. Je ne veux pas qu'on me
le prenne. Désormais, je saurai le retenir. Il rede-
viendra bon, comme autrefois dans les premiers mois
de notre mariage. Il n'est pas méchant, monsieur;
alors il m'aimait bien. Pourquoi a-t-il changé?

Elle s'approcha du lit de son mari, d'où elle s'était
éloignée pour venir parler au juge d'instruction. Furbice ferma les yeux, comme s'il n'avait pu soutenir
sa présence.

— Ne me diras-tu rien? lui demanda-t-elle.

— Que pourrais-je te dire? répondit-il, mon compte
est sûr. Et cependant, fit-il encore en se tournant
vers les magistrats qui assistaient, impassibles en ap-

parence, à cette scène cruelle, j'ai été la victime des
séductions de Margaï Pascoul. Elle est plus coupable
que moi.

Il accusait encore la rivale de Brigitte ; mais celle-
ci l'interrompit.

— Oh ! s'écria-t-elle, ne l'accable pas, puisque tu
dis qu'elle t'a aimé.

Il s'arrêta tout surpris. Il n'avait dans l'âme d'autre sentiment qu'une peur indicible, et il croyait diminuer le péril qui le menaçait en rejetant sur sa
maîtresse la responsabilité du crime.

Peut-être les paroles de Brigitte lui firent-elles
comprendre l'infamie de sa conduite envers Margaï,
car on l'entendit murmurer :

— Si cette blessure pouvait me tuer !

Brigitte parut réfléchir, et dit d'un ton grave :

— Cela vaudrait peut-être mieux.

A ces mots, Furbice, d'un mouvement rapide,
jeta loin de lui ses couvertures, et arracha l'appareil
que le médecin avait posé sur sa plaie.

En voyant cette blessure béante, ce linge ensanglanté, Brigitte poussa un cri.

— Il veut encore se tuer ! Sauvez-le, sauvez-le,
monsieur, je vous en prie !

Le médecin ne s'était pas éloigné. On l'appela, et
il pansa de nouveau la blessure, aidé par Brigitte,
que le juge d'instruction engageait vainement à
partir. Elle resta là, près d'une heure, et ne consentit à s'éloigner que sur l'ordre formel qu'on fut
obligé de lui donner, et lorsqu'elle vit Furbice
assoupi.

Elle partit brisée d'émotions et de fatigue, folle de

douleur, laissant les témoins de cette scène douloureuse, profondément attendris. Le juge d'instruction
n'avait pas osé l'interroger. D'ailleurs, elle en avait
assez dit, et d'avance, il savait que son témoignage ne
serait pas sincère. On ne pouvait exiger d'elle qu'elle
aggravât encore, par ses aveux, la terrible accusation
qui pesait sur son mari. Elle franchit enfin la porte
de l'hospice, au grand soulagement des personnes
présentes. Mais, lorsqu'elle se trouva dans la rue,
toute l'horreur de sa position éclata plus clairement
encore à ses yeux ; elle se mit à pousser des cris ef-
frayants, semblables aux hurlements plaintifs d'une
louve blessée, et s'accroupissant au pied du mur, elle
refusa d'écouter les consolations que, de toutes parts,
des cœurs généreux essayaient de lui prodiguer.

En peu de minutes un attroupement se forma. La
population de Gordes, fort agitée déjà depuis le matin,
par la nouvelle de ces tragiques événements, était là
tout entière. Chacun donnait son avis.

— Il faut la ramener chez elle, disaient les uns.

— Laissez-la crier, disaient les autres : ça la soula-
gera.

On lui apportait du vin, des tisanes ; chacun se
pressait autour d'elle, car son malheur doublait les
sympathies qu'elle inspirait à tous depuis longtemps.
Mais Brigitte ne voyait rien, n'entendait rien. Elle
voulait son mari, et de sa bouche crispée ne s'échappaient que ces mots :

— Qu'on me le rende ! je lui ai pardonné.

Comme cette terrible scène se prolongeait, les magistrats se concertèrent pour trouver un moyen d'y mettre fin, sans cruauté pour la malheureuse créature. Au

moment où ils allaient donner des ordres, un vieillard
aux cheveux blancs et longs, au visage doux et attristé,
franchit la foule, qui s'écarta respectueusement devant
lui, et s'approcha de Brigitte éplorée.

C'était le curé de Gordes. Il avait vu naître Brigitte.
Il connaissait sa piété, son dévouement, ses malheurs.
Il lui tendit la main.

— Venez, ma fille, lui dit-il ; vos enfants vous at-
tendent. C'est par eux que Dieu vous consolera.

Elle obéit. Sa douleur parut s'apaiser, et, soutenue
par le vénérable prêtre auquel quelques paysans
vinrent donner leur aide, elle regagna lentement la
maison de Fontblanche, où elle avait laissé ses enfants.

— Messieurs, dit alors le juge d'instruction aux
personnes qui l'entouraient, il nous reste encore à
interroger Margaï Pascoul.

Les magistrats, escortés par plusieurs gendarmes,
prirent le chemin de la Bastide-Neuve.

XIX

Depuis le moment où son mari était tombé sous les
coups de Furbice, Margaï n'avait pas quitté son lit,
se dispensant ainsi de répondre aux questions indis-
crètes et curieuses de ses voisines, en présence desquelles elle aurait pu se troubler. Elle avait appris
l'arrestation de son amant et celle de Moulinet, mais

elle ne savait rien de plus. A l'heure où Furbice la
trahissait, en révélant aux juges tous les détails de
cette épouvantable affaire, elle s'inquiétait de son sort
et se demandait avec anxiété s'il serait assez habile
pour rejeter sur le valet l'accusation dans laquelle il
était lui-même compromis. A deux reprises, Frédéric
Borel entra dans sa chambre et essaya de l'interroger.

— Ne soupçonnes-tu personne? lui demanda-t-il
avec instance.

Elle répondit évasivement, ou, pour mieux dire,
elle ne répondit pas. Elle avait juré qu'on n'aurait pas
son secret, elle tenait son serment.

De sa chambre elle entendit le chant des prêtres,
car l'enterrement de Pascoul eut lieu dès que les constatations médico-légales furent terminées. Ces chants
ne lui causèrent aucune émotion. Seulement, lorsqu'elle cessa de les entendre, elle poussa un soupir
de soulagement. Désormais, elle se croyait libre de ce
côté. Elle appartenait à Furbice plus étroitement que
par le passé. Mais le juge d'instruction, après les
aveux de ce dernier, se présenta à la Bastide-Neuve.
Elle dut se décider à comparaître devant lui.

— Si elle est malade, avait dit le magistrat, nous
nous rendrons auprès de son lit.

Elle préféra se lever. Elle prit un soin minutieux
de sa toilette, et les personnes présentes ne purent
retenir un murmure d'admiration lorsque, vêtue de
noir, elle apparut dans la grande salle de la ferme.
Avait-elle espéré impressionner celui qui allait l'interroger?

Le juge d'instruction fut, en effet, tout d'abord fa-
vorablement disposé. Il était difficile de croire que

tant d'ignominie pût se cacher sous une aussi éclatante beauté. L'adorable créature qu'il venait de voir
apparaître ne pouvait avoir trempé les mains dans
un crime odieux.

— Madame, dit-il à Margaï en la faisant asseoir en
face de lui, en pleine lumière, nous sommes dans la
douloureuse nécessité de vous faire subir un interrogatoire. Veuillez répondre exactement à nos questions.

— De quoi m'accuse-t-on? demande Margaï.

— On vous accuse d'avoir poussé Furbice à tuer
votre mari, après avoir essayé vous-même, vainement,
d'empoisonner ce malheureux.

— Ils savent tout, se dit Margaï.

Mais elle ne trembla pas, car elle supposait que
Furbice avait nié. Et tout haut, elle ajouta :

— Sur quelles preuves, sur quels faits base-t-on
cette accusation?

— Je ne puis vous permettre de répondre ainsi à
mes questions par d'autres questions. Il faut vous expliquer clairement sur l'accusation dont vous êtes
l'objet. Est-il vrai que vous ayez engagé Furbice à
tirer sur Pascoul un coup de fusil?

— Non, monsieur. J'aimais mon mari.

— Est-il vrai que vous ayez attenté aux jours de la
victime en faisant entrer des substances toxiques dans
les remèdes ou dans les aliments que vous lui pré-
pariez durant sa maladie?

— Non, monsieur.

— Vous entreteniez cependant avec Furbice des
relations adultères?

A cette question, Margaï leva les bras au ciel.

— Moi! moi! moi! s'écria-t-elle. Ah! monsieur, qui a inventé cette infâme calomnie?

— Furbice lui-même. C'est lui qui vous accuse

Margaï ne se laissa pas troubler. Ne pouvant pas admettre la trahison de son amant, elle pensa qu'on essayait de lui tendre un piége.

— Monsieur Furbice a tort de m'accuser, dit-elle avec le plus grand calme et d'une voix très-ferme; je suis innocente, et on ne trouvera aucune preuve contre moi.

— Vous vous trompez, dit le juge d'instruction, en voici.

En même temps, il mettait brusquement sous les yeux de Margaï les vingt billets qu'elle avait écrits à Furbice. Elle ne put retenir un mouvement de surprise, mais elle se remit aussitôt.

— Vous tressaillez, dit sévèrement le juge. Vous avez reconnu ces lettres.

Elle répondit d'une voix douce et calme :

— Le mouvement que je n'ai pu retenir est cependant bien naturel, monsieur. Vous me mettez à l'improviste des lettres sous les yeux, en me disant : « Voici les preuves de votre culpabilité... » J'ai été péniblement étonnée, voilà tout.

— Ainsi, vous niez toute participation au crime?

— De toutes mes forces, reprit-elle avec énergie.

— Vous niez aussi avoir écrit ces lettres?

— C'est la première fois que j'en entends parler.

— Si cette femme est coupable, dit à voix basse le juge d'instruction au procureur impérial, elle s'était longuement préparée à nous répondre.

Et, reprenant son interrogatoire :

— Comment expliquez-vous les accusations que Furbice lance contre vous?

— Je ne puis les expliquer, monsieur.

— N'avez-vous jamais eu ensemble quelque discussion qui eût pu lui donner le désir de se venger de vous?

— Jamais. Je lui parlais à peine.

— Quelles étaient ses relations avec votre mari?

— Pascoul l'aimait beaucoup.

— Ne lui a-t-il pas prêté de l'argent?

—Oui, monsieur.

—On prétend que c'est vous qui l'avez décidé à faire ce prêt.

— Mon mari m'a demandé conseil. Je l'ai engagé à rendre service au maquignon de Fontblanche, dont les affaires étaient embarrassées, et dont la femme et les enfants vivaient misérablement.

— Mais cette femme elle-même vous accuse, répondit vivement le juge en se rappelant les paroles adressées par Brigitte à Furbice, dans l'hospice, quelques heures avant. Elle a reproché à son mari de l'avoir trahie pour vous.

— Elle a ajouté foi à d'absurdes calomnies.

— Savez-vous que Furbice est mourant? C'est de son lit de mort qu'il vous accuse.

A cette déclaration, Margaï sentit son cœur se serrer, tandis qu'une subite pâleur se répandit sur son visage. Depuis qu'on lui avait présenté sa correspondance avec Furbice, elle commençait à croire que celui-ci n'avait pas eu le courage de nier, et elle en souffrait; mais, apprendre en même temps qu'il allait mourir, c'était un coup trop violent.

— Vous voyez bien que vous prenez intérêt à Furbice, dit encore le juge.

— Je suis innocente, répliqua-t-elle.

— Vous persistez dans vos dénégations? reprit le magistrat. Alors nous allons être obligé de vous confronter avec celui qui se dit votre complice. Vous vous expliquerez devant lui.

— Je suis prête,

En disant ces mots, Margaï frissonnait.

Le juge d'instruction signa, séance tenante, un ordre aux termes duquel Margaï devait être immédiatement conduite à l'hospice de Gordes et mise en présence de Furbice.

Tandis qu'on se préparait à exécuter cet ordre, il fit mettre Moulinet en liberté.

— Je suis innocent, s'écria Moulinet lorsqu'il parut devant le magistrat.

— Nous le savons, reprit ce dernier, et vous êtes libre.

— Quel est l'auteur du crime? demanda timidement Moulinet avant de se retirer.

— Furbice.

En entendant ce nom, Moulinet ne put retenir un cri de surprise. Son exclamation frappa le juge d'instruction qui lui dit :

— Furbice a tué Pascoul parce qu'ils aimaient la même femme.

Moulinet ne répondit pas.

— Auriez-vous connaissance de la liaison qui existait entre le maquignon et Margaï Pascoul?

Moulinet leva les yeux, regarda son interlocuteur, et répondit d'une voix émue mais sûre :

— Je ne sais rien là-dessus, sinon que madame Pascoul aimait son mari.

Quand il sortit, ce fut, hélas! pour voir monter Margaï dans une des voitures de la ferme, avec un gendarme.

— Où va-t-elle? demanda-t-il éperdu à Frédéric.

— En prison, dit ce dernier.

— Elle, en prison! reprit Moulinet. Pourquoi, puisque c'est Furbice qui a tué Pascoul?

— C'est bien pour cela, répondit tristement Frédéric.

Malgré ses secrètes rancunes contre Margaï, il s'affligeait de voir une personne de sa famille à la veille d'être traduite devant les tribunaux. Moulinet fondit en larmes, et alla cacher sa douleur dans l'endroit le plus isolé de la ferme.

Quelques heures après, dans l'hospice de Gordes, tout était préparé pour la confrontation qui devait avoir lieu entre Margaï et Furbice. L'état de ce dernier s'était sensiblement amélioré. Sa blessure n'était pas aussi grave qu'on l'avait cru d'abord. Les magistrats prirent place près de son lit et donnèrent l'ordre d'introduire Margaï.

A sa vue, Furbice se mit à trembler; puis il baissa la tête n'osant supporter ce regard qu'il connaissait si bien et qui, dans ce moment encore, s'arrêtait avec douceur sur lui.

— Voilà l'homme qui vous accuse, dit le juge d'instruction à Margaï, répondez-lui.

Elle garda le silence.

— Cette femme, reprit-il alors en s'adressant à Furbice, prétend que vous l'accusez à tort.

— Elle sait bien que non, murmura Furbice sans la regarder.

Margaï sentit en elle un cruel déchirement. Elle fut sur le point de perdre connaissance. On lui demanda la cause de cette faiblesse subite.

— C'est ma grossesse, dit-elle doucement.

Cette grossesse datait alors d'environ huit mois. On lui donna un fauteuil; elle y prit place et prononça lentement, mais avec fermeté, les paroles suivantes :

— Cet homme me calomnie. Je n'ai jamais eu avec lui de relations adultères. Je n'ai pas tenté d'empoisonner mon mari, et, s'il l'a tué, ce n'est pas moi qui l'y ai poussé.

— Vous l'entendez? dit le juge à Furbice.

Les yeux à moitié fermés, il répondit :

— Et les lettres qu'elle m'a écrites?

— Moi ! dit-elle avec énergie, je ne vous ai jamais écrit ; c'est une imposture, c'est une infamie !

— Nie si tu veux, répliqua Furbice en tournant sa tête du côté de la muraille, tu as tort; nous sommes découverts, et il est plus sage d'avouer.

Les personnes présentes à cette scène se rappellent encore le regard de mépris que Margaï jeta sur son amant. Pendant un instant, on vit se peindre sur son beau visage la colère, l'indignation, le dégoût même. Puis, redevenant plus calme, et voulant expliquer avantageusement pour elle l'altération qu'on avait remarquée dans ses traits, elle s'écria :

— Les mensonges que cet homme a inventés pour me perdre m'ont tellement indignée que je n'ai pas été maîtresse de moi.

Et se tournant vers le juge d'instruction :

— Est-il nécessaire, monsieur, continua-t-elle, de prolonger cette confrontation; n'aurez-vous pas pitié d'une femme qui porte un enfant dans son sein?

Alors, on vit Furbice relever la tête et se dresser sur son lit. Il n'était plus abattu et morne, comme lorsque Margaï était entrée. Il osait maintenant la regarder en face. La fièvre colorait ses joues, et dans le délire qui l'avait repris, il ne voyait qu'une chose : c'est que sa maîtresse l'accusait d'avoir menti, c'est qu'elle le désavouait publiquement.

— Tu oses me renier! s'écria-t-il; mais l'enfant dont tu parles, c'est mon enfant! Tu me l'as écrit! Lisez, monsieur le juge, lisez, et vous verrez ces mots: « Quant à cet enfant, je t'assure qu'il est bien le tien. »

— Ce n'est pas moi qui ai écrit ces lettres, affirma de nouveau Margaï.

Furbice allait répondre lorsque ses forces l'abandonnèrent. Il retomba sur son lit en disant :

— C'est ma complice, je le jure !

— Ah! s'écria Margaï, si c'était vrai, si vous m'aviez aimée jusqu'à devenir criminel pour moi, vous n'oseriez pas m'accuser, non, vous ne l'oseriez pas !

Elle était superbe d'indignation, et pendant un instant les magistrats doutèrent encore de sa culpabilité. Mais l'accusation si nette et si précise de Furbice, la correspondance saisie, les renseignements qui maintenant leur arrivaient de toutes parts ne leur permettaient pas d'hésiter plus longtemps. Ils mirent fin à à cette scène et furent obligés d'avouer à Margaï qu'elle était en état d'arrestation.

— Mon innocence éclatera ! répondit-elle fièrement

tandis que l'officier de gendarmerie l'emmenait dans une autre partie de l'hospice.

Le juge d'instruction résolut alors de se rendre au hameau de Fontblanche. Il voulait voir la maison de Furbice, interroger Brigitte, à laquelle il n'avait osé adresser le matin aucune question précise, et, enfin, rechercher les poisons s'il en restait encore. C'étaient là des pièces à conviction qu'on devait essayer de joindre à celles qu'on possédait déjà. Parmi ces dernières figurait le fusil qui avait servi à tuer Pascoul, et qu'on avait retrouvé dans le puits de la ferme, grâce aux indications de Furbice.

En entrant dans la maison de Brigitte, le juge d'instruction fut douloureusement affecté par le spectacle qui s'offrit à ses yeux. Assise au coin de la cheminée, entourée de quelques paysannes accourues pour lui prodiguer des consolations, la pauvre femme se désespérait, en couvrant de baisers fiévreux ses deux enfants. Sans lui parler, le magistrat fit procéder sur-le-champ aux recherches qui devaient amener la découverte des poisons. Dans la cave, on retrouva des bouteilles remplies d'eau phosphorée, et quelques gouttes d'opium au fond d'un flacon. Ainsi se confirmait l'une des déclarations de Furbice, qui avait reconnu être détenteur des matières toxiques et es avoir données à Margaï.

Alors le juge s'approcha de Brigitte :

— Connaissiez-vous la présence de ces poisons dans votre cave ? lui demanda-t-il.

Elle leva sur lui ses yeux baignés de pleurs et parut péniblement surprise de le voir encore devant elle. Cependant elle répondit :

— Je savais que mon mari enfermait là les remèdes destinés aux chevaux. J'ignore si ces remèdes étaient des poisons.

— Cependant n'a-t-il pas tenté un jour de vous empoisonner?

— Jamais ! s'écria-t-elle.

Il ne voulut pas insister sur ce point.

— Vous avez su, demanda-t-il encore, que votre mari entretenait des relations adultères avec Margaï Pascoul? Pouvez-vous nous donner quelques renseignements sur ce point?

Pour obtenir des révélations, il comptait, sans doute, sur le désir de vengeance, qui anime, contre sa rivale, toute femme trahie.

Un éclair de colère brilla dans les yeux de Brigitte. Sans répondre, elle porta vivement les mains à son cœur, comme pour en comprimer les battements. Puis elle dit à voix basse :

— Je ne puis déposer contre cette femme. Je ne veux pas l'accuser.

Le juge d'instruction comprit, et, respectant cette grande douleur, il se retira, laissant dans cette maison, désormais vouée à la misère et aux larmes, quelques secours destinés à subvenir aux plus pressants besoins. Mais son opinion était faite. Le même soir, il quittait Gordes. L'instruction sur les lieux était épuisée. Furbice devait rester à l'hospice jusqu'au moment de sa guérison, sous la surveillance de gardiens qui répondaient de lui. Quant à Margaï, elle partit pour Apt, une heure après les magistrats, dans une voiture escortée par deux gendarmes.

Durant toute la route, malgré l'heure avancée de la

nuit, les gendarmes virent un homme qui, les pieds nus, ses sabots à la main, courait dans la poussière derrière eux. Plusieurs fois, ils durent l'empêcher de parler à Margaï. Devant la prison d'Apt, on fit descendre la jeune femme. Elle entra, et les portes se refermèrent sur elle.

Alors, cet homme qui l'avait suivie pendant un si long trajet s'accroupit sur les degrés de la prison et, là, dans le silence de la nuit, il pleura amèrement.

C'était Moulinet.

Il resta jusqu'au matin à la même place, puis revint à Gordes, en se demandant par quels moyens il arracherait Margaï aux mains de ses juges.

XX

Depuis trois jours, Margaï n'avait pu goûter un seul instant de repos ; aussi dormit-elle d'un profond sommeil pendant la première nuit de sa captivité.

Son réveil fut terrible. Élevée à la campagne, mais habituée à l'élégance des villes, ayant toujours été choyée, adulée et entourée de tout le luxe que pouvait désirer une femme de sa classe, elle devait cruellement souffrir en s'éveillant tout à coup dans l'étroite cellule d'une prison. Elle regarda autour d'elle, et tout ce qui l'environnait lui parut hideux et triste à mourir.

Alors elle ferma les yeux pour éviter de voir le grabat qui lui servait de lit, les noires murailles qui l'enveloppaient de toutes parts et l'étroite fenêtre garnie de barreaux. Mais, si les objets extérieurs ne la frappèrent plus, un funèbre spectacle s'offrit à son esprit troublé. Furbice blessé, étendu sur le lit de l'hospice, la désignait du doigt comme sa complice. Pascoul sortait de sa tombe, s'avançait menaçant vers elle, la prenait dans ses bras et l'entraînait vers l'écha-faud.

Ces terribles visions furent de courte durée ; Margaï eut la force de les chasser. Elle se leva et n'eut plus qu'une pensée : préparer sa défense, reconquérir sa liberté.

Durant cette matinée, elle reçut deux visites, celle d'un geôlier qui lui apporta des mets grossiers auxquels elle refusa de toucher, et celle de l'aumônier, qu'elle ne voulut pas entendre. A toutes les paroles miséricordieuses qui tombèrent des lèvres du prêtre, elle ne répondit que par ces mots :

— Je suis innocente et je veux sortir de prison

Elle en sortit bientôt, non pour recouvrer sa liberté, mais pour être conduite dans le cabinet du juge d'instruction, qui avait à tâche de la décider à faire des aveux. C'était pitié vraiment de voir cette belle créature, dont la démarche avait une suprême élégance, et les traits une noblesse infinie, traverser, entre deux gendarmes, les sombres couloirs de la prison. Loin de baisser les yeux, elle regardait fièrement autour de soi, comme une reine accompagnée d'une escorte.

En présence du juge d'instruction, elle ne cessa pas de nier, malgré l'évidence des preuves. On en relevait

trois principales : les déclarations accablantes de Furbice ; les lettres qu'elle lui avait écrites, et la liaison
qu'au dire de tout le pays, elle entretenait avec lui.

Ces preuves, Margaï les repoussait. A l'entendre,
Furbice mentait et ne l'accusait que dans l'espoir de
rendre sa situation moins grave. Les lettres saisies
chez lui n'avaient pas été écrites par elle. On avait
habilement imité son écriture. Enfin, les relations
qu'on lui reprochait ne reposaient sur rien de sérieux.
Elle avait simplement témoigné de l'amitié à Furbice,
qu'elle croyait dévoué à son mari.

Tel était le système dans lequel Margaï s'était ren-
fermée. Rien ne pouvait l'en faire sortir. Elle opposait un mutisme absolu à toutes les autres questions
embarrassantes touchant des faits qui, de près ou de
loin, avaient trait au crime. En vain le juge d'instruction s'efforçait de la faire tomber dans des contradic-
tions qui auraient pu la confondre, elle feignait de ne
rien comprendre et de tout ignorer.

Lorsqu'un arrêt de la chambre des mises en accusation la renvoya, en même temps que Furbice, devant
la cour d'assises de Vaucluse, séant à Carpentras,
elle n'avait fait aucun aveu.

Qu'espérait-elle donc ? Pourquoi mettre tant d'achar-
nement à se défendre ? Sa vie n'était-elle pas à jamais
brisée ? En admettant qu'elle pût reconquérir sa liberté, que deviendrait-elle ? Furbice, en qui elle avait
placé toutes ses espérances, tout son avenir, dont elle
avait fait son Dieu, ou plutôt son idole, ne l'avait-il pas
lâchement trahie ?

Criminelle, mais énergique, perverse, mais brave,
Margaï pouvait aimer un misérable, mais il lui était

interdit d'aimer un lâche et un traître. En vain, elle
avait essayé de se dire que Furbice, contraint de faire
des révélations, était tombé dans un de ces piéges que
ies magistrats savent tendre si habilement aux coupables. Tout lui prouvait, au contraire, qu'il l'avait
trahie, dès la première heure, sans lutte, sans remords, dans le seul but de mériter l'indulgence des
juges. Il avait dévoilé les plus mystérieux secrets de
leur amour et n'avait reculé devant aucune profana-
tion. Cette longue correspondance qu'il s'était engagé
à brûler, il l'avait conservée avec soin pour s'en faire
une arme contre elle. Tandis qu'elle se donnait corps
et âme, il se livrait à d'odieux calculs et songeait à
profiter de ses faiblesses. Il avait toujours menti et ne
l'avait jamais aimée !

Si, malgré ses cruelles désillusions et le grand déchirement qui s'était fait en elle, Margaï tenait encore
à la vie, c'est qu'un sentiment nouveau avait envahi
tout son être. Elle allait être mère et éprouvait une
tendresse infinie pour l'enfant qu'elle portait dans son
sein. L'amour maternel a cela de particulier et d'admirable qu'il peut se glisser dans le cœur des créatures
les plus déchues, des filles les plus perverties, des
femmes les plus éhontées et les plus criminelles.

Mais un sentiment aussi pur, aussi désintéressé
porte ses fruits. Dans le cœur où il doit désormais
régner, il entraîne avec soi, pour s'en faire un cortége,
tout un monde de sensations et d'idées nouvelles. Il
adoucit les angles des caractères endurcis, il amollit
les natures les plus rebelles, il fortifie les courages, il
dompte les autres passions, il rend meilleur et plus
apte à comprendre le bien, il permet enfin de voir la

12.

vie sous un nouvel aspect, d'en comprendre les devoirs, de rougir des égarements et des fautes passés, et de pleurer amèrement sur les crimes qu'on a pu commettre.

Aussi, peu à peu, Margaï s'attendrit ; à la colère qui grondait en elle succéda la souffrance, à l'orgueil la honte ; les larmes remplacèrent les murmures. Un grand apaisement se fit en son âme, et au lieu de se plaindre, au lieu d'accuser, elle en arriva à prier.

Cependant, Furbice, complétement rétabli, avait pu quitter l'hospice de Gordes et être transporté, à son tour, dans la prison d'Apt. Il n'eut dès lors qu'une préoccupation : s'évader. On l'avait placé au second étage, dans une chambre étroite qui prenait jour sur le préau, par une fenêtre garnie de barres de fer fortement liées entre elles. Par ce côté, la fuite était impossible. Quant à la porte, elle était en chêne et garnie à l'extérieur comme à l'intérieur de plaques de tôle. Restait le plafond, qui devait communiquer avec les toits. Furbice s'empressa de l'attaquer. Mais il fut une nuit surpris au milieu de son travail ; on le changea de cellule et on le surveilla d'une façon plus rigoureuse.

Alors, il tomba dans un découragement profond. Morne et sombre, il passait ses journées accroupi dans un coin de sa prison. A quoi songeait-il ? aux jours passés ? Non, mais aux moyens de sauver sa tête. Margaï ne tenait plus aucune place dans son cœur. Il se demandait comment il avait pu, pour l'amour d'elle, se jeter à corps perdu dans l'abîme au fond duquel il se trouvait maintenant. Il passait en revue, dans sa mémoire, toutes les imprudences qu'il avait commises, depuis le moment où il s'était laissé séduire par sa fatale beauté, et par l'espérance d'être un jour le maître de la Bastide-Neuve, jusqu'au jour où, contrairement aux conseils de la Valbray, il s'était décidé à tirer sur Pascoul.

Il maudissait son crime, non pour l'horreur qu'il en avait, mais parce que la société se préparait à l'en punir.

Bientôt la rumeur publique, déjà vivement excitée contre lui, l'accusa d'un autre crime qui remontait à une date plus ancienne. On disait que, deux ans avant de tuer Pascoul, le maquignon, poussé par la cupidité, avait empoisonné sa propre mère, afin d'entrer plus rapidement en possession du petit héritage qui devait lui revenir. Ces rumeurs, d'abord très-vagues, ne tardèrent pas à prendre une consistance telle que la justice se transporta de nouveau dans Gordes, et procéda à une instruction supplémentaire. On exhuma le cadavre de la vieille femme, et les organes dans lesquels des traces de poison pouvaient être retrouvées furent placés dans des bocaux, et emportés à Apt afin d'y être soumis à une expertise. Cette expertise demeura sans résultat, aussi bien que l'interrogatoire que subit Furbice, et l'accusation fut abandonnée sur ce point.

Sur tous les autres, le maquignon maintint ses premiers aveux. Devant Margaï, comme loin d'elle, il persista à l'accuser, s'efforçant de faire retomber sur sa maîtresse la part principale du crime.

Comme on n'était encore qu'en janvier, et que les assises ne devaient s'ouvrir à Carpentras qu'au mois de mai, il fut permis aux deux accusés de voir leur famille et leurs amis.

Un matin, Moulinet se présenta à la prison et fut introduit auprès de Margaï.

A sa vue, il tomba à genoux et fondit en larmes.

— Vous ! vous ici ! s'écria-t-il.

Il n'en put dire davantage. Son émotion lui coupait la voix. Margaï l'accueillit avec tendresse, le fit relever, asseoir à ses côtés et commença à lui raconter ses malheurs. Elle parlait à voix basse. Le gardien qui assistait à l'entrevue s'approcha :

— Je ne puis permettre, dit-il, que vous vous entreteniez ainsi. Je dois entendre tout ce que vous dites.

— Laissez-nous échanger, sans témoin, seulement quelques paroles, demanda Margaï.

En même temps, elle fixait de grands yeux suppliants sur le gardien.

— Faites vite, dit-il, je vais jusqu'à la porte.

Margaï inclina la tête pour le remercier de sa complaisance et de sa pitié. Grâce à lui, elle put raconter à Moulinet l'infamie de Furbice.

— Tu sais si je l'ai aimé ! dit-elle, eh bien, il m'a trahie !

— Le misérable ! murmura Moulinet. Est-ce aussi grâce à lui qu'on vous accuse d'avoir trempé vos mains dans l'assassinat ?

— Après avoir répété aux juges toutes les péripéties de notre amour, il a dit que je l'avais engagé à tuer Pascoul, en lui mettant les armes dans les mains, du poison et de la poudre.

— Mais il n'y a pas de preuves ! demanda Moulinet effrayé de la gravité de l'accusation.

— Il y a des lettres ! Néanmoins j'ai tout nié.

— Oui ! oui ! il faut tout nier ; mais pourquoi ne m'avez-vous pas dit que vous aviez écrit? J'aurais obligé Furbice à vous rendre vos lettres.

— Hélas ! je croyais qu'il les avait détruites. Il les conservait, au contraire, et les a livrées au juge pour lui prouver que j'avais été sa maîtresse. Puis, non content de cette lâcheté, il a fabriqué d'autres lettres et les a mêlées aux miennes comme si elles étaient aussi de moi, afin de faire croire à ma complicité volontaire dans l'assassinat.

Sur ce dernier point, Margaï mentait; mais elle pouvait mentir impunément, car de tout ce qui s'était passé entre elle et Furbice, Moulinet ne connaissait que leur amour et n'avait pas ajouté foi à l'accusation d'empoisonnement et de meurtre. Margaï le laissa dans ces sentiments, qui devaient, d'ailleurs, donner à sa déposition, s'il était interrogé de nouveau, l'accent de la conviction et de la sincérité.

— Ma chère maîtresse, dit Moulinet, je vous sauverai.

Elle se laissa prendre la main, qu'il embrassa passionnément. En ce moment le gardien venait de leur côté. Ils continuèrent leur conversation à haute voix, en ayant soin de ne laisser échapper aucune parole compromettante.

Pendant le temps que Margaï passa dans la prison d'Apt, elle vit Moulinet à plusieurs reprises. Il l'engageait à la patience, lui donnait des conseils et lui communiquait l'espoir dont lui-même avait le cœur rempli. Le pauvre homme n'avait jamais été aussi heureux. Il comptait pour quelque chose dans la vie de Margaï. Il lui était presque devenu indispensable. Il recevait ses confidences, connaissait ou croyait connaître ses secrets et s'occupait d'elle. Le malheur les rapprochait, et si Moulinet eût été complétement rassuré sur le dénoûment de toute cette grave affaire, il aurait béni la captivité de Margaï.

Celle-ci reçut également la visite de Frédéric Borel. Il vint poussé tout autant par la curiosité que par l'intérêt qu'il portait à sa cousine.

— Tu m'as fait beaucoup de mal, dit-elle avec un reproche dans la voix.

— Qu'ai-je fait? demanda-t-il étonné.

— N'as-tu pas dit m'avoir rencontrée une nuit sur la route, en voiture, avec Furbice?

— Je l'ai dit parce que c'était la vérité. Mais ce n'est pas contre toi que ce témoignage était dirigé. C'était contre lui. Ne fallait-il pas sauver Moulinet, qu'on accusait faussement?

— Oui, mais Furbice m'a entraînée dans sa chute. Il m'a odieusement calomniée; et cependant je suis innocente. Tu aurais mieux fait de ne rien dire.

Frédéric ne répondit pas. Après un silence, il demanda des ordres à sa cousine sur certains travaux de la ferme, dont il avait pris la direction depuis ces dramatiques événements.

— Que m'importent ces choses? répondit Margaï. Si je suis condamnée, la ferme t'appartiendra. Sinon, je la vendrai, car je ne veux plus vivre dans cet horrible pays. Ainsi donc, tu es libre d'agir à ta guise.

— Mais, puisque tu es innocente, tu seras acquittée, s'écria Frédéric.

— Acquittée! oui, je l'espère bien.

Et, en même temps, elle élevait d'ardents regards

vers le ciel. Frédéric se retira, ce jour-là, douloureusement ému.

Cependant ce long séjour en prison épuisait les forces de Margaï et altérait sa santé, éprouvée déjà par sa grossesse, dont le terme approchait. Le médecin lui ordonna de fréquents exercices, et elle eut le loisir de se promener, durant la plus grande partie du jour, dans le préau, à l'heure où les autres prisonniers n'y étaient pas.

Ce préau consistait en une longue terrasse qu'un mur élevé séparait des jardins du palais de justice. Pour se rendre aux étages supérieurs de la prison, il était nécessaire de traverser cette promenade. Jamais, cependant, Margaï n'y avait rencontré Furbice, car on avait soin de ne laisser aucune communication s'établir entre eux. Ce jour-là, en se promenant, tandis qu'elle pensait à lui, elle vit tout à coup passer une femme qui montait, accompagnée d'un gardien. Elle la reconnut sur-le-champ. C'était Brigitte.

Elles se revoyaient pour la première fois depuis le jour où elles s'étaient rencontrées dans la maison de Furbice. Margaï poussa un cri étouffé. Brigitte passa froidement, le front haut, sans ouvrir la bouche. Mais il y avait dans ses yeux une expression de bonté qui frappa Margaï. Elle avait causé à Brigitte de cruelles douleurs, et cependant celle-ci ne l'avait pas accusée. Elle voulut la remercier. Ses bras s'étendirent en avant. Mais son farouche orgueil arrêta sur ses lèvres la prière prête à s'en échapper. Brigitte comprit-elle? Elle venait de passer; elle allait disparaître sous la voûte de l'escalier, lorsqu'elle se retourna tout à coup du côté de sa rivale :

— Il y a longtemps que je vous ai pardonné, dit-elle d'une voix douce et triste. Je vous plains de toute mon âme et je prie tous les jours pour vous.

Margaï porta la main à son cœur et s'affaissa, privée de connaissance.

Le lendemain, sur l'avis du médecin, on la transporta à Carpentras, où elle devait être jugée et, en attendant, elle fut placée dans l'infirmerie de la prison.

XXI

A dater de ce moment, on vit Moulinet faire de fréquents voyages tantôt à Avignon, tantôt à Carpentras, dans le but de chercher, parmi les avocats les plus renommés, un défenseur pour Margaï. Il avait dit à Frédéric Borel :

— Ce soin me regarde. Je trouverai l'homme qu'il nous faut.

Il assistait un jour à un procès correctionnel, lorsqu'un orateur, qu'il entendait pour la première fois, produisit sur lui une vive impression.

— Savez-vous le nom de cet avocat? demanda-t-il à un de ses voisins.

Le personnage interrogé regarda Moulinet d'un air surpris, puis il lui répondit avec importance :

— Vous ne connaissez pas Me X..., le Démosthènes du Midi?

Moulinet ne comprit pas trop la signification de ce
nom de Démosthènes. Mais il en savait assez sur
M⁰ X..., après l'avoir entendu, pour deviner qu'il
était digne de présenter la défense de Margaï.

M⁰ X... appartient au barre au d'Aix. C'est une des
gloires de la Provence. Il a autrefois plaidé à Paris et
y a laissé les meilleurs souvenirs. Depuis 1848, il est
retourné dans sa ville natale, d'où il était parti autrefois avec MM. Thiers et Mignet, ses camarades de
collége. Dans tout le Midi, on se dispute M⁰ X... Bor-
deaux, Toulouse, Marseille, Nîmes, l'ont fréquemment
entendu, et toutes les fois qu'il doit parler, la salle est
trop petite pour contenir la foule jalouse de se presser
autour de lui. On cite son éloquence, il faut également louer sa probité et son désintéressement. Jamais
on ne l'a vu se charger d'une affaire véreuse, et à
plusieurs reprises, il a plaidé pour des pauvres dont
le bon droit lui était révélé.

M⁰ X..., âgé maintenant d'un peu plus de soixante
ans, est grand, bien pris et large d'épaules. Ses traits
ont une rare noblesse, son organe est vibrant et so-
nore, son geste à la fois ample et simple, son langage
coloré, et il excelle à faire passer dans l'esprit de ses
auditeurs la conviction qui l'anime.

Tel était l'homme choisi du premier coup par Moulinet avec ce bon sens qu'on rencontre souvent chez
les gens les moins éclairés.

M⁰ X... était venu à Avignon pour défendre des
ouvriers compromis dans une affaire de coalition. Il
avait gagné sa cause et quittait l'audience, au moment
où Moulinet s'approcha de lui. Vingt avocats l'entouraient, jeunes et vieux, et le félicitaient chaudement

13

de son nouveau triomphe, lorsqu'il aperçut Moulinet, qui se tenait à distance et n'osait lui adresser la parole. Il fit deux pas en avant.

— Êtes-vous l'un des ouvriers que je viens de défendre? lui demanda-t-il avec bonté.

— Non, monsieur, mais je vous ai entendu. C'est joliment beau, tout ce que vous avez dit. Aussi cela m'a donné l'idée de vous implorer pour une femme injustement accusée.

— Que ne vous adressez-vous à l'un de mes jeunes confrères? Je ne suis pas d'ici, moi. Je pars demain.

— Oh! monsieur, reprit Moulinet en croisant les mains et la voix pleine de supplications, c'est vous qu'il nous faut. Ne nous refusez pas vos services.

Me X... fut touché.

— Nous ne pouvons causer ici, reprit-il. Venez demain matin à mon hôtel, vous me raconterez votre affaire.

Moulinet passa la nuit dans une pauvre auberge d'un faubourg d'Avignon et ne put fermer les yeux, tant il était ému à la pensée de la visite du lendemain. Il fit et refit dix fois le discours qu'il comptait adresser à Me X... Mais, si bien qu'il l'eût préparé, sa mémoire lui manqua lorsqu'il se trouva en présence de l'avocat, qui vint vers lui en disant :

— Contez-moi votre affaire.

Moulinet toussa, ouvrit la bouche et resta muet. Me X... comprit l'embarras du pauvre homme, et prenant lui-même la parole :

— Est-ce pour vous que vous venez me consulter, mon ami? lui dit-il.

— Non, monsieur, c'est pour une jeune femme

dont j'ai servi le père, et plus tard le mari, durant vingt-cinq ans.

— Où est-elle?

— En prison à Carpentras; elle doit passer aux prochaines assises.

— Affaire criminelle! Donnez-m'en les détails.

— Elle est innocente, monsieur, s'écria Moulinet, qui reprenait un peu d'assurance. On l'accuse d'avoir tenté d'empoisonner son mari, et d'avoir ensuite poussé son amant à le tuer pour s'en débarrasser.

Me X... fit un mouvement.

— La vérité, continua Moulinet, c'est que Margaï Pascoul est innocente; c'est par jalousie que l'autre a tué le mari.

— Vous me parlez du crime de la Bastide-Neuve, de la fameuse affaire de la Vénus de Gordes, s'écria l'avocat.

Moulinet répondit affirmativement et Me X... lui dit aussitôt :

— J'ai lu certains détails dans les journaux. Mais, mon pauvre camarade, cette femme est coupable, ar-chicoupable. Il y a des lettres.

— Vous aussi, monsieur, vous la croyez criminelle

Sur un geste de l'avocat, il reprit :

— Elle est innocente, monsieur, je vous le jure. Elle n'est pour rien dans le crime horrible dont elle est accusée. Ah! si vous la connaissiez, vous me croiriez. Et puis, je l'aime tant!

Bien qu'accoutumé à voir des larmes et à entendre des plaintes, Me X... fut ému.

— A-t-elle de la famille? demanda-t-il.

— Un cousin, voilà tout. Les autres parents sont

d'un degré très-éloigné. Ce cousin et moi, nous
sommes d'accord pour lui trouver un défenseur.
Venez, monsieur, je vous en supplie; on vous payera
ce que vous voudrez.

— Cette phrase est de trop, mon garçon, répondit
vivement l'avocat. Si j'y vais, c'est que l'affaire est
dramatique, intéressante, et surtout parce qu'il y a
une tête à sauver. Quant à l'acquittement complet, il
n'y faut pas songer.

— Lorsque vous la connaîtrez mieux, dit Moulinet,
vous proclamerez partout son innocence.

— Soit, j'irai, reprit résolûment l'avocat. Dans huit
jours, je serai à Carpentras pour conférer avec l'accusée.

Moulinet partit le cœur pénétré de reconnaissance
et fit connaître à Frédéric Borel le résultat de son
voyage à Avignon. Margaï ne tarda pas à en être
aussi instruite. Cette nouvelle lui arriva dans l'infirmerie de la maison d'arrêt de Carpentras, au moment
où elle venait d'être prise par les douleurs de l'en-
fantement. La couche fut longue et laborieuse. Enfin
elle donna le jour à un enfant du sexe masculin.

— Je veux le voir! je veux le voir, s'écria-t-elle,
malgré l'épuisement qu'elle ressentait.

Elle avait dit à Furbice que cet enfant était de lui,
elle le lui avait écrit, elle le croyait. Mais depuis l'espèce de métamorphose qui s'était faite en elle, Margaï
aurait voulu s'être trompée; elle souhaitait maintenant
de toute son âme que l'enfant ressemblât à Pascoul.
Une religieuse qui la soignait depuis trois jours, lui
présenta la frêle créature. Margaï la regarda, l'embrassa
passionnément et fondit en larmes. Comme le dit plus

tard son défenseur, le berceau reproduisait les traits
de la victime. L'enfant fut remis entre les mains d'une
femme de Gordes qui s'était chargée de le nourrir, et
qui, pour plaire à Margaï, avait consenti à s'installer
dans la prison jusqu'au moment du jugement.

Quelques jours après, Margaï eut la visite de son
avocat.

A la vue de cette jeune femme, à qui sa pâleur et
la langueur de son regard prêtaient un charme de plus,
Me X... éprouva, ainsi qu'il l'a raconté depuis, une
des plus poignantes sensations de sa vie.

— On est venu me demander de me charger de
votre défense, dit-il avec émotion ; me voici. Mais il
faut avec moi vous montrer sincère. Comme le prêtre,
l'avocat est un confesseur. Il garde les secrets qu'on
lui confie. Dites-moi toute la vérité.

— La vérité est bien simple, monsieur, répondit-
elle, sans se troubler. On m'accuse d'un crime odieux,
et je ne l'ai pas commis.

Me X... aurait bien voulu la croire. Mais on venait
de lui communiquer les pièces du procès, le résumé
des déclarations de Furbice, les dépositions des
témoins; il les avait longuement méditées avant de se
rendre dans la prison, et sa conviction était faite.

— Pourquoi, dit-il avec douceur, persister dans vos
dénégations? Elles vous aliéneront vos juges et ne
vous sauveront pas.

— Je suis innocente, dit Margaï.

Lorsqu'on était venu, quelques minutes auparavant,
lui annoncer la visite de Me X..., elle avait aussitôt
demandé son enfant. Elle le tenait dans ses bras et

semblait s'inspirer de sa vue pour résister aux sollici-
tations de son avocat.

Celui-ci s'était levé en disant :

— Vous manquez de confiance en moi. Je dois renoncer à vous défendre.

Elle ne répondit pas.

— Quel orgueil est le vôtre ! reprit-il. La vérité
éclate de toutes parts et vous voulez l'étouffer ! Étouffe-
t-on le jour ?

— Je suis innocente.

— Non, vous êtes coupable, et il vaudrait mieux
pour vous le reconnaître : c'est le seul moyen qui me
soit donné d'attendrir vos juges.

Margaï ne fut pas ébranlée.

A ce moment, la religieuse qui la veillait depuis son
accouchement entra dans la cellule.

— Ma sœur, s'écria Me X..., aidez-moi. Cette femme
a commis un grand crime. Je veux la défendre. Je
veux sauver sa tête, mais je veux aussi qu'elle avoue.
Or, elle nie tout, alors que tout l'écrase. Un bon
conseil de vous et elle avouera.

Douce et sereine, la religieuse s'approcha de Margaï.

— Y a-t-il longtemps que vous n'avez prié, ma
sœur ? lui demanda-t-elle.

Surprise de cette question, la jeune femme regarda
successivement ses deux interlocuteurs ; puis ses yeux
se reportèrent sur son enfant et elle répondit d'une
voix sombre :

— Non, il n'y a pas longtemps. Tous les jours, je
demande à Dieu de faire éclater mon innocence.

— Ah ! s'écria l'avocat exaspéré, je vois que je n'ai
plus rien à faire ici.

Et il se retira le cœur rempli de tristesse. Pour la première fois, dans sa longue carrière, il trouvait un criminel sourd à ses conseils. Devant l'obstination de l'accusée, il renonçait à se charger d'une cause qu'il ne pouvait gagner. Quant à Margaï, dès qu'elle fut seule, elle embrassa son enfant en s'écriant :

— C'est pour toi que je résiste à leurs conseils ; c'est pour toi que je n'avouerai jamais mon crime. Tout m'accable et je serai condamnée. Mais, dans quinze ou vingt ans, toi, du moins, tu croiras à l'innocence de ta mère. Tu ne le pourrais pas, si je consentais à m'avouer coupable !

Le temps passait, et quelques jours seulement devaient s'écouler avant l'ouverture des assises. Brigitte avait fait le choix d'un avocat, pour son mari, parmi les membres les plus autorisés du barreau de Carpentras, et on disait dans la ville que Me X..., ayant refusé de se charger de la défense de Margaï, un autre avocat serait désigné d'office. Ces renseignements n'étaient pas entièrement exacts. Me X... avait résolu d'attendre. Il ne croyait pas prudent de plaider l'innocence en face des preuves que produisait l'accusation, mais il espérait encore qu'au dernier moment Margaï ferait des aveux.

Or, l'avant-veille de l'ouverture des assises, qui devaient commencer par l'affaire de la Bastide-Neuve, la prison de Carpentras fut le théâtre d'une scène qui décida peut-être du sort de Margaï.

C'était le soir. Dans la prison, tout dormait. Retirée dans sa cellule, Margaï, étendue sur sa couchette, cherchait vainement le sommeil qui semblait persister à la fuir.

Tout à coup, la porte de sa prison s'ouvrit et la religieuse entra, suivie de la nourrice de l'enfant. Cette femme se précipita comme une folle dans la chambre en s'écriant :

— Madame, madame, l'enfant est très-malade !

A ce cri, Margaï répondit par un autre cri, plus terrible encore, et courut au berceau de son fils.

La nourrice n'avait rien exagéré. Le pauvre petit être se mourait, atteint d'une de ces cruelles maladies qui n'ont pas de cause apparente, et qui foudroient les enfants. Margaï n'étant encore dans la prison qu'à l'état préventif, on lui témoignait certaines attentions, et ce soir-là, avant même de la faire avertir, le directeur avait envoyé quérir un médecin, auquel il suffit d'un coup d'œil pour constater que l'enfant était perdu.

— Vous ne pouvez le sauver, n'est-ce pas ? s'écria Margaï.

— Il y a encore de l'espoir, crut devoir dire le médecin.

— Non ! non ! reprit-elle, vous me trompez. Je sens bien que tout est fini.

Et, tombant à genoux au pied du berceau, elle se mit à contempler d'un œil hagard le petit moribond.

— Oh ! murmurait-elle avec des pleurs dans la voix, les anges te rappellent et tu vas à eux. Ta mère est indigne de toi, t'ont-ils dit, et tu pars. Non ! non ! reste, je t'en conjure, dis-leur que tu ne veux pas mourir.

L'enfant s'agita faiblement.

— Monsieur, s'écria Margaï en se relevant, et

s'adressant au médecin, mon fils ne veut pas mourir. Sauvez-le.

L'enfant râlait.

— Emmenez-la, dit le docteur à la religieuse.

Celle-ci voulut entraîner Margaï.

— Qu'on me laisse, reprit-elle farouche et affolée de douleur ; il n'est pas mort.

L'enfant mourut.

⸙ . . . .

On rapporta Margaï dans sa prison. Elle resta pendant huit heures, assise sur une chaise, écoutant si l'enfant n'avait pas crié.

La sœur ne la quitta pas.

Deux jours après, Margaï demandait M⁰ X..., qui s'empressait de se rendre auprès d'elle.

— Je ferai, je dirai ce que vous voudrez, s'écria-t-elle en le voyant. Oui, je suis coupable, et Dieu m'a cruellement punie. Il m'a pris mon enfant.

XXII

Le procès commença le 1ᵉʳ mai 1862, devant la cour d'assises de Vaucluse, séant à Carpentras. Il est difficile de se faire une idée de l'émotion que le crime déféré à la justice avait soulevée dans toute la contrée. De tous les points du département, des curieux étaient accourus pour suivre les débats. Le palais était en quelque sorte assiégé, et les gendarmes éprouvaient de sérieuses difficultés à retenir la foule qui voulait pénétrer dans la salle d'audience.

Le mystère dont se trouvait encore entourée cette affaire, la position et la jeunesse des accusés, la grande réputation de beauté de Margaï Pascoul, la gravité et le caractère dramatique des faits incriminés, le talent éprouvé des orateurs appelés à prendre part aux débats expliquaient suffisamment la curiosité du public, toujours avide d'émotions de cette nature.

Au dehors du palais de justice, on remarquait dans les rues et sur les principales places, des groupes nombreux qui s'entretenaient avec une vivacité toute méridionale des principales circonstances de ce drame émouvant. Les portes de la cour d'assises s'ouvrirent à huit heures, et la portion de la salle d'audience livrée au public fut aussitôt envahie. Dans un coin réservé, Brigitte Furbice était assise auprès de ses deux enfants. Sur une table placée devant les magistrats, on apercevait, parmi d'autres pièces à conviction : un fusil, un paquet de lettres, une grande fiole à moitié pleine d'eau phosphorée et différents flacons qui contenaient ou avaient dû contenir des poisons. Au banc de la défense se placèrent Mᵉ X..., avocat du barreau d'Aix, défenseur de la veuve Pascoul, et Mᵉ B..., bâtonnier de l'ordre des avocats de Carpentras, défenseur de l'accusé Furbice.

Un vif mouvement de curiosité se manifesta dans l'assemblée, au moment où les deux accusés furent amenés par la gendarmerie. Furbice entra le premier. Il portait la tête basse et paraissait accablé. Sa femme essaya inutilement d'attirer son attention ; il ne parut

s'apercevoir ni de sa présence ni de celle de ses
enfants.

Margaï vint ensuite, et aussitôt tous les regards se
dirigèrent de son côté. Mais la curiosité du public ne
fut pas satisfaite, car l'accusée avait le visage entièrement couvert de sa mante. Un gendarme prit place
entre eux. Furbice, en apercevant Margaï, sembla vouloir lui parler, mais elle détourna la tête.

A neuf heures, la cour entra en séance.

Le premier avocat général à la cour de Nîmes occupait le siége du ministère public, assisté du procureur impérial près le tribunal de Carpentras. Après les
formalités d'usage, il fut donné lecture de l'acte d'accusation.

Cette pièce essentielle du procès, nous l'avons mise
en action depuis le commencement de ce récit. C'est,
en la suivant à la lettre, pas à pas, en nous bornant
seulement à changer les noms, par un sentiment de
discrétion, mais sans jamais altérer la vérité, dénatu-
rer un fait, exagérer un caractère, que nous avons
écrit les chapitres qui précèdent. Nous n'avons donc
pas à donner place ici à ce document qui reprodui-
sit, sous une forme saisissante, tous les détails que
nos lecteurs connaissent déjà et qui excitèrent à diverses reprises l'émotion de l'auditoire.

Après la lecture de l'acte d'accusation, il fut procédé à l'audition des témoins cités à la requête du ministère public, au nombre de cinquante-trois. Les dépositions ne constatèrent aucun fait que nous n'ayons
placé dans les pages qui précèdent. Elles justifiaient,
de la manière la plus complète, les termes de l'accusation, en la corroborant par des preuves irréfutables.

Mais on attendait surtout avec impatience l'interrogatoire des accusés, et un vif mouvement se manifesta dans cette foule attentive, lorsque le président déclara qu'il allait y être procédé. Furbice fut interrogé le premier. Sur l'ordre du président, il se leva.

Son visage ne trahit aucune émotion. Il répondit presque toujours à voix basse et en baissant la tête aux questions qui lui furent adressées; mais son attitude était celle d'un homme sûr de lui-même, qui comprend la portée de ses déclarations.

Tandis qu'il parlait, accablant sa complice de reproches, rejetant sur elle la responsabilité de ce grand crime, Margaï affectait de ne pas le regarder. Il aurait lu dans ses yeux un mépris douloureux et profond, si elle les eût levés sur lui. Mais personne dans le public n'avait encore aperçu les traits de l'accusée.

Quant à Brigitte Furbice, elle ne put retenir ses sanglots pendant l'interrogatoire de son mari, et les deux petits enfants qui l'accompagnaient fondirent en larmes en voyant pleurer leur mère. Cette scène impressionna vivement l'auditoire. La première audience fut levée après que Furbice eut parlé.

Avant l'ouverture de celle du lendemain, une grande agitation régnait dans la salle des assises.

Le bruit courait que Furbice, en se rendant de la prison au palais de justice, avait essayé de se briser la tête contre un mur. Les gendarmes qui l'accompagnaient avaient pu le retenir à temps et amortir le coup.

Des discussions très-animées s'étaient engagées au

sujet de cette nouvelle tentative de suicide. Les uns soutenaient que l'accusé, désespérant de sauver sa tête, voulait en finir le plus vite possible avec la vie. Suivant les autres, il n'avait aucune intention de se donner la mort et ne cherchait qu'à attendrir les jurés sur son sort.

On s'entretenait aussi très-vivement de Margaï Pascoul, qui, jusqu'à ce moment, avait constamment et énergiquement nié, non-seulement toute participation au crime de la Bastide-Neuve, mais encore toutes relations coupables avec Furbice. On se demandait quelle allait être son attitude pendant l'interrogatoire et comment, devant les preuves qui l'accablaient, elle répondrait aux questions des juges.

Sur l'invitation du président, elle se leva péniblement de son banc, le visage toujours couvert. C'est avec la plus grande peine qu'on parvint à le lui faire découvrir. Sa voix était faible et ses premières paroles furent à peine entendues des jurés.

Après les questions d'usage, le président lui parla en ces termes :

— Vous avez épousé Pascoul en 185., et vous avez eu avec ce jeune homme, avant votre mariage, des relations à la suite desquelles vous vous êtes fait enlever, afin de forcer le consentement de votre père qui s'opposait à ce mariage?

— Oui, monsieur.

— Bientôt vous vous êtes dégoûtée de votre mari qui était pourtant, au dire de tous les témoins, excellent pour vous et vous portait une vive affection.

— Oui.

— Votre mari avait-il des torts envers vous?

— Non.

— Alors, pourquoi vous êtes-vous éloignée de lui ?
Il est vrai que vous avez nié jusqu'ici toutes relations
avec Furbice. Persistez-vous dans ce système de dé-
négation ?

Lorsque le président eut formulé cette question, il
y eut dans l'auditoire un mouvement, auquel succéda
la plus vive agitation, lorsqu'on entendit Margaï faire
cette réponse à laquelle on ne s'attendait guère :

— Non, monsieur le président ; j'avoue, au contraire,
les relations dont vous parlez.

Les jurés se regardèrent entre eux, et on remarqua
même une certaine émotion parmi les magistrats.
Me X..., avocat de l'accusée, s'approcha de sa cliente
et lui serra vivement les mains. Il lui avait con-
seillé de faire des aveux, et la remerciait de l'avoir
écouté.

A partir de ce moment, Margaï, comme si elle avait
recouvré tout son courage et pris une grande résolution, ne baissa plus la tête et répondit avec franchise
et fermeté aux questions qu'on lui adressa. L'animation répandue sur son visage, l'expression de ses yeux,
certaines attitudes, certains gestes énergiques lui prêtaient un grand charme et impressionnèrent les spec-
tateurs.

Le lendemain, on entendit l'organe du ministère public. Ce magistrat parla avec éloquence. Il raconta
de nouveau cette horrible histoire, développant et
groupant avec autant d'habileté que de modération
les preuves révélées par les débats. « Pour nous, dit-
il en terminant, la main levée vers Dieu qui punit
l'adultère et l'homicide, nous jurons que les deux ac-

cusés sont coupables et que pas un ne mérite merci. »

Pendant ce discours, l'attitude de ces derniers n'avait pas changé, du moins en apparence. Ils étaient toujours séparés par un gendarme. Furbice n'essayait plus de s'entretenir avec Margaï, et celle-ci affectait de ne pas se retourner de son côté.

Brigitte Furbice se tenait silencieusement à son banc, l'un de ses enfants assis sur ses genoux, l'autre à ses côtés. Plusieurs dames de la ville qui avaient assisté à ces longs débats, donnaient des marques de sympathie à cette pauvre famille si cruellement éprouvée. L'avocat de l'accusé s'approchait souvent de Brigitte et semblait insister pour qu'elle ne s'éloignât pas de l'audience et qu'elle gardât ses enfants auprès d'elle ; il espérait, sans doute, que le souvenir de cette pauvre femme et de ses deux enfants attendrirait le jury lorsqu'il aurait à prononcer sur le sort de Furbice.

Moulinet, toujours silencieusement assis au banc des témoins, ne perdait pas de vue Margaï, et sa physionomie s'illuminait subitement lorsque l'accusée tournait la tête de son côté, en lui souriant tristement.

Après le ministère public, les défenseurs eurent la parole à leur tour. L'avocat de Furbice parla le premier. Hélas ! sa cause n'était pas bonne ! Même criminelle, Margaï, par son énergie autant que par sa beauté, avait inspiré à tous ceux qui l'avaient vue et entendue une sympathique commisération. Furbice au contraire n'excitait qu'une violente répulsion. Il s'était montré vil, bas, cupide, et il ne fallait rien moins que la présence de sa femme et de ses enfants, tristes et innocentes victimes de ses farouches passions, pour faire désirer que le jury se montrât clément envers lui. Cette situation particulière, l'avocat sut habilement l'exploiter. Il s'efforça de montrer Furbice sous un aspect meilleur. Mais il tâcha surtout d'intéresser le jury à ceux que sa condamnation plongeait dans la misère et dans le déshonneur. Cette plaidoirie dura plus de deux heures et fut écoutée avec recueillement. Lorsque, ayant terminé, il reprit sa place, l'audience fut suspendue, et les personnes présentes s'empressèrent autour de lui pour le féliciter.

C'est pendant ce temps qu'une scène des plus touchantes vint attirer tout à coup l'attention de l'auditoire. Le fils de Furbice, un enfant de cinq à six ans au plus, quitta la place où il était assis auprès de sa mère depuis le commencement des débats, se traîna sur ses mains et sur ses genoux, sans qu'on y prît garde, jusqu'au banc des accusés, et là, se relevant avec vivacité, il se jeta au cou de son père.

Furbice, étonné d'abord, prit l'enfant dans ses bras, le regarda et fondit en larmes. Aucun des témoins de cette scène n'osa s'y mêler; le gendarme chargé de veiller sur l'accusé et de l'empêcher de communiquer avec le public n'eut même pas le courage d'intervenir. Il porta la main à sa moustache pour se donner une contenance et peut-être pour cacher son émotion. Mais le bruit d'une sonnette annonça que l'audience allait être reprise : un jeune avocat s'avança, sourit à l'enfant, l'enleva dans ses bras et le remit à sa mère qui sanglotait.

Cet incident parut émouvoir Margaï. Le fils de Furbice lui avait-il rappelé l'enfant qu'elle venait de per-

dre ? Calme et impassible jusque-là, elle laissa apercevoir des larmes dans ses yeux.

La cour entra en séance ; le défenseur de Margaï
prit la parole et commença en ces termes :

« Messieurs, ces deux têtes doivent-elles tomber ?
Telle est la question terrible qui se débat devant
vous. Et comment ne serais-je pas effrayé de l'immense responsabilité qui pèse sur ma parole, ma parole dont on a exagéré la puissance, je ne dirai pas
pour en atténuer la portée, mais par une bienveillance
dont je remercie ceux qui m'entourent, et qui s'adresse
bien plus qu'à moi au nom que je porte, et dont on
a voulu honorer les nobles qualités et les vertus tra-
ditionnelles ?

« Que de dangers m'entourent ! Un crime horrible a
été commis, et quel jour ! Quelques heures avant celle
où l'Homme-Dieu descendait sur la terre pour rache-
ter les péchés et les crimes des mortels, on semblait
vouloir ajouter un crime aux crimes que le sang du
Juste venait encore expier. »

Le défenseur développa ensuite avec une grande
hauteur de vues les principes de la responsabilité et
de l'imputabilité pénales.

Puis il examina le caractère des accusés. « Margaï
Pascoul a eu une jeunesse ordinaire : elle avait, dit-
on, une imagination ardente. La justice a fouillé ses
cahiers de pension, elle y a trouvé des projets de
jeune fille, des lettres d'amour à treize ans, à quatorze
ans.

« Ah ! si la justice se permettait de semblables in-
discrétions sur bien des pensionnaires, elle risquerait
fort d'y trouver des égarements de plume dont, pour

ma part, je n'oserais pas leur faire un péché. La faute et le malheur de Margaï, c'est d'avoir rencontré Furbice, ce maquignon sans scrupule, ce don Juan de village, faisant claquer son fouet au physique comme au moral, homme à caprices et à bonnes fortunes qui a révélé tout le cynisme de son cœur en parlant de la beauté de Margaï. »

La plaidoirie de l'illustre avocat fut dans toute son étendue un chef-d'œuvre d'éloquence et de logique. Il sut établir l'influence de Furbice, sous l'empire de laquelle Margaï s'était en quelque sorte anéantie. Il examina les lettres de la malheureuse femme, et prouva que cette correspondance, Furbice par un machiavélique calcul, l'avait détruite en partie, afin d'en faire disparaître tout ce qui aurait pu l'accuser.

Après avoir combattu tous les arguments, épuisé tous les détails de cette dramatique affaire, il tint le langage suivant :

« Il a plu à Dieu que la lumière se fît, les coupables se sont dévoilés ; quelle sera la peine que vous ferez peser sur ces deux têtes ? Nous avons dû séparer pour un instant les deux causes. Nous devons maintenant les confondre. Furbice, comme Margaï, peut attendre aussi les circonstances atténuantes, non pas pour avoir été entraîné par sa complice, mais pour avoir subi je ne sais quelle mystérieuse puissance qui l'a maîtrisé.

« Quand j'ai vu pour la première fois Margaï Pascoul, je lui ai dit : j'ai lu votre correspondance, je connais les preuves qui vous accablent, voulez-vous me donner du courage ? Au pied du grabat de votre prison, agenouillez-vous, priez, demandez à Dieu de

vous inspirer une bonne résolution et à moi le zèle et
la liberté, la conviction qu'il me faut pour accomplir
mon devoir.

« Son orgueil a d'abord résisté, mais bientôt elle
m'a fait appeler, et me prenant les mains : « J'ai prié,
s'est-elle écriée, et Dieu m'a entendue. »

« Je voulais la réconcilier avec Dieu avant de vous
demander pitié pour elle; et elle a avoué, et elle
n'est sortie de son humilité que pour se lever devant
la calomnie. Ah! la nuit et le remords l'avaient
vieillie, et elle vient à vous le deuil dans le cœur et
sur ses habits.

« Elle avait de l'orgueil, de l'amour; elle s'est
humiliée, sacrifiée dans tous ses sentiments. Elle
était fière de sa beauté, et les rides du remords sil-
lonnent son front, telle que Madeleine après s'être
livrée à ses péchés enivrants.

« Elle était mère et elle a perdu son enfant !
L'Écriture l'a dit : *Cor contritum et humiliatum,
Deus, non despicies.*

« Ah! messieurs, croyez-en les leçons de cette
audience, sa désillusion sur l'homme qu'elle aimait,
sa longue douleur. Frappez fort; mais ne supprimez
pas le coupable, quand ce coupable est encore digne
de votre indulgence. »

L'émotion que l'avocat de Margaï venait de faire
passer dans tous les cœurs se trahit de tous côtés par
des marques extérieures, aussitôt qu'il eut cessé de
parler.

On se regardait, on se serrait la main. Les juges se
penchaient l'un vers l'autre. Les jurés ébranlés, tou-
chés, troublés, se demandaient s'ils devaient punir au

nom de la raison, ou pardonner au nom du cœur. Leur souveraineté les effrayait et ils eussent fait en ce moment abandon de leur toute-puissance.

Quant à celui qui causait une si vive impression, il était encore plus ému que son auditoire. Tout ce qu'il venait de dire, il le pensait, il le sentait, il le' souffrait. On n'est éloquent qu'à la condition d'être convaincu. Aussi, Me X... avait-il vécu pendant deux heures de la vie de l'accusée, il s'était identifié avec elle, il avait partagé ses passions, commis ses crimes, connu ses remords, souffert de ses souffrances; c'est pour lui-même qu'il avait pleuré, crié, demandé sa grâce.

Margaï avait pris les mains de son défenseur, elle se pressait contre lui, elle pleurait dans ses bras. Moulinet était là, ne sachant de quelle façon témoigner sa reconnaissance. Il y eut ainsi, pendant quelques instants, un trouble inexprimable.

Peu à peu le calme se rétablit; la voix de l'huissier réclama le silence. Le président prit la parole.

— Accusé Furbice, avez-vous quelque révélation à faire, quelque chose à dire pour votre défense!

— Non, répondit Furbice d'une voix étouffée.

— Accusée Margaï Rivarot, veuve Pascoul, avez-vous quelque chose à ajouter aux paroles de votre défenseur?

Margaï fit un signe négatif.

Alors le président présenta un impartial et clair résumé des débats, après lequel les jurés furent invités à passer dans la salle des délibérations. Au moment où ils sortaient, ils aperçurent les deux enfants de Furbice qui leur tendaient les bras et semblaient demander grâce pour leur père.

Pendant la délibération du jury, le public, chacun le sait, est pour ainsi dire livré à lui-même : la cour se retire, et les accusés sont conduits dans une salle d'attente près des assises. C'est alors qu'il se produit dans l'auditoire une vive agitation ; on est inquiet, tourmenté, pressé de connaître le dénoûment du drame qui vient de se dérouler ; on partage l'anxiété des malheureux dont l'existence est en ce moment discutée.

Dans l'affaire qui nous occupe, personne ne doutait de la réponse des jurés. Assurément, elle serait affirmative. Mais accorderait-on aux accusés des circonstances atténuantes ? Toute la question était là, puisqu'il s'agissait pour Margaï et pour Furbice de la vie ou de la mort. Aussi, on était dans l'anxiété et, pour en tromper les longueurs, chacun discutait les péripéties et les conséquences probables du procès.

Moulinet, pâle, agité, fiévreux, se glissait dans tous les groupes et recueillait ces diverses opinions. Tantôt une phrase lui donnait du courage ; tantôt un mot l'épouvantait. Une sorte de vide s'était fait au fond de la salle, autour de Brigitte ; personne n'osait s'approcher d'elle et lui apporter quelque consolation ; elle priait.

La nuit était venue peu à peu, et quelques lumières éparses dans la grande salle des assises éclairaient de leurs pâles lueurs ces tristes scènes.

Un bruit sinistre, répandu sans doute par quelque gardien de la prison, circulait aussi, depuis un instant, et augmentait le trouble de l'auditoire. On assurait que Furbice avait depuis deux jours refusé de prendre toute espèce de nourriture, résolu à se laisser mourir de faim si une condamnation capitale le frappait. Enfin une sonnette se fit entendre. La cour et les jurés reprirent leurs places. Le verdict fut affirmatif sur toutes les questions, mais mitigé par l'admission de circonstances atténuantes. C'était l'emprisonnement éternel, mais c'était la vie pour les deux accusés. Moulinet poussa un cri de joie. Quant à Brigitte, elle n'osait croire à son bonheur.

Le président donna l'ordre de faire rentrer les accusés. En pareil cas, il leur suffit d'un seul coup d'œil jeté sur l'auditoire pour connaître leur sort. Une condamnation à mort se lit sur tous les visages ; on se détourne, on évite de regarder le malheureux qui vient d'entrer. Quel que soit son crime, on le plaint. Ce n'est plus un coupable, c'est un mourant. Mais s'il est acquitté, ou bien s'il a obtenu des circonstances atténuantes lorsqu'on pouvait craindre qu'il n'en eût pas, on se penche vers lui, on lui fait des signes ; au banc des avocats, qu'il est parfois obligé de traverser pour gagner sa place, on murmure à ses oreilles : Vous êtes acquitté, ou bien : Vous avez la vie sauve. Un président d'assises serait impuissant à empêcher ces généreuses manifestations. Du reste, il n'y songe pas ; il est homme avant d'être magistrat.

Furbice n'avait pas fait un pas dans la salle qu'il connaissait déjà le verdict du jury. Alors il ne fut pas maître de lui ; il laissa éclater sa joie. Ceux qui l'avaient vu affaissé pendant ces longs débats, et qui avaient pu croire à ses remords, furent détrompés. Furbice n'avait eu qu'une crainte depuis le moment

de son arrestation : la crainte de l'échafaud ! C'était
cette crainte qui avait ridé son front, creusé ses joues,
blanchi ses cheveux. S'il refusait obstinément depuis
deux jours toute nourriture, c'est qu'il redoutait une
condamnation capitale, et qu'il préférait le supplice
de la faim au couperet de la guillotine. Il respirait
enfin; le poids qui l'oppressait venait de disparaître,
et derrière son cou, il ne sentait plus à chaque instant
le froid du fer. Que lui importait l'autre condamnation dont il allait être frappé? Que lui importait le
bagne? Le bagne, c'était pour lui la vie, c'était peut-
être la liberté; il n'y a pas de forçat qui n'espère
s'évader.

S'il n'eût pas été contenu par un gendarme, Furbice, sans respect pour la majesté de l'audience, se
fût livré à quelque excentricité. N'a-t-on pas vu, en
pleine cour d'assises, un homme acquitté lancer tout
à coup, en signe d'allégresse, sa casquette à la tête
des magistrats? Il fut, il est vrai, pour cette irrévérence
condamné à quelques jours de prison ; mais il avait
donné carrière à sa joie; il avait, à sa manière, témoigné sa reconnaissance.

Margaï connut aussi vite que Furbice le verdict du
jury. Dès son entrée dans la salle, son défenseur et
Moulinet lui avaient fait un signe qu'elle comprit
aussitôt. Mais elle sut se contenir; la fermeté de son
caractère ne se démentit pas; une légère coloration
vint animer son visage, et ce fut tout. Peut-être ne
redoutait-elle pas la mort comme Furbice? la honte
et la captivité l'effrayaient sans doute autant que
l'échafaud. Elle se dirigea lentement vers son banc,
et ne put s'empêcher de jeter un regard de dédain

sur Furbice, qui laissait trop bruyamment éclater sa joie.

Alors, conformément à l'article 357 du Code d'instruction criminelle, le greffier lut aux accusés la déclaration du jury, et le ministère public requit aussitôt l'application de la peine. Puis, la Cour, après s'être retirée, pour en délibérer, dans la chambre du conseil, rendit, quelques minutes après, un arrêt qui condamnait Furbice et Margaï à la peine des travaux forcés à perpétuité. L'audience fut ensuite levée ; et la foule se retira profondément émue. Dans les groupes qui s'étaient formés sur les places publiques, on s'entretint fort avant dans la nuit des différentes péripéties de ce procès, dont les habitants du Midi gardent encore le souvenir.

Quant à Me X..., non content d'avoir sauvé la tête de sa cliente, il alla le soir même voir Margaï dans sa prison et lui donner quelques conseils pour l'avenir ; il avait obtenu l'autorisation de se faire accompagner de Moulinet.

— C'est la meilleure soirée que j'aie passé dans ma vie, a dit bien souvent depuis le pauvre homme.

Rien ne pouvait le détacher de Margaï, ni ses rigueurs envers lui, ni ses fautes, ni ses crimes. Il n'y avait dans son cœur qu'indulgence et pardon. Il ne raisonnait pas le sentiment qu'il éprouvait, et se contentait de le subir. Il avait aimé Margaï innocente ; il l'aimait criminelle.

De son côté, le défenseur obtint que Brigitte pût communiquer avec son mari. Que se dirent-ils durant les deux heures qu'ils passèrent ensemble ? On l'a toujours ignoré, mais cet entretien dut faire une cer-

taine impression sur l'esprit de Furbice, et décida
sans doute d'un incident que nous aurons plus tard
à raconter. Quelques jours après sa condamnation,
une voiture cellulaire emportait Margaï dans la maison
centrale de Montpellier. Quant à Furbice, on le conduisit dans la maison d'arrêt d'Avignon, d'où il fut
bientôt dirigé sur le bagne de Toulon.

XXIII

Il n'existe pas de bagne pour les femmes. C'est dans
les *Maisons centrales de force et de correction* que
les malheureuses condamnées aux travaux forcés à
temps ou à perpétuité subissent leur peine. Parmi les
établissements de ce genre existant en France, il n'en
est pas de plus important que celui de Montpellier, où
fut conduite Margaï après sa condamnation, en juin
1862.

Peut-être n'est-il pas inutile de faire ici le portrait
de Margaï, à cette époque critique de sa vie. Elle
avait alors vingt-cinq ans; ses traits étaient un peu
altérés, autant par les fatigues de sa captivité préven-
tive, qui avait duré plusieurs mois, que par les émotions qu'elle avait subies depuis qu'elle connaissait
Furbice. Néanmoins, le visage était toujours remar-
quablement beau. Un front développé, des sourcils
fortement arqués, des yeux bien fendus, des dents

14

petites et blanches, des lèvres rouges et finement dessinées, le nez grec d'une pureté de lignes irréprochable, tout cela aurait constitué un admirable ensemble, si le regard, de plus en plus farouche et d'une dureté presque sauvage, n'était venu jeter un peu d'ombre sur ce tableau.

Le jour même de son arrivée, Margaï dut, au sortir du bain que le règlement impose à chaque détenue à son entrée, revêtir le costume de la prison, composé d'un jupon blanc, d'une robe de bourrette, d'un fichu quadrillé bleu et blanc, de bas de coton blanc, de chaussons et de sabots. La coiffure consiste dans une cornette blanche que les prisonnières ont le talent de diminuer tous les jours, et qui n'occupe pas sur leur tête beaucoup plus de place qu'une petite résille.

Lorsque la nouvelle arrivée fut en tenue de prison, elle comparut devant le directeur, qui, après l'avoir interrogée sur ce qu'elle savait faire, la classa dans l'atelier de couture fine.

Margaï ne parut pas d'abord comprendre ce qu'avait d'horrible pour elle le côté matériel de sa position. La dureté de son travail quotidien, la frugalité de sa nourriture, la grossièreté de ses vêtements, la sévérité des religieuses surveillantes, toutes ces choses la laissèrent insensible. Elle n'avait conscience que de sa dégradation morale.

Aussi n'eut-elle aucune peine à obéir aux règlements de la maison, qui imposent aux détenues un silence constant. Dans l'atelier, elle tenait toujours la tête penchée sur son travail. Mais elle l'exécutait avec une lenteur si affectée, qu'il était difficile de ne pas deviner la sourde révolte qui grondait en elle, et qui

n'eût pas tardé à éclater si on l'eût provoquée par
trop de rigueurs. Les religieuses comprirent heureusement ce qui se passait dans cette âme farouche ;
elles essayèrent de l'apaiser en ayant pour leur nouvelle prisonnière un peu d'indulgence.

Alors commença une vie monotone dont le lecteur
pourra se rendre compte lorsqu'il connaîtra le règlement auquel obéissent les maisons centrales de
femmes.

Le lever a lieu à cinq heures en été, à six heures
en hiver. Il dure vingt minutes, y compris la prière,
et est suivi, en toute saison, d'une promenade de vingt-
cinq minutes, après laquelle commence le travail. De
neuf à dix heures, déjeuner et récréation. De dix
heures à quatre heures, travail interrompu seulement
par un court repos. De quatre à cinq heures, dîner et
promenade suivis de la reprise du travail jusqu'à huit
heures. Une collation précède le coucher. En été, les
détenues sont autorisées à se promener une demi-
heure avant de monter dans les dortoirs qui sont
éclairés toute la nuit.

Le régime alimentaire est bon. Le pain est à peu
près celui des soldats et on le donne à discrétion. A
l'exception du dimanche, où le service est gras, les
détenues reçoivent tous les jours un demi-litre de
soupe maigre le matin, et un demi-litre de légumes le
soir, le tout assaisonné au beurre, ou du fromage, des
fruits secs ou crus, suivant la saison, et des ragoûts
de viande. Ces vivres supplémentaires leur sont ven-
dus au prix fixé d'avance par un tarif officiel. Le
silence absolu est obligatoire partout et toujours.

Toutes les contraventions aux règlements sont l'ob-

jet de rapports et déférées au tribunal de justice dis-
ciplinaire. Ce tribunal, qui siége trois fois par semaine
et plus souvent s'il en est besoin, se compose du
directeur, président; de l'inspecteur et de la sœur
supérieure assesseurs; la sœur institutrice remplit
les fonctions de greffier. Les affaires s'expédient de
la manière la plus sommaire. Le directeur prononce
en dernier ressort. Suivant la gravité des cas, les
peines se divisent ainsi : réprimande, privation de
cantine, privation de pitance, piquet, pain sec, coucher sans matelas, cellule et cachot.

On peut comprendre maintenant ce que fut la vie
de Margaï pendant les trois années qui s'écoulèrent
pour elle à Montpellier. Elle était tombée dans une
effrayante tristesse. Sa conduite fut exemplaire,
sa douceur inaltérable. Se repentait-elle, avait-elle
des remords? Problème insoluble sur lequel n'ont pas
voulu se prononcer ceux qui la voyaient à cette époque. On a seulement constaté qu'elle s'approchait des
sacrements et montrait des sentiments religieux à
la sincérité desquels on peut croire, si on se rappelle
qu'au moment où son enfant allait mourir, elle avait
prié avec ferveur.

Sa tristesse donnait à sa beauté un caractère de
résignation qui la rendait des plus sympathiques, et
comme elle avait toujours les yeux baissés, on n'était
plus douloureusement frappé par la dureté de son
regard.

Sous le modeste costume de la prison, elle n'avait
rien perdu de sa distinction et de sa grâce. On devinait
toute la souplesse de sa taille, malgré la robe gros-
sière à laquelle le règlement la condamnait. La cor-

nette qui lui servait de coiffure, posée avec coquet-
terie sur ses beaux cheveux, en faisait ressortir la
finesse et l'éclat, et maintes fois les sœurs surveillantes lui reprochèrent de n'avoir pas dans sa tenue
la modestie qui convient à une prisonnière. Qu'y
pouvait-elle?

La discipline de la prison ne lui permettait pas de
recevoir des visites. Néanmoins, elle fut appelée un
jour au parloir, et elle y trouva Moulinet.

A l'aspect de celle qu'il avait autrefois connue entourée de luxe, élégante et fière, il ne put retenir
ses larmes. Quant à Margaï, son amour-propre et
toutes ses pudeurs se réveillèrent; elle rougit d'être
surprise ainsi dans son abaissement, revêtue de sa
livrée d'infamie, et fixa sur son visiteur ce regard qui
tant de fois avait fait au cœur du malheureux de si
cruelles blessures. Mais lui, humble et respectueux,
expliqua qu'il n'avait pu résister au désir de la voir,
et qu'il avait fait, dans ce but, le long trajet qui sépare Gordes de Montpellier, après avoir remué ciel
et terre pour obtenir l'autorisation d'arriver jusqu'à
elle.

L'orgueil de Margaï ne tint pas contre ces touchants
aveux. Elle tendit la main à ce dernier et fidèle ami
et lui ouvrit son cœur.

— Je me sens mourir entre ces sombres murailles,
s'écria-t-elle. Cette vie me tue. J'aurais besoin de
marcher, de courir, de voir les arbres, de vivre enfin.
Ah! qui mettra un terme à mon supplice!

— N'avez-vous pas tenté de fuir? demanda Moulinet à voix basse.

— Je n'y ai pas songé. D'ailleurs, c'est impossible.

14.

— Si l'occasion se présentait, la saisiriez-vous?

Margaï ne répondit pas.

Moulinet se retira en promettant de s'efforcer d'obtenir un adoucissement au sort de Margaï. Elle le vit partir avec regret, et sans espérance. Du fond de son obscurité, que pouvait pour elle le pauvre homme?

Le lendemain, Moulinet arriva jusqu'au directeur et s'offrit pour entrer au service de la prison. Mais il apprit qu'on n'employait qu'un très-petit nombre d'hommes, et que toutes les places étaient prises.

Il repartit pour Gordes, désolé de ne pouvoir se consacrer à Margaï, ainsi qu'il l'avait espéré, mais décidé à tout tenter pour améliorer la position de celle qu'il aimait.

Au commencement de sa troisième année de captivité, Margaï eut pour voisine de dortoir et d'atelier une jeune femme nouvellement arrivée. C'était une ancienne institutrice dont les aventures et le procès avaient fait beaucoup de bruit, et qui venait d'être condamnée à cinq ans de travaux forcés. Les deux prisonnières qui, par leur éducation, leurs habitudes passées, leur caractère, se trouvaient avoir certains points de contact, se lièrent bientôt étroitement.

Le jour, sous la sévère surveillance des sœurs, elles ne pouvaient se dire que de rapides paroles. Mais, durant la nuit, profitant du voisinage de leurs lits, elles parvinrent à échanger quelques confidences. Ce fut un grand adoucissement pour Margaï, au sein de sa longue infortune, de rencontrer une détenue capable de la comprendre.

Sa captivité lui devenait cependant insupportable.

Cette splendide créature, si jeune, si ardente, s'étiolait
comme la fleur qu'on prive trop tôt des rayons du
soleil. Cette vie cloîtrée, faite de solitude, d'immobilité et de silence, pesait lourdement sur elle et minait
peu à peu sa santé.

Son imagination travaillait sans cesse, et, dans son
sommeil agité et fiévreux, elle voyait chaque nuit
apparaître les deux hommes qu'elle avait aimés : Pascoul et Furbice.

— Puisque c'est la claustration qui vous tue, lui
dit un jour sa compagne, que ne demandez-vous à
aller à Cayenne ?

Et comme Margaï la regardait avec surprise, celle-
ci lui expliqua que, par suite de nouvelles décisions
administratives, les condamnées, filles ou veuves,
pouvaient quelquefois, sur leur demande, être envoyées dans la colonie.

Ce fut pour Margaï une révélation. Dès lors, elle
n'eut plus d'autre pensée que celle qui venait de lui
être communiquée par l'institutrice.

Or, peu de jours après, elle fut mandée un matin
dans le cabinet du directeur, et s'y trouva en présence
de Me X..., son éloquent défenseur devant la cour
d'assises de Vaucluse.

— Monsieur désire vous parler, dit le directeur. Et,
par un sentiment de discrétion qu'expliquait le caractère de l'avocat, il sortit aussitôt.

— Un ami qui s'intéresse à vous, dit alors Me X...,
est venu me trouver. Il m'a fait part de vos souffrances et de l'inutilité de ses efforts pour y apporter
quelque soulagement. Il me suppliait de demander
votre grâce. Il n'y faut pas songer ; nous ne réussi-

rions pas. Votre condamnation est trop récente. Mais si l'emprisonnement vous pèse, vous avez un moyen de le faire cesser : allez à Cayenne.

— J'y avais déjà songé, répondit Margaï, et je vous remercie si vous m'apportez les moyens de réussir. Oui, pour quitter cette maison, j'irai où l'on voudra, je ferai ce qu'on voudra.

— On exigera de vous, reprit l'avocat, l'engagement formel de vous marier, en arrivant dans la colonie, avec un interné qui vous plaira et qui justifiera de ses moyens d'existence.

— Soit, s'écria-t-elle ; je consentirai à tout et je bénirai ceux qui m'aideront à sortir d'ici.

— Adressez, continua l'avocat, une demande au ministre de la marine. Le directeur l'appuiera, car il est satisfait de votre conduite, et vous ne tarderez pas à voir vos vœux se réaliser.

— Oh ! merci, monsieur, s'écria Margaï. Pour la seconde fois vous m'aurez sauvé la vie. Ici, je serais morte avant peu.

Et comme l'avocat s'était levé, elle crut qu'il la congédiait, et elle marcha vers la porte. Il l'arrêta d'un geste.

— Ne me demandez-vous pas quel est l'ami qui s'est intéressé à vous ?

— Je n'ai pas besoin de le demander, dit Margaï ; je le sais.

— Il vous aime profondément, reprit Mᵉ X... avec gravité.

— Oui, plus que je ne le mérite, répondit-elle en souriant avec tristesse.

— Il m'attend au dehors pour avoir de vos nou-

velles; que voulez-vous que je lui dise de votre
part?

Elle réfléchit, puis elle prit tout à coup un canif
qui se trouvait sur la table du directeur; elle releva
sa cornette, coupa une petite mèche de ses cheveux,
et, la remettant à M⁰ X... :

— Vous lui direz qu'il garde ceci en souvenir de
moi ; c'est tout ce que je possède maintenant. Mais
ils sont encore jolis, ajouta-t-elle avec un sourire.

Dès le lendemain, Margaï rédigeait, avec l'aide
de sa compagne, l'institutrice, une pétition adressée
au ministre de la marine, dans laquelle elle demandait
à être transportée à la Guyane française.

« Je suis bien jeune encore, disait-elle dans ce document, ma santé est des plus robustes, ainsi que le
constate le certificat du médecin. Le malheur a mûri
ma raison. J'ai appris à connaître mes devoirs envers
Dieu et la société ; il serait donc bien triste pour moi
d'être obligée de passer ma vie en prison et de ne
pouvoir bénéficier de la mansuétude du gouvernement
qui me fournit le moyen de reconquérir une liberté
relative dont je connais tout le prix et de laquelle, je
l'assure, je n'abuserai pas. »

Cette lettre partie, on vit le caractère de Margaï
changer tout à coup. De sombre et taciturne, elle
devint enjouée; dans le mois de juin 1865, elle comparut deux fois devant le tribunal de la maison centrale, et fut condamnée à des peines disciplinaires
pour dissipation dans l'atelier.

Enfin, dans les premiers jours de juillet, elle apprit
que sa demande avait reçu un accueil favorable. Elle
était désignée pour faire partie du plus prochain

convoi de déportées. Le mois suivant, elle quitta la maison centrale de Montpellier.

— Soyez heureuse, lui dit son amie l'institutrice en l'embrassant avec tendresse; moi, je reste. On ne veut pas de moi là-bas. J'ai le désagrément d'être mariée.

Le 12 août 1865, un navire de la marine impériale, le *Cacique*, sortait dès le matin de la rade de Rochefort, à destination de la Guyane française. Le *Cacique* est un bâtiment mixte, c'est-à-dire qu'il peut naviguer à la voile ou à la vapeur; il effectue avec trois autres, qui sont l'*Alecton*, l'*Amazone* et la *Cérès*, le transport des condamnés qu'on expédie dans les pénitenciers de Cayenne.

Il emportait des armes, des vivres, des étoffes en pièce destinées à l'habillement des transportés, plusieurs soldats d'infanterie de marine qui allaient rejoindre leur corps, des religieuses de l'ordre de Saint-Joseph de Chartres, trois pères jésuites envoyés dans la colonie en qualité d'aumôniers, et enfin quarante femmes jusque-là détenues dans diverses maisons d'arrêt ou de force, et qui, d'après leur demande, étaient dirigées sur la Guyane.

Parmi ces femmes se trouvait Margaï Pascoul.

A midi, le *Cacique* était au large. Les côtes de France disparaissaient dans une sorte de brume lumineuse, et les passagers, groupés à l'avant ou à l'arrière, disaient à la patrie un dernier adieu.

Le commandant ordonna de faire monter les transportées sur le pont. Les pauvres femmes obéirent; on les relégua au centre du navire, près de la machine. Margaï prit place sur un rouleau de câbles et

regarda l'horizon. Montpellier, Gordes, Fontblanche,
la Bastide-Neuve, tout cela était déjà bien loin. Tout
son passé disparaissait ; il ne lui restait plus rien, pas
même son pays, même le droit de le revoir.

— Quelle solitude j'ai faite autour de moi ! ne put-
elle s'empêcher de murmurer.

— Je suis là, dit tout à coup une voix à son
oreille.

Elle se retourna brusquement.

Un homme, qu'elle reconnut aussitôt, s'était glissé
derrière elle.

XXIV

C'était Moulinet.

Mᵉ X... ressentait une certaine sympathie pour cet
homme qui, après l'avoir choisi pour défendre la
cause de Margaï, lui avait à plusieurs reprises témoigné sa reconnaissance de la façon la plus touchante,
et confessé son invincible amour et son long martyre.
Aussi, bienveillant et bon, il s'était fait tenir au courant des démarches de Margaï pour se rendre à
Cayenne. Il avait appris le départ de Montpellier, le
prochain embarquement à Rochefort, et s'était empressé d'en aviser son protégé.

Moulinet réunit toutes ses économies, quitta Gordes

et fit son entrée dans Rochefort trois jours avant le départ du *Cacique*.

Il s'agissait de s'embarquer sur ce navire, mais rien n'était moins facile; le *cadre* était rempli, et, du reste, Moulinet n'avait plus l'âge de s'engager comme matelot.

Pendant deux jours, ses démarches restèrent sans résultat. Enfin, grâce à une lettre de recommandation de M⁰ X..., il parvint à intéresser à son sort un officier supérieur d'infanterie de marine qui, devant prendre passage sur le *Cacique*, consentit à s'attacher comme domestique l'ancien garçon de ferme.

Il allait donc suivre Margaï dans son exil ! Rien ne pouvait plus le séparer d'elle.

Moulinet donna brièvement à Margaï ces détails.

— Ai-je eu tort? demanda-t-il en terminant.

— Non, fit-elle; merci.

Et elle lui tendit furtivement la main. Il se baissa, mit un genou en terre comme s'il voulait ramasser quelque chose, embrassa la main de Margaï et courut à l'arrière du navire où son service le réclamait.

Les bâtiments de l'État qui transportent à Cayenne les détenues des maisons d'arrêt ou des maisons de force et les galériens du bagne de Toulon (c'est le seul bagne qui reste en France ; ceux de Brest et de Rochefort ont disparu depuis plusieurs années) sont emménagés de la façon suivante :

Tout le long de l'entre-pont, de l'avant à l'arrière, et des deux côtés, à bâbord et à tribord, règnent deux grilles en fer, scellées dans le parquet et dans le plafond. Les transportés ont pour logement l'espace compris, de chaque côté, entre les sabords et la grille.

L'espace libre, entre les deux grilles, est réservé à
des sentinelles choisies parmi les matelots, placées de
cinq pas en cinq pas, et ayant toujours le sabre au
poing. Ces sentinelles ont ordre d'empêcher les forçats de s'appuyer contre les grilles qui, poussées par
une centaine de mains vigoureuses, pourraient très-
facilement s'ébranler. Aussi, la sentinelle est-elle autorisée à frapper de son sabre tout homme qui ne
tiendrait pas compte d'un premier avertissement.

En pleine mer, les sabords sont verrouillés exté-
rieurement pendant la nuit, mais on les laisse ouverts
durant le jour. En cas de relâche dans un port, des
embarcations armées circulent autour du navire pour
empêcher les évasions. Tous les hommes de l'équipage ont aussi des poignards avec lesquels ils doivent
coucher.

Pendant une heure, chaque jour, les détenus peuvent
sortir de leurs bagnes. C'est le nom donné aux espèces
de cages que nous avons décrites. Ils montent sur le
pont, en passant à travers une double haie de matelots rangés sur les escaliers. Puis ils se rendent en
avant du grand mât. Des sentinelles les empêchent
de franchir cette limite.

Toutes ces mesures de prudence n'étonneront personne, lorsqu'on songe qu'il se trouve quelquefois à
bord jusqu'à quatre ou cinq cents transportés, qu'il existe
parmi eux des gens déterminés à faire un mauvais
parti à l'équipage s'ils en trouvaient l'occasion ; et
qu'enfin, par suite d'une mesure des plus généreuses,
tout forçat, du moment où il quitte Toulon, pour se
rendre dans les colonies pénitentiaires, n'a plus de
fers aux pieds.

15

Les punitions infligées pendant la traversée, sont le cachot à fond de cale et les coups de garcette. Le malheureux condamné à cette dernière punition est attaché sur un banc de voilier (où les voiliers s'asseyent pour travailler), et c'est d'ordinaire un de ses compagnons d'infortune, un forçat comme lui, qui est chargé de le frapper.

A côté du châtiment, il y a la récompense ; ceux des transportés que leur dossier signale pour s'être bien conduits à Toulon, ou qui se font remarquer à bord par leur obéissance, sont libres de circuler à l'avant du navire, employés à certains services, et reçoivent parfois, comme l'équipage, une ration de vin.

Ces détails concernent également les forçats et les femmes transportées ; mais ces dernières, dans le voyage dont il est question ici, occupaient seules les bagnes du *Cacique*. Aussi le règlement n'était-il pas appliqué dans toute sa rigueur. L'équipage semblait prendre en pitié les malheureuses, et les officiers fermaient les yeux sur certains écarts de discipline. C'est ainsi qu'on autorisait peu à peu les prisonnières à rester sur le pont durant la journée, lorsque le temps et les manœuvres le permettaient.

Moulinet se rapprochait alors de Margaï et s'entretenait avec elle. Ce paysan, à l'esprit inculte, avait les délicatesses de l'homme le mieux élevé. Il ne parlait jamais du passé, des fautes et des crimes commis ; il semblait qu'il avait oublié les noms de Frédéric Borel, de la Valbray, de Pascoul et de Furbice. Il ne se souvenait plus de Gordes, de Fontblanche, de la cour d'assises et de Montpellier. On aurait dit que Margaï était pour lui une femme nouvelle qu'il rencontrait à

bord pour la première fois, et dont il s'était subitement épris. Il essayait de l'intéresser au pays qu'elle
allait habiter ; il le lui décrivait de son mieux, il lui
donnait une foule de détails qu'il avait recueillis de
tous côtés pour les lui rapporter.

Quelquefois seulement, lorsque la mer était calme
et l'heure propice, lorsqu'il y avait une sorte de mélancolie et de poésie répandues autour d'eux, il lui
parlait de son dévouement, de son affection à toute
épreuve, de son adoration pour elle.

Elle l'écoutait en silence, sans l'interrompre, les
yeux fixés sur l'horizon. Moulinet ne demandait rien
de plus, il était heureux, il ne se plaignait pas des
lenteurs de la marche, et n'aspirait pas au port.

Cependant il eut aussi des heures mauvaises. Une
femme comme Margaï ne saurait demeurer inaperçue
nulle part. Sa beauté, qui menaçait de s'évanouir entre
les murs de la prison de Montpellier, renaissait au
grand air et sous les rayons du soleil. Son teint s'était
animé, ses yeux avaient plus d'éclat, ses lèvres deve-
naient plus vermeilles, et sous le grossier corsage qui
la couvrait, on devinait des formes adorables arrivées
à leur complet développement. Lorsqu'elle montait
sur le pont, les officiers qui se promenaient à l'arrière
s'arrêtaient pour la regarder et chuchotaient entre eux.

D'abord le sentiment de leur dignité et les ordres
sévères du commandant les empêchèrent de s'approcher de leur belle prisonnière ; mais la vie est si monotone à bord, l'air si enivrant, les âcres parfums de
la mer ont un tel empire sur l'imagination, que peu à
peu, quelques-uns d'entre eux entrèrent en arrange-

ment avec la discipline, et firent quelques tentatives
pour voir Margaï de plus près.

Qu'en advint-il? Dès les premiers mots gracieux que
l'un d'eux essaya de dire à Margaï, un soir, au soleil
couchant, elle l'arrêta d'un geste et d'un sourire.

— Je comprends, monsieur, que vous ayez de moi
la plus mauvaise opinion du monde; il serait difficile
qu'il en fût autrement; mais je suis votre prisonnière,
ayez pitié de mon infortune et n'essayez pas de me la
rendre encore plus pénible en me traitant avec légè-
reté.

Le jeune homme fut touché par ces paroles émues.
Il s'éloigna et se tint pour battu.

Ses collègues eurent-ils plus de succès auprès de
Margaï? On ne saurait le penser, car on ne se serait pas
cru tenu à une grande discrétion à l'égard d'une transportée, et quelque anecdote aurait circulé, à son sujet,
au carré des officiers, ou à la table des élèves. Cependant un aspirant de seconde année, un fort beau garçon, haut en couleur, et d'une belle venue, fut surpris
un certain soir par le commandant au moment où il
essayait de se glisser dans l'entre-pont, du côté des
bagnes. Avait-il un rendez-vous, ou bien essayait-il
de tenter la fortune? Sans s'expliquer à cet égard, il
se contenta de faire les huit jours d'arrêt qu'on lui
infligea. Mais tout le monde, à bord, s'imagina que
cette malheureuse expédition avait été dirigée contre
Margaï; car on avait vu l'officier supérieur d'infanterie
de marine, dont Moulinet était le serviteur, s'entretenir avec le commandant, au moment où ce dernier
descendait dans l'entre-pont np navire pour surprendre le coureur d'aventures.

Le *Cacique* est un des plus mauvais marcheurs de la marine française; par une belle brise, toutes les voiles dehors, avec toutes ses *bonnettes*, il file de sept à huit *nœuds*, ce qui est peu de chose à une époque où plusieurs bâtiments de l'État sont arrivés à une vitesse de douze nœuds à l'heure. Il est vrai que le *Cacique* s'aidait fort rarement de sa machine : les navires affectés aux transports, qui sont presque tous des bâtiments mixtes, ne se servent de la vapeur, pour des causes d'économie, qu'en temps de calme plat ou de vent entièrement contraire. Les passagers, les transportés surtout, dont la vie matérielle laisse à désirer, eurent beaucoup à souffrir de cette lenteur.

Enfin, au bout d'une traversée de quarante-deux jours, on aborda aux îles du Salut, qui sont comme les avant-postes de nos possessions. Le lendemain, les transportés remontaient le fleuve du Maroni, qui sépare la Guyane française de la Guyane hollandaise. Bientôt elles arrivaient à Saint-Louis et on les conduisait, sous escorte, dans l'établissement qui leur était destiné jusqu'à l'époque de leur mariage, et que dirigent les sœurs de Saint-Joseph de Chartres.

XXV

A l'extrémité des terres qui entourent Cayenne, capitale de la Guyane française, et dans les îles qui l'en-

vironnent, ont été fondés des pénitenciers où sont
envoyés, depuis plusieurs années, sauf de très-rares
exceptions, tous les individus condamnés aux travaux
forcés pour plus de huit années.

Aux termes d'une loi récente, une fois entrés dans
la colonie, ils n'en peuvent plus sortir. Tant qu'ils
sont considérés comme condamnés, ils habitent soit
des pénitenciers flottants mouillés dans la rade de
Cayenne, soit des pénitenciers sur terre ferme, qui con-
sistent en une réunion de cases pouvant contenir trente
personnes, et autour desquelles se trouvent les ex-
ploitations agricoles qui leur sont confiées. Des officiers
d'infanterie de marine sont chargés de diriger leurs
travaux.

Dans ces pénitenciers, la vie est douce pour les
forçats, si on la compare à celle que leur crée le régime
adopté dans les bagnes de France. Ils jouissent d'une
liberté relative, et quelle que soit la longueur de leur
condamnation, ils peuvent l'abréger par leur bonne
conduite.

Leur peine terminée, ils deviennent *des libérés*. A
ce titre, ils ont droit à une concession de terres, à une
maisonnette toute meublée, et à leur nourriture quotidienne pendant deux années. A l'expiration du délai
d'épreuve, la concession, d'abord provisoire, devient
définitive, et l'homme que la patrie a chassé de son
sein est maintenant un colon, libre de se réhabiliter
par le travail, trouvant, chez les autorités du pays,
indulgence, secours et sympathie, et pouvant faire
venir auprès de lui sa famille, ou se marier, s'il jus-
tifie de ses moyens d'existence.

C'est là, comme on peut le voir, une œuvre essentiellement moralisatrice. Elle est encore à ses débuts, mais elle a déjà porté d'heureux fruits. Les criminels repentants qui, en France, auraient été honteusement chassés de tous les lieux où ils se seraient présentés, et amenés peut-être par le découragement à commettre de nouveaux crimes, se mettent courageusement à la tâche dans l'espoir de revenir au bien et de reconquérir la considération. Les Anglais nous avaient déjà précédés dans cette voie. Cayenne n'est autre chose qu'une reproduction de Botany-Bay.

On doit aussi à la colonie pénitentiaire de la Guyane française d'avoir débarrassé notre sol de malfaiteurs, qui plus tard seraient devenus peut-être un danger, et d'avoir assaini et pour ainsi dire vivifié des possessions importantes que les intempéries du climat et le manque de bras nous auraient mis, un jour, dans la nécessité d'abandonner.

Il y a trois ans, on se trouva en présence d'une difficulté grave. Les femmes manquaient à la colonie, et les libérés étaient dans l'impossibilité de se marier. C'est alors qu'on fit demander en France, dans les maisons centrales, dans les dépôts de l'Assistance publique et dans les maisons de correction, des filles ou des jeunes femmes disposées à quitter la mère-patrie pour aller s'établir à la Guyane.

On en trouva un grand nombre qui se décidèrent à partir, et deux maisons furent fondées pour elles, sur les bords du Maroni ; l'une à Saint-Laurent, l'autre à Saint-Louis, où existaient déjà des groupes importants de libérés concessionnaires. Depuis, toutes les années, plusieurs convois de femmes sont dirigés sur ce point. Margaï, nous l'avons vu, avait fait partie d'un de ces convois et était entrée dans l'établissement de Saint-Laurent.

Le matin, à quatre heures, la cloche la réveillait. Elle descendait à la chapelle avec ses compagnes, et, après une courte prière, on la dirigeait vers les ateliers de couture, dans lesquels les femmes sont employées à confectionner des vêtements pour les condamnés. De dix heures à quatre heures, c'est-à-dire pendant la grande chaleur, elle était libre de se livrer au repos ou de travailler pour son compte. A partir de quatre heures, le travail recommençait et durait jusqu'au repas du soir, immédiatement suivi du coucher.

Margaï cherchait dans le sommeil l'oubli de ses peines. Mais la chaleur, le bourdonnement et la piqûre des moustiques, la tenaient souvent éveillée. Alors elle songeait à la destinée qui lui était réservée : épouser un libéré, un ancien forçat, un de ces hommes que, dans son voyage à Toulon avec Pascoul, lorsque celui-ci l'avait enlevée, elle avait aperçus dans l'arsenal, en vareuse rouge, en pantalon jaunâtre, coiffés d'un bonnet vert numéroté et marchant deux à deux, des fers aux pieds !

Elle se rappelait aussi les confidences de Moulinet pendant leur longue traversée. Il ne s'était jamais bien expliqué, mais elle n'avait pas eu de peine à deviner ses projets et ses secrètes espérances. Il voulait l'épouser. Elle n'en pouvait douter.

Pourquoi s'y refuserait-elle ?

A tous ces hommes qui allaient s'offrir à elle et dont le passé présentait peu de garanties, il fallait en convenir, n'était-il pas naturel de préférer cet ami dévoué, cet honnête homme, qui l'aimait ardemment,

qui s'était exilé à cause d'elle et qui lui avait pardonné
jusqu'à ses crimes?

Sans doute. Mais par moments, la Margaï d'autrefois reparaissait, et il lui arrivait de se dire :

« Moulinet est bien vieux pour moi. »

Elle oubliait le long martyre de cet homme, son dévouement, son abnégation, son profond amour, pour
songer à son âge, à sa figure, à sa conformation physique.

Le dimanche apportait quelque diversion à l'existence monotone des transportées; elles avaient le
droit de sortir et de se rendre sur les promenades publiques qui entourent Saint-Laurent. Les libérés désireux de se marier avaient alors l'occasion de les
voir, de leur parler et de choisir une compagne parmi
ces femmes que la sollicitude du gouvernement français
leur avait envoyées.

L'amour, en cette circonstance, ne revêt point de
formes exquises et raffinées. Un colon voit une femme
à sa convenance, et s'il plaît lui-même, le mariage est
immédiatement décidé. Quelques jours après, la double
célébration civile et religieuse a lieu, et la colonie
compte un ménage de plus. Dans ces rencontres hebdomadaires, se sont conclues la plupart des unions
auxquelles Saint-Laurent-du-Maroni doit son importance et sa population. Tout se passe sous les yeux
d'une autorité vigilante et sévère, et jamais on n'a entendu parler d'une intrigue coupable.

Lorsque Margaï se présenta pour la première fois
sur la promenade publique, il n'y eut qu'un cri d'admiration. Les libérés n'étaient pas accoutumés à voir
au milieu d'eux des créatures si parfaites. Ils passaient

15

et repassaient devant elle ; mais les plus hardis n'o-
saient s'arrêter, tant il est vrai que la beauté exerce
toujours, et sur tous, son prestige. A les voir s'avancer, puis s'éloigner, on eût dit un groupe de danseurs
se pressant autour de la reine d'un bal et n'osant l'inviter de peur d'être repoussés.

Un jeune homme pourtant se montra plus audacieux
que ses compagnons. Grand et svelte, il était vêtu de
l'uniforme des condamnés libérés : pantalon de toile
grise, chemise de laine, chapeau de paille. Il y avait de
l'intelligence dans sa physionomie. Assurément, cet
homme n'avait pas commis froidement et par calcul la
faute qui l'avait conduit à Cayenne. Il devait avoir agi
sous l'empire de quelque violente passion. En effet, le
malheureux subissait une condamnation prononcée
contre lui pour crime d'assassinat. Il était Corse, et
dans un mâquis de son pays, il avait tué d'un coup de
fusil l'unique héritier d'une famille avec laquelle la
sienne était en *vendetta* depuis deux siècles. Esclave
d'un odieux préjugé, il expiait les erreurs de son éducation.

Après s'être croisé avec Margaï à plusieurs reprises,
il sembla décidé à l'aborder, en marchant à sa rencontre :

— Seriez-vous disposée, lui demanda-t-il, à vous
promener un moment avec moi?

Cette scène se passait sur la belle route qui va de
Saint-Laurent à Saint-Louis, autre pénitencier situé à
une lieue de là. Le chemin est tracé au milieu d'une
forêt dont le feuillage épais protége les promeneurs
contre le soleil. De tous côtés, s'étend à perte de vue

cette luxuriante végétation des tropiques, si souvent admirée et chantée.

Margaï regardait son interlocuteur sans lui répondre.

— Ne soyez pas surprise de la façon dont je vous ai abordée, reprit-il, c'est conforme aux usages du pays. Nous sommes tous ici dans le même but : les femmes pour chercher un mari, les hommes pour chercher une femme. Pas moyen de se faire longtemps la cour. Vous me convenez ; si j'avais le bonheur de vous convenir, nous pourrions nous entendre.

Elle le regardait toujours, rougissante et troublée. A première vue, il ne lui déplaisait pas ; depuis qu'elle avait pris l'engagement de se marier, il lui était arrivé, dans ses longues insomnies, de prêter à son futur mari les qualités corporelles qu'elle trouvait réunies chez sa nouvelle conquête.

Mais les paroles que le jeune homme venait de prononcer faisaient trop cruellement sentir à Margaï son abaissement, et lui rappelaient d'une façon trop significative qu'elle avait passé avec l'État un contrat qu'il fallait exécuter sans retard. Son orgueil, que trois ans d'emprisonnement n'avaient pas encore pu abattre, allait lui dicter quelque réponse compromettante dans sa position de déportée, lorsque tout à coup elle aperçut un homme qui s'avançait vivement de son côté. Elle le reconnut aussitôt, s'élança vers lui, et s'adressant à son premier interlocuteur :

— L'État, lui dit-elle, exige que je me marie, mais il me donne le droit d'épouser qui me plaît. Voici celui que j'ai choisi.

Le jeune homme regarda le nouvel arrivé, et s'apercevant au costume de celui-ci qu'il avait affaire à un colon libre, il s'éloigna prudemment, mais on l'entendit murmurer en levant les épaules :

— Si les étrangers viennent prendre ici les femmes qu'on nous envoie, que nous restera-t-il?

Moulinet, on l'a déjà reconnu, ne pouvait croire à son bonheur. Quoi! son long martyre avait enfin cessé! Son dévouement allait avoir sa récompense. Ah! qu'importait le passé? Qu'importait l'époux trahi, le sang versé?

Pouvait-il regretter un crime auquel il devait aujourd'hui d'épouser Margaï? Innocente et honorée, jamais il n'aurait pu s'élever jusqu'à elle. Coupable et perdue d'honneur, elle se jetait dans ses bras, et il bénissait cet abaissement et cette honte.

Ils marchaient côte à côte : elle, toujours un peu rêveuse, jetant un regard de compassion sur le jeune Corse, lorsque les hasards de la promenade le ramenaient auprès d'elle. Moulinet, tout fier de se promener avec cette reine de beauté lui faisait part de ses projets pour l'avenir. Il avait obtenu la concession d'un terrain et d'une maison que Margaï viendrait bientôt habiter. Sous ce beau ciel, au milieu de cette riche nature, ils pourraient, à l'aide d'un peu de travail, se faire une existence tranquille et heureuse.

Elle l'écoutait maintenant avec sympathie. Elle souriait à ses projets d'avenir, mais en même temps, le passé flottait parfois devant ses yeux, avec tout son cortége de souvenirs.

— Qu'est devenu Furbice? se demandait-elle alors.

XXVI

Une visite au bagne de Toulon suffit pour faire apprécier la haute utilité des établissements que le gouvernement a fondés à la Guyane française. Au bagne, tout révèle chez le forçat l'existence d'un levain de colère et de révolte que rien ne peut apaiser. La sévérité des règlements, l'usage de la chaîne, l'absence absolue de liberté, impriment à la physionomie des condamnés un caractère bas et vil. On lit dans leurs traits flétris le désespoir qui les ronge et les pousse parfois à de nouveaux crimes, sans provoquer jamais en eux un repentir sincère.

A la Guyane, ils peuvent caresser l'espérance d'une réhabilitation relative. La liberté se dresse devant eux comme la récompense d'une conduite irréprochable. Pas de chaîne et, par conséquent, point de ces humiliations quotidiennes qui rejettent plus profondément dans le gouffre du mal ces natures égarées. On ne leur dit pas, sans cesse, qu'ils sont les parias d'une société qui les a chassés de son sein et que leur vie ne saurait plus avoir de but honorable. On leur tend, au contraire, une main compatissante. On provoque leurs efforts vers le bien, en leur montrant dans l'avenir la possibilité d'une existence où tout est apaisement. Le repentir et le travail porteront des fruits, et le plus criminel de tous peut se dire qu'un jour, il aura l'œuvre de sa fortune et de sa famille à fonder.

L'arrivée de Furbice à Toulon eut lieu, par une chaude journée d'été, pendant la première quinzaine du mois de juin 1862. Tous les forçats étaient au travail, dans les ateliers et dans les chantiers, selon leurs aptitudes et leurs forces. On fit entrer l'ancien maquignon dans une salle et l'on procéda au ferrement, qui consiste à entourer la jambe d'une *manille*, ou, pour mieux dire, d'un anneau de fer, auquel est attachée une chaîne de neuf maillons. Il endossa l'uniforme du bagne, et on coupa ses cheveux en échelons, marque d'infamie fréquemment renouvelée et qui empêche souvent les évasions de réussir.

Durant trois jours, il lui fut permis de goûter un repos absolu, après lequel on l'accoupla, au moyen de la chaîne, avec un de ses pareils, et il fut dirigé sur les travaux de l'arsenal. Alors, il connut toutes les horreurs de la vie du bagne.

Sa nourriture se composait quotidiennement de neuf cent quinze grammes de pain, de quarante-huit centilitres de vin et d'une soupe de fèves distribuée à midi pendant l'été, à la fin des travaux pendant l'hiver. Il couchait dans l'un des bagnes flottants qui sont rangés, en rade, le long de l'Arsenal ; ce sont des vieux bâtiments de l'État, désarmés et sans mâture, qui rappellent, en tous points, les pontons où l'Angleterre retenait ses prisonniers, durant les guerres de l'empire.

Le matin, une barque amenait à l'arsenal Furbice et ses compagnons. A la tombée de la nuit, elle les ramenait à bord.

Un lit de camp et une couverture de laine composaient le *couchage*. Lorsque tous les malheureux étaient étendus sur leur planche, un garde-chiourme réunissait toutes les chaînes à l'aide d'une tringle de fer dite *barre de ramas* qui traversait la batterie du navire dans toute sa longueur.

Les premières semaines de cette vie nouvelle abattirent Furbice. Mais il ne se préoccupait que de ses souffrances physiques, sans tenir compte de la dégradation morale dans laquelle il était tombé. Son abjecte position ne lui inspirait ni horreur ni honte. Lorsqu'il passait à travers les chantiers de l'arsenal encombrés de marins, d'ouvriers et de visiteurs, dans son costume de réprouvé, alourdi par le poids de sa chaîne, écrasé sous le bonnet vert des condamnés à perpétuité, il ne baissait pas les yeux. Qui le connaissait ? Il n'était plus Furbice, le maquignon de Gordes. Il était le numéro 5,344.

Du reste, comme la plupart de ses compagnons, il caressait secrètement l'espoir de reconquérir bientôt sa liberté. En face d'une telle perspective, sans cesse devant ses yeux, le remords ne pouvait avoir de prise sur lui. Dans tout le passé, il ne regrettait qu'une chose, la maladresse avec laquelle il s'était laissé prendre, en fournissant lui-même et de plein gré, de terribles armes à l'accusation. Quant à Margaï, y songeait-il encore ? Oui, il se rappelait les joies qu'elle lui avait données, et ce souvenir, loin d'alléger ses peines, lui causait parfois de longues et cruelles insomnies.

Sa robuste santé eut bientôt raison des premiers malaises qu'il avait ressentis. son audace naturelle lui

revint, et, avec elle, l'orgueil de son crime. Ses aventures, son procès et sa condamnation avaient trop de
retentissement dans le Midi pour n'être pas connus
au bagne de Toulon. Les forçats aiment à se tenir au
courant des crimes qui se commettent sur le territoire
français. Si les gens du monde s'occupent de steeple-
chase, les auteurs dramatiques de premières repré-
sentations, les boursiers du cours de la Bourse, il est
bien naturel que les habitants des bagnes s'intéressent
au crime. N'est-ce pas leur partie ?

Furbice, par la passion qu'il avait inspirée à Margaï, son profond cynisme et l'espèce de célébrité
qu'il s'était acquise, avait mérité l'estime du bagne ;
on eut pour lui, dès son entrée dans la maison, les
égards réservés habituellement aux condamnés qui ont
vieilli sous le bonnet numéroté. Les voleurs, les faus-
saires, les incendiaires, ceux mêmes qui n'avaient sur
la conscience qu'un ou deux assassinats sans prémé-
ditation, enfin le fretin des condamnés à cinq, dix ou
vingt ans de travaux forcés, ne pouvaient s'empêcher
d'admirer ce héros de l'adultère, de l'empoisonnement et du meurtre, qui venait, sans orgueil, partager leur fortune.

Furbice, à défaut d'autres succès, se réjouit de ceux
qu'il obtint ; il se carra dans sa gloire et s'enivra de
l'encens qu'on lui prodiguait. Si les gardes-chiourmes
le désignaient de loin à quelque visiteur, on le voyait
se dandiner agréablement, comme pour dire :

— Oui, oui, c'est bien moi le célèbre Furbice,
le meurtrier de Pascoul, l'amant de la Vénus de
Gordes.

Les commissaires du bagne eux-mêmes parais-

saient avoir des égards pour leur nouveau pension-
naire ; au lieu de lui donner pour compagnon de chaîne
un vulgaire condamné, on l'avait accouplé à une autre
célébrité du bagne, un ancien voltigeur de la garde
impériale, condamné, par un conseil de guerre, aux
travaux forcés à perpétuité, pour vol et assassinat. Il
se nommait Pradeilles et venait d'avoir trente ans.
Son visage était énergique et sombre. La violence de
son tempérament, secondée par une force herculéenne,
se cachait mal sous la feinte douceur de son langage.
En l'examinant avec attention, on devinait sans peine
un de ces êtres décidés à tout et ne reculant jamais
devant les conséquences les plus extrêmes d'une
faute nouvelle.

Furbice ne pouvait trouver, autour de soi, un
homme mieux fait pour le comprendre, toutes les fois
qu'il s'agirait de commettre un mauvais coup. Ils se
ressemblaient par plus d'un côté. Au fond du cœur,
même bassesse ; dans le cerveau, même audace ; dans
les bras, même vigueur ; dans le passé, même infamie.

Le jour où la chaîne les réunit l'un à l'autre, ces
deux nouveaux accouplés se jetèrent un regard profond. Ils s'étudièrent ; ils se convinrent. Mais il fallut
six mois pour établir entre eux une entière confiance.

— Si c'était un espion ! s'était dit dès le premier
moment Pradeilles.

Furbice avait eu la même pensée.

Pendant longtemps, chacun d'eux se tint sur ses
gardes et se contenta d'échanger avec son compagnon
les paroles que rendait nécessaires leur vie commune.

Puis vint un jour où ils se racontèrent leur histoire. Ce fut un premier pas. Une autre fois, sous leurs yeux, un forçat tenta de s'évader. Tout le bagne était d'accord pour favoriser sa fuite. La peur et la maladresse la firent manquer.

— L'imbécile! s'écria Furbice, si j'avais été à sa place!

Pradeilles le regarda en souriant. Ils s'étaient compris. Mais la surveillance est telle, surtout pour les individus de cette catégorie, qu'ils furent longtemps sans pouvoir faire aucune tentative. D'ailleurs on était en hiver, et ils voulaient attendre les beaux jours.

Ceux qui ont entendu parler des mœurs du bagne savent que la conspiration y est à l'état permanent. Elle a pour but de favoriser l'évasion de ceux que le sort a désignés. Il est rare cependant que ces tentatives réussissent. Mais rien n'abat la patience des forçats. Vingt fois ils échouent, et ils sont toujours prêts à recommencer. L'attrait de la liberté leur fait trouver douces les peines qu'ils se donnent afin de la reconquérir. Pour la plupart d'entre eux, condamnés à ne réussir jamais, la vie se passe ainsi dans ces alternatives émouvantes, jusqu'au jour de la délivrance suprême : la mort.

Ce qui empêchera toujours d'avoir raison de l'espèce de ligue formée dans les bagnes, au profit des évasions, c'est que les forçats se savent soutenus au dehors. Il y a autour d'eux, quoique séparés d'eux, des êtres dévoués à l'œuvre commune. Il existe un fonds commun destinés à fournir les premières ressources aux évadés. Tout cela est combiné, organisé, placé entre les mains d'un chef inconnu, qui est on ne sait

qui, un ou plusieurs, qui vit on ne sait où. Peut-être
n'a-t-il qu'une tête, peut-être aussi s'appelle-t-il
Légion.

Quelques jours après son arrivée, Furbice connut
ces secrets, qui lui furent révélés, sous la menace d'un
coup de couteau s'il les trahissait. Il ne songeait pas
à les trahir, mais à en profiter, et il agit avec tant
d'habileté, il sut si bien se servir de Pradeilles, qu'un
jour, il fut désigné pour s'enfuir avec son compagnon.

A dater de ce moment, le bagne entier devint leur
complice. Ils avaient renoncé à toute tentative par eau,
Furbice ne sachant pas nager ; c'est donc à terre
qu'on chercha des occasions à leur profit. On les leur
faisait connaître, et ils décidaient s'il était avantageux
d'en profiter. Avec les règlements du bagne, il n'était
pas possible de fixer à l'avance le jour et l'heure de
l'évasion. Les incidents de la vie quotidienne devaient
les fournir. Il s'agissait de trouver le défaut de la
cuirasse. Il fallait éveiller la vigilance des gardiens
sur un point, afin de la détourner de celui où le coup
devait être fait. Telle est la préoccupation constante
des forçats. Il y a toujours entre eux et la *chiourme*
une lutte dont les péripéties demeurent secrètes. On
ne sait ce qu'on doit le plus admirer de la patience
des prisonniers ou de la surveillance des agents pré-
posés à leur garde.

Furbice et Pradeilles connurent toutes les émotions
de ces alternatives. Chaque matin, lorsque la barque
les amenait à terre, ils pouvaient se dire :

— C'est pour aujourd'hui !

Mais le soir venait. Il fallait rentrer. De nouveau

les rames frappaient l'eau en cadence, et tout espoir de fuite devait être remis au lendemain. C'étaient là de terribles journées.

Plusieurs mois s'écoulèrent ainsi. Furbice et Pradeilles parlaient peu. Entièrement absorbés par une idée fixe, ils n'osaient se communiquer leurs impressions. Ils redoutaient d'être entendus.

Le mois d'août arriva.

— Il faut en finir, disait quelquefois Pradeilles, qui savait que l'hiver n'est pas favorable aux évasions.

Un jour, ils étaient de corvée dans la première cour de l'Arsenal. Cette cour n'est séparée de la rue que par une double grille placée entre deux corps de bâtiments et par un vestibule. A cette grille, une cloche est attachée.

— Tu vois cette cloche, dit Pradeilles.

— Oui, répondit Furbice.

— Eh bien! certain soir, un des nôtres a grimpé à la corde sans faire sonner la cloche. Il a enveloppé le battant dans un linge. Puis il est allé chercher huit de ses compagnons, les a fait monter devant lui, les a suivis, et tous les neuf se sont élancés sur la toiture.

— Ils se sont sauvés? demanda Furbice haletant.

— Lui seul. Ils étaient à cinq pas de la sentinelle. Elle a crié aux armes, mais pas assez tôt pour empêcher de disparaître celui qui était sorti le dernier. On a repincé les autres.

Furbice resta longtemps silencieux. Cette histoire redoublait à la fois ses craintes et ses espérances. Il admirait l'homme audacieux dont Pradeilles venait de lui raconter l'aventure.

— Bah! nous réussirons! s'écria-t-il.

— Tais-toi, lui dit Pradeillès sans le regarder.

Un garde chiourme venait à leur rencontre.

Ils passèrent devant lui silencieusement, tête baissée, marchant lourdement sous le poids de la chaîne
qui les unissait.

XXVII

Le 21 août 1863, on désigna Furbice et Pradeilles
pour aller travailler au chantier de la mâture. Ce
chantier est en quelque sorte un arsenal dans l'arsenal. Ou y fabrique les mâts des navires de l'État, et
jamais on ne vit, sur un seul point, semblable réunion
de bois de toute espèce et de tout calibre.

Ils travaillèrent pendant une partie de la journée
sous la surveillance d'un *cap*, journalier chargé de
diriger les travaux d'un certain nombre de forçats.
Autour d'eux, allaient et venaient des ouvriers libres,
charpentiers et menuisiers, que l'administration maritime emploie en grand nombre.

Vers six heures, au moment où le jour commence
à baisser, et quelques instants avant la clôture des
travaux, Pradeilles, qui guettait sans cesse autour de
lui, vit deux ouvriers disparaître derrière un amoncellement énorme de bois. Ces deux hommes mesu-

raient des poutres qui devaient être équarries le lendemain.

— Attention ! dit Pradeilles.

Aussitôt, il poussa un cri singulier qui fut immédiatement compris de ses compagnons réunis dans
le chantier ; ils s'agitèrent, firent des signes équi-
voques et attirèrent sur eux l'attention de la *chiourme*.

Pendant ce temps, Furbice et Pradeilles disparaissaient derrière les poutres, se rapprochaient des deux
ouvriers qu'ils avaient remarqués et d'un commun
accord, sans avoir prononcé un mot, s'élançaient sur
eux, les terrassaient et brandissaient sur leurs têtes un
compas et un marteau de fer qu'ils venaient de leur
arracher.

— Ne nous faites pas de mal, dit l'un des ouvriers
en joignant les mains.

— Soit, mais hâtez-vous, répliqua Pradeilles. Faites
sauter la *clavette*.

Et il tendait à l'ouvrier son pied ferré. Furbice en
fit autant.

Chaque condamné, comme nous l'avons dit, porte
à la jambe un anneau de fer appelé *manille* ; cet anneau est fermé par un boulon à l'extrémité duquel se
trouve une clavette rivée sur une enclume. C'est à la
manille que les chaînes sont attachées, il suffit donc,
pour *déferrer* un forçat, de limer la clavette ou de la
briser. Les deux ouvriers, à genoux devant les condamnés qui les tenaient par la nuque, les débarrassè-
rent en cinq minutes de leurs fers.

— Maintenant, dit Furbice tout menaçant, déshn-
billez-vous.

Sans répondre, les deux ouvriers obéirent. Furbice et Pradeilles les imitèrent et se vêtirent des habits des pauvres diables, qui durent, à leur tour endosser l'uniforme du bagne et adapter, tant bien que mal, les manilles à leurs jambes.

Durant cette opération, le jour avait tout à fait baissé. La cloche se fit entendre.

— Vous allez rejoindre nos camarades, reprit alors Pradeilles, en posant son bonnet et celui de Furbice sur la tête des ouvriers. Vous ne direz rien sur ce qui vient de se passer, et si la chiourme ne vous reconnaît pas, vous resterez au milieu des amis jusqu'à demain matin. Alors vous vous expliquerez comme vous l'entendrez ; mais, pas un mot d'ici là, ou bien gare aux couteaux.

Tout cela s'était accompli avec tant de rapidité, que les ouvriers, frappés de stupeur et d'effroi, ne recouvrèrent la parole qu'au bout d'un moment, et lorsque les deux forçats eurent disparu.

— Si nous attendons jusqu'à demain, dit l'un d'eux, on nous croira leurs complices.

— Si nous parlons à présent, répondit l'autre, nous serons massacrés comme des chiens.

Il y eut un silence.

Les malheureux se regardaient, encore tremblants, effarés, stupides, n'ayant pas même la pensée de faire tomber les chaînes dont leurs jambes étaient chargées, et qui ne tenaient que par miracle.

Tout à coup l'un d'eux prit son parti et cria de toutes ses forces : Au secours ! à l'aide !

Aux cris poussés par les deux ouvriers métamorphosés en forçats, les gardes chiourmes accoururent, comprirent ce qui s'était passé et se précipitèrent vers les grilles. Elles venaient de se fermer sur le dernier ouvrier. Il n'y avait pas à en douter, Furbice et Pradeilles n'étaient plus dans l'arsenal.

Aussitôt, tandis qu'une troupe d'agents se répandait dans la ville, visitant les rues obscures et les maisons suspectes, l'éveil fut donné selon l'usage adopté en pareil cas. Six coups de canon tirés des forts, trois pour chacun des forçats, prévinrent de leur fuite les autorités de tous les ordres et les habitants de Toulon. Le signalement des fugitifs fut envoyé au préfet maritime, au major général, à la gendarmerie des départements les plus voisins, aux commissaires de police et à l'inspecteur des douanes. Enfin, le lendemain, dès le matin, on placardait dans la campagne des affiches destinées à mettre les paysans en garde contre les vagabonds et les rôdeurs de nuit.

Tandis que ce réseau aux mailles inextricables se tendait tout autour des deux fugitifs, qu'étaient-ils devenus ? Avec un bonheur des plus rares, ils s'étaient mis hors d'atteinte. La simplicité, l'imprévu, l'audace de leur plan en avait fait le succès. Après avoir terrassé les deux charpentiers et revêtu leurs habits, ils avaient rejoint un groupe d'ouvriers, et grâce à leur déguisement, ils étaient parvenus à sortir de l'arsenal sans attirer l'attention des inspecteurs de police qui se tiennent toujours devant la porte. A partir de ce moment, Furbice, qui ne connaissait pas Toulon, se laissa guider par Pradeilles, dans les rues de la ville, qu'ils traversèrent rapidement pour gagner la campagne. Ils longèrent quelque temps la petite ri-

vière de l'Eygoutier, arrivèrent dans un champ et s'arrêtèrent pour se consulter.

Au bagne, on leur avait indiqué une maison dans
laquelle, en se faisant reconnaître, il leur serait possible de se procurer quelque secours. Mais la crainte
d'être trahis les empêcha de s'y rendre. D'ailleurs,
ils avaient trouvé de l'argent dans les poches des vêtements volés par eux, et cette somme pouvait suffire à leurs premiers besoins.

— Gagnons les bois d'Ollioules, dit Pradeilles. Là
seulement nous serons en sûreté.

Quelques instants après, comme ils passaient derrière le fort Lamalgue, qui domine la ville, ils entendirent gronder le canon.

— On connaît notre fuite, dit Furbice.

— Oui, répondit son complice, et nous n'avons
qu'à hâter le pas.

Il faut avoir vécu parmi les populations qui avoisi-
nent Toulon pour se rendre compte de la terreur causée par l'évasion d'un forçat. La nouvelle se répète
de village en village. Les cultivateurs arment leur fusil de chasse. Le soir, ils ferment les portes de leur
maison plus soigneusement que de coutume. Sans
cesse en garde contre une surprise, ils reçoivent de
fort mauvaise grâce les mendiants et les voyageurs.
Chacun redoute le forçat fugitif comme on redoute
un chien enragé. Et, cependant, le malheureux, qui
a eu tant de peine à conquérir sa liberté, n'a qu'un
seul but en ce moment : se cacher. Il est loin de
songer à attaquer et à surprendre. Il cherche les
routes les plus désertes ; il a tout à redouter des pays
habités.

Plus tard, seulement, il se hasardera à y faire une apparition, lorsque la faim le chassera des solitudes qui lui ont d'abord servi de refuge. Au lever du jour, c'est-à-dire dix heures après leur fuite, Furbice et Pradeilles étaient engagés dans les bois d'Ollioules.

A partir de Toulon, on trouve, sur un parcours de plusieurs lieues, des forêts de chênes liéges et de pins. Celles d'Ollioules, plantées au milieu des rochers, au sein d'une nature sauvage, offrent aux individus qui en connaissent les détours plus d'un asile sûr. Pendant quinze jours, les deux évadés vécurent là, comme des bêtes fauves, couchant à la belle étoile, se cachant le jour et se glissant quelquefois, la nuit, jusqu'aux abords des petits villages jetés sur la lisière du bois, pour y dérober des poules ou des œufs, dont ils se nourrissaient. Contrairement à ce qui arrive en général, ils purent échapper à toutes les poursuites. Il y eut deux battues dans les bois; mais on les poursuivait sans avoir la certitude de leur présence sur ce point, et on négligea de visiter une grotte où ils s'étaient réfugiés.

Quand ce dernier danger fut passé, ils se communiquèrent leurs intentions. Pradeilles voulait se rendre à Paris, la ville du monde où l'on se cache le plus sûrement, et où son beau-frère, qui habitait la Lozère, devait lui faire passer des secours et des papiers. Quant à Furbice, son plan était également arrêté. La Camargue lui offrait un sûr refuge.

Au bout de quinze jours, les deux forçats étaient méconnaissables. Leurs cheveux et leur barbe avaient suffisamment poussé pour assurer leur incognito, et un

matin, ils se séparèrent. Pradeilles se dirigea vers
Paris. Furbice prit la route de Marseille; de là, il
pouvait facilement gagner la ville d'Arles et entrer en
Camargue.

XXVIII

La Camargue, dont tous nos lecteurs ont entendu
parler et que si peu connaissent, est une petite île
située entre les deux principales branches du Rhône,
non loin de son embouchure et un peu au-dessous
d'Arles. L'une de ses extrémités baigne dans la mer.

A peine séparée d'une grande ville par un bras
étroit du fleuve, la partie supérieure de l'île renferme
plusieurs élégantes maisons de campagne et des terres parfaitement cultivées. Mais si l'on pénètre dans
l'intérieur du pays, on trouve une nature vierge et sauvage, des prairies marécageuses peuplées de taureaux
et de cavales, de pauvres hameaux habités par des
pêcheurs et jetés comme par hasard sur le bord de la
mer.

Rien n'est plus mystérieux et plus pittoresque. Il y
a là de petits déserts couverts d'un sable gris que le
vent sec et brûlant de l'été soulève et jette aux yeux.
Puis, tout à coup, ce sont des savanes couvertes de
hautes herbes et au milieu desquelles se rencontrent

parfois de fraîches oasis qui offrent comme en Afrique, un repos bienfaisant au voyageur fatigué.

Au sein de ces solitudes, sont répandues quelques fermes, dont les habitants vivent enfouis, ignorés, ignorants, comme s'ils étaient séparés, par un monde, de tout centre de civilisation.

Des vents impétueux se disputent l'empire de cette contrée. Le mistral se venge, comme il peut, sur la vaste étendue des terres basses de n'avoir pas de hautes cimes à briser. Il tord la frêle tige des roseaux, couche l'herbe qu'il ensevelit sous le sable et boit l'eau des fossés profonds, dans lesquels il laisse cependant assez d'humidité pour permettre aux algues marines d'y pourrir et d'y couver le germe des fièvres. Cependant, quelles que soient ses fureurs, il est encore un bienfait. Quand il souffle, il donne au ciel une inaltérable pureté et permet aux chauds rayons du soleil de féconder le sol.

Mais au mistral succède le siroco. C'est pendant les soirs d'été que l'influence pernicieuse de ce vent redouté se fait sentir. Son haleine, quoique échauffée, répand dans l'air une humidité malsaine qui communique à tous les corps la langueur et l'apathie. Le ciel perd sa limpidité, et vers le couchant, le soleil s'obscurcit sous de sombres nuages formés par les vapeurs des marais.

Telle est la Camargue, elle restera telle jusqu'au jour où la civilisation et la science auront tracé de grandes voies à travers cette île au sol fertile, mais inculte, comblé les ornières, desséché les marais, fouillé la terre, répandu, en un mot, la vie dans ce désert.

C'est là que Furbice, décidé à se faire oublier, avait cherché un asile. Un soir, il vint frapper à la porte d'une ferme non loin de la mer. Son visage et ses vêtements portaient la trace des fatigues qu'il avait subies depuis sa sortie du bagne. Ses traits étaient altérés, ses joues sans couleur; on eût dit un fantôme.

— Que désirez-vous? lui demanda le *bayle,* individu chargé de l'exploitation des fermes et de la direction des travaux.

— Un asile pour la nuit, répondit-il.

Cette demande ne causa aucune surprise. En Camargue, l'hospitalité s'exerce largement, et jamais on n'a songé soit à la refuser, soit à la violer.

— Entrez, répliqua le bayle, vous mangerez une écuellée de soupe ; puis vous irez dormir dans la grange.

Furbice obéit. C'était l'heure du repas. Il prit place à la table commune et mangea avec avidité. Nul ne l'interrogea. Le repas fini, il alla dormir en compagnie des pâtres sur la paille fraîche des étables.

Le lendemain, il s'approcha du bayle.

— Ne pouvez-vous me donner de l'ouvrage ? demanda-t-il.

— Que savez-vous faire ?

— On peut m'employer à tout.

— Quel est votre nom ?

— Marius Franc.

Tel était le faux nom choisi par Furbice.

— Avez-vous des certificats, reprit le bayle.

— Non; mais je vous servirai honnêtement. Met-

16.

tez-moi à l'épreuve, et si je ne vous satisfais point,
je partirai.

— Il nous faut un gardeur de taureaux. Mais peut-
être, ne savez-vous pas monter à cheval ?

— Oh! les chevaux, ça me connaît, répondit l'ancien maquignon avec un sourire.

— Peut-être avez-vous été soldat? demanda le bayle
d'un air fin et discret. Vous avez servi dans la cava-
lerie ?

Furbice ne répondit pas.

— Vous êtes déserteur ?

Même silence.

— Eh bien, vous me convenez, je vous garde. Vous
aurez trente écus de gages par an, une veste à la
Noël, et un manteau tous les trois ans. Ça vous va-
t-il ?

— Ça me va.

Le marché se trouva ainsi conclu. En attendant
mieux, Furbice était assuré de ne pas mourir de faim.

A huit jours de là, il était déjà fait à sa nouvelle
existence. Les journées s'écoulaient dans les pâtura-
ges, aux bords du Rhône, au milieu des troupeaux
de taureaux dont il avait la surveillance.

Monté sur un de ces petits chevaux camargues qui
ont emprunté à ceux de la race arabe leur élégance
et leur agilité, il parcourait la savane, un trident à la
main pour ramener les bêtes égarées et pour les empêcher de fuir. A sa selle, était accroché un sac de
cuir destiné aux provisions et un grand manteau de
bure dont il s'enveloppait le soir, lorsque le vent
fraîchissait. Le plus souvent, son lit consistait en une

botte de paille humide, ramassée au milieu des champs
et jetée à côté de son cheval. Les taureaux brou-
taient paisiblement autour de lui, émus seulement
lorsqu'un troupeau de cavales passait tout à coup au
milieu d'eux, semant de grandes taches blanches, la
masse de leurs robes noires et luisantes.

Parfois, lorsqu'il manquait de tabac ou lorsqu'il
était las du silence et de la solitude, Furbice s'avançait jusqu'à la mer. Il ne tardait pas à rencontrer, le
soir, près du rivage, quelques contrebandiers revenant d'une expédition sur Marseille, Toulon ou Saint-
Tropez. On allumait un grand feu à l'abri d'un rocher,
on y préparait le repas ; Furbice s'asseyait à côté de
ces hommes et partageait leur nourriture. Durant la
veillée, ils parlaient longuement des bénéfices de la
journée, des difficultés du métier, et le maquignon se
retrempait pour quelques jours dans leur compagnie.
En entendant des voix humaines, il reprenait un peu
de courage pour aller affronter de nouveau l'effroyable
tristesse de son isolement.

Certes, en cet endroit et sous ce costume, personne n'aurait reconnu ni l'élégant maquignon de
Gordes, ni l'audacieux compagnon de chaîne de Pradeilles. Il était en sûreté, s'il voulait toujours vivre
dans sa solitude. Mais combien était dure sa vie !
Toujours seul, toujours placé en face de lui-même,
n'ayant pour secouer sa tristesse, que les courses folles
à travers la savane ou la compagnie des pêcheurs et
des contrebandiers. Il en éprouvait de terribles colères. Il pleurait son avenir détruit, ses espérances
brisées. Mais ce qu'il regrettait par-dessus tout, c'était

la fortune. « J'aurais pu être riche, se disait-il, jouir, goûter aux bonnes choses de la vie, me faire une place au soleil ! »

Parfois, lorsque ses taureaux paissaient le long des prairies qui bordent la mer et qu'il voyait au loin se détacher sur l'horizon, la blanche voile d'un navire, il lui prenait des envies folles de fuir dans des pays où il serait inconnu, où il pourrait marcher le front haut et tenter la fortune, sans avoir rien à cacher ni à redouter. Mais ces envies ne duraient pas. La longue contemplation de la mer finissait par le troubler. L'abîme l'épouvantait ; ses désirs de voyage s'affaiblissaient, et, le cœur plein de rage, il obligeait son cheval à se retourner et à l'entraîner au loin.

Deux années s'écoulèrent sans apporter aucun changement dans la situation de Furbice. Bien qu'il fût devenu tout à fait méconnaissable, il tremblait toujours et avait peur d'être découvert. Aussi, tandis que ses camarades demandaient et obtenaient tous les mois un jour de congé, qu'ils allaient passer dans les cabarets de Saint-Gilles ou d'Arles, en compagnie de quelque belle fille ; tandis que, pendant les dimanches d'été, ils accompagnaient les taureaux de la *manade* dans les villages de Provence et du bas Languedoc, Furbice restait toujours auprès de son troupeau, refusant de partager des plaisirs qui pouvaient mettre la gendarmerie sur ses traces.

A la fin de 1864, un journal, rapporté de Marseille par un contrebandier, lui tomba dans les mains et il apprit que son ancien compagnon de chaîne, Pradeilles, avait été arrêté à Paris, au mois d'août, dans les bureaux de la Préfecture de police, après avoir tiré un coup de pistolet sur l'agent chargé de procéder à son arrestation, et condamné de nouveau aux travaux forcés à perpétuité. Cette nouvelle lui remplit l'âme de terreur. Il se demanda même s'il ne quitterait pas la Camargue. N'avait-il pas dit autrefois à Pradeilles en quels lieux il comptait se cacher, et, celui-ci, qu'on ne manquerait pas d'interroger à son sujet, ne serait-il pas tenté de le trahir? Cependant il ne partit pas, soit qu'il eût confiance dans son ancien compagnon de chaîne, soit qu'il obéît au sentiment nouveau qui s'était emparé de lui.

Oui, la solitude et l'isolement avaient porté leurs fruits; le temps avait eu enfin raison, par un côté, de cette âme pervertie; quelque chose d'humain s'était peu à peu infiltré dans ce cœur gangrené. Furbice, le croirait-on, était, depuis plusieurs mois, pénétré de l'ardent désir d'embrasser sa femme et ses enfants. Aspirer au bonheur de presser sur sa poitrine des enfants qu'on semblait à peine aimer; brûler de revoir sa femme qu'on voulait empoisonner! Qui pourra expliquer ce phénomène singulier?

Pendant la dernière année de son séjour en Camargue, cent fois déjà Furbice avait été sur le point de partir tout à coup, d'éviter les villes, de traverser les campagnes et les bois et d'aller, la nuit, frapper à sa maison de Fontblanche. Brigitte vivait-elle encore? Ses enfants étaient-ils auprès d'elle? Qui les nourrissait tous maintenant? Étaient-ils obligés de mendier leur pain? Ces questions, il se les posait sans cesse. Dans son isolement, il n'avait plus qu'une idée fixe : savoir ce qu'étaient devenus les siens.

Peu à peu, l'image de Margaï, belle, enivrante, voluptueuse, s'était évanouie. Il ne voyait plus que la douce figure de Brigitte. Il se rappelait son amour pour lui, son inaltérable patience, sa bonté, sa miséricorde infinie. Elle lui apparaissait lorsqu'elle était venue lui faire ses adieux, le soir de la condamnation qui l'avait frappé. Il ne s'était échappé de ses lèvres ni reproches ni plainte; elle lui avait dit :

— Tu vas beaucoup souffrir, j'élèverai tes enfants et je prierai pour toi.

Et elle avait pleuré sur son cœur.

Il revoyait aussi son fils aîné, au moment où, dans la salle des assises, il s'était glissé vers lui et l'avait pressé dans ses petits bras.

Tous ces souvenirs, longtemps oubliés, se redressaient maintenant sans cesse devant lui et le torturaient. Est-ce à dire que les remords avaient pénétré dans son âme? Non, mais la nature avais repris ses droits ; n'étant plus dominé par sa passion pour Margaï, calmé et apaisé par l'isolement, Furbice redevenait époux et père.

Une nuit, le désir de retourner à Fontblanche le tourmenta plus impérieusement que jamais, et il s'enfuit tout à coup, sans prévenir personne, laissant son troupeau à la garde de Dieu.

XXIX

Depuis la condamnation de son mari, Brigite n'avait pas quitté Gordes. Les péripéties du drame sanglant

auquel elle survivait, et dont elle était la plus intéressante victime, demeuraient sans cesse présentes
son esprit; mais elle n'avait pas succombé sous le
poids d'une si grande infortune. Privée de son mari,
devenue veuve en quelque sorte, elle avait tiré d'elle-
même des trésors d'énergie et s'était courageusement
mise au travail. Ne fallait-il pas faire vivre les enfants?

En ces tristes circonstances, la sympathie publique
était venue à son aide. Autour d'elle, on avait cherché à lui faire gagner honorablement son pain. Les
familles les plus aisées du village l'employaient volontiers. L'école s'était ouverte aux deux enfants, et,
au sein de ses malheurs, Brigitte avait trouvé une
tranquillité relative. Ce n'était pas le bonheur qu'elle
rêvait autrefois, lorsqu'elle unissait sa destinée à
Furbice; mais c'était l'existence assurée à ceux qu'elle
aimait. En ce moment, il ne lui était pas permis de
porter plus haut ses ambitions.

Les deux petits êtres grandissaient. L'un avait neuf
ans, l'autre six. Ils étaient vigoureux, intelligents.
L'aîné surtout se faisait remarquer par le précoce
développement de son esprit et par la tendresse de son
cœur. A l'école, il était toujours le premier pour le
travail, la conduite et l'assiduité. A la maison, il prodiguait à sa mère des caresses charmantes, entremê-
lées de ces bonnes petites paroles dont le cœur des
enfants a seul le secret. On le trouvait grave et sérieux
pour son âge, un peu taciturne, peu empressé à se
mêler aux jeux de ses camarades, et tenant toujours un
livre à la main lorsqu'il ne jouait pas avec son jeune
frère, pour lequel il avait des soins pour ainsi dire
paternels, et qu'il couvrait déjà de sa protection. Or

eût dit que cet enfant avait pressenti ou deviné les malheurs de sa mère, ou peut-être subi quelque douloureux froissement.

En effet, son enfance n'avait-elle pas en quelque sorte participé au drame qui le privait de son père? Les larmes de sa mère avaient coulé sur ses petites mains, et les baisers dont elle le couvrait lui avaient communiqué quelque chose de la fièvre maladive qu'elle ressentait elle-même. Au contact de ces douleurs profondes, les jeunes cerveaux arrivent vite à un degré surprenant de maturité.

Puis, il y avait dans ses plus récents souvenirs une scène qui avait jeté sur son enfance comme un voile de tristesse. Le jour où, pour la première fois, il dut aller à l'école que les bons offices du curé de Gordes lui avaient fait ouvrir, Brigitte le prit dans un coin et lui dit :

— Mon Étienne, quoique tu ne sois encore qu'un enfant, me voilà obligée de te traiter en homme. Ton père ne viendra plus parmi nous. J'aurai seule maintenant le souci de te faire vivre et de faire vivre ton frère. On t'accorde une place sur les bancs de l'école. Il faudra travailler afin d'être bientôt à même de te suffire. Si je venais à mourir, l'enfant (c'est ainsi qu'on nommait le plus jeune) n'aurait d'autre soutien que toi.

Étienne n'osa pas demander pourquoi son père n'était plus là, alors que la mort n'était pas entrée dans la maison. Mais les paroles de sa mère se gravèrent profondément dans son esprit. Les pleurs de la pauvre femme devinrent pour lui un encouragement éloquent et douloureux.

Une fois à l'école, il en apprit bien long sur le compte de son père. Il entendit raconter qu'un jour les gendarmes l'avaient emmené loin du pays, et qu'il demeurerait toute sa vie dans un cachot. Étienne protesta, traita ses camarades de menteurs, les battit et fut surtout battu. Mais en rapprochant les pleurs de sa mère des propos de toutes sortes tenus à l'école et au village, il ne tarda pas à comprendre qu'il avait dû se passer, au temps où il était encore un tout petit enfant, de vilaines choses qui pesaient sur lui et sur les siens.

A dater de ce jour, il eut la pudeur de son infortune. On le vit peu à peu cesser de jouer avec les enfants de son âge, le soir sur la place de l'église, et le dimanche sur les promenades. Il conduisait son petit frère dans la campagne, ramassait des cailloux, cueillait des fleurs et dénichait des oiseaux, afin de le distraire et de lui faire oublier qu'il y avait autour d'eux des garçons avec lesquels ils auraient pu s'amuser.

A une courte distance du hameau de Fontblanche, au bord d'une petite rivière qu'on appelle le Calavon, se trouve un vallon bordé de collines couvertes de chênes et au pied desquelles sont des grottes cachées par d'épaisses broussailles. Rien de plus sauvage que cette retraite ou tout est silence, ombre et mystère. L'abbaye de Sénanque s'élève non loin de là, au milieu des arbres et des rochers. Cette construction romane est dans un tel état de conservation, que des moines de l'ordre de Cîteaux ont pu s'y installer. Leur présence donne seule un peu d'animation à ce coin perdu et en quelque sorte inaccessible.

C'est de ce côté que les enfants de Furbice aimaient à

17

se promener. Étienne marchait avec gravité, surveillant son frère qui s'abandonnait sans contrainte à sa joie enfantine. Ils arrivaient ainsi jusqu'au couvent. Quelquefois, ils entraient dans la belle église abbatiale et écoutaient, si c'était l'heure de l'office, le chant des moines retirés derrière les grilles du chœur. Le plus souvent, ils étaient vus par quelque frère lai, qui les conduisait à la cuisine, dans le verger, et alors ils revenaient à Gordes chargés de provisions, de pain et de fruits.

Durant une belle journée du mois de septembre, les deux enfants étaient venus, comme de contume, dans le vallon de la Sénancole ; ils longeaient la rive droite de la rivière, dont le lit était à sec, et cherchaient sous leurs pieds des cailloux ronds et polis.

Tout à coup, un bruit les fit tressaillir. Ils se retournèrent.

Un homme venait de sortir des rochers qui longent la rive gauche, et à la base desquels, ainsi que nous l'avons dit, se trouvent plusieurs grottes. Cet homme était effrayant à voir. Ses vêtements tombaient en haillons, ses pieds nus sortaient de ses souliers usés jusqu'à l'empeigne, sa barbe et ses cheveux incultes cachaient à moitié ses joues hâlées par le soleil et amaigries par la misère.

— J'ai peur, dit le plus jeune des enfants, en se pressant contre son frère.

Il y avait de quoi. L'homme venait d'entrer dans le lit de la rivière, en se dirigeant de leur côté.

— Ne crains rien, lui répondit Étienne, qui prit la main de son frère et hâta le pas afin de gagner au plus vite le couvent dont on apercevait les murailles noircies à travers les arbres.

Mais l'homme marchait toujours vers eux, et, comme il allait plus vite, il les eut bientôt atteints. Aussitôt ils se rejetèrent instinctivement de l'autre côté de la route.

— N'ayez pas peur, dit-il brusquement. Je ne vous veux pas de mal.

Étienne ralentit son pas. En même temps il fixait le visage de l'inconnu.

— Ai-je donc l'air si méchant, que je vous effraye autant qu'un loup qui sortirait du bois ? demanda l'homme, en mettant à dessein dans sa voix une grande expression de douceur.

— Je n'ai pas eu peur, répondit fièrement Étienne, encore un peu tremblant. Mais vous avez bien effrayé le petit.

— Je suis bon pour les enfants, très-bon même. Voulez-vous répondre à mes questions ?

— Sans doute, monsieur, puisque vous ne voulez pas nous faire du mal.

Étienne s'arrêta tout à fait, mais il ne quitta pas la main de son frère et attendit. L'inconnu parut réfléchir un moment, il regarda avec inquiétude tout autour de lui, à plusieurs reprises, puis il dit à Étienne :

— Voudriez-vous venir de l'autre côté de la rivière ? Nous serons plus tranquilles pour causer.

— Il ne passe personne sur la route, répondit vivement Étienne devenu de nouveau soupçonneux. Puis il ajouta comme par prudence : Il n y a que des moines qui pourraient passer en entrant à l'abbaye.

L'homme demeura silencieux et triste. Il jeta sur lui-même un regard inquisiteur. Puis il ajouta :

— Décidément, je leur fais peur !

Et ils purent voir une larme dans ses yeux.

— Êtes-vous de Gordes ? demanda-t-il tout à coup aux enfants.

— Oui, du hameau de Fontblanche.

— De Fontblanche ! s'écria-t-il. Connaissez-vous Brigitte Furbice ? La connaissez-vous?

— C'est notre mère !

— Votre mère ! mais alors...

Il n'acheva pas. Debout sur la route, les bras croisés sur sa poitrine, absorbé dans une muette contemplation, il les regardait fixement, et l'expression de son regard était telle qu'ils ne songèrent plus à avoir peur.

La contemplation dura quelques minutes; ensuite il ouvrit les bras, tomba à genoux, et tout à coup, attirant vivement les enfants à lui, il les couvrit de baisers et de larmes. On n'entendait que deux mots sortir de ses lèvres.

— Mes enfants ! mes enfants !

Il passait ses mains calleuses dans leurs blonds cheveux; il palpait leurs membres frêles, il fixait ses yeux sur leurs yeux, et eux, comme s'ils eussent compris qu'un étroit lien les unissait à cet inconnu, se montraient dociles et l'embrassaient lorsqu'il les en priait d'une voix émue et caressante.

— Aimez-vous votre mère ? demanda-t-il lorsque la fièvre des premiers embrassements se fut un peu calmée.

— Autant qu'elle nous aime, répondit Étienne.

— Vous parle-t-elle quelquefois de votre père?

— Jamais.

Ses yeux se remplirent encore de larmes, mais elles furent soudain séchées par ces mots qu'Étienne s'empressa d'ajouter :

— Mais tous les soirs, elle nous fait prier pour lui.

— Personne ne vous a-t-il parlé de celui pour qui votre mère vous fait prier?

— Quelquefois.

— Et que vous en a-t-on dit?

— Beaucoup de choses. Ma mère nous a défendu de les répéter.

Furbice écoutait avec ravissement cette voix enfantine ; il eût voulu l'entendre toujours. Il éprouvait à cette heure une joie infinie. Ses enfants s'étaient présentés à lui d'une manière si imprévue, qu'il goûtait le double bonheur de les avoir revus et de leur parler lorsqu'il croyait être encore loin d'eux.

Sa fatigue, ses malheurs, les plaies de son corps meurtri par les chemins, tout était oublié. Depuis deux ans, il attendait cette heure avec une impatience tous les jours accrue. Il lui semblait que son long supplice était fini.

Lorsque Furbice — chacun l'a reconnu — eut épuisé toute sa joie, lorsqu'il fut enfin las d'avoir tant serré ses enfants sur sa poitrine, il se rappela qu'il avait plusieurs choses à dire à Étienne. Il se releva et allait prendre place sur un tronc d'arbre renversé au bord de la route, lorsque tout à coup il entendit le bruit d'une sonnette. Un moine venait à eux, marchant à côté d'une charrette attelée d'un seul cheval et chargée de foin. Il s'avançait la tête baissée, ayant un fouet pendu à son cou, et dans ses doigts un chapelet dont il comptait longuement les grains.

— Écoute, dit Furbice en s'adressant à Étienne, je ne dois pas être vu. Il faut que je retourne de l'autre côté de la rivière où il est plus facile de se cacher. J'ai à te parler longuement. **Auras-tu** encore peur de venir me rejoindre?

— Oh! non, répondit l'enfant.

— Alors, suivez-moi.

Furbice sauta dans le lit desséché du Calavon, arriva de l'autre côté et disparut derrière les arbres avant que le moine eût relevé la tête. Étienne et son frère, se tenant par la main, prirent à leur tour la même route, mais plus lentement, avec prudence, de peur de tomber. Ils en avaient fait la moitié, lorsqu'ils s'entendirent appeler. C'était le moine Bernardin qui les regardait avec inquiétude.

— Revenez donc, petits, s'écria le religieux. Vous allez vous rompre les côtes.

— N'ayez pas peur, mon révérend; nous allons dénicher des mésanges.

Ayant ainsi parlé, Étienne reprit sa route. Le bon moine continua la sienne, en levant les épaules et en égrenant son chapelet.

Sur l'autre rive et derrière les arbres, ils trouvèrent Furbice. Celui-ci fit quelques pas devant eux et s'arrêta enfin au bord d'un trou creusé sous un rocher. Dans ce trou, il y avait une botte de paille, et sur la botte de paille, une couverture.

— Asseyons-nous sur mon lit, dit Furbice qui, après

y avoir pris place, attira doucement ses enfants sur ses genoux.

— C'est là votre lit ? Il n'est pas beau.

— La maison n'est pas plus belle. Tout le monde ne peut pas habiter des palais.

Et, en disant ces mots, Furbice sourit tristement. Puis, de nouveau, il se mit à contempler ses enfants avec amour, ne s'interrompant que pour les serrer contre sa poitrine.

— Parle-moi de ta mère, dit-il tout à coup à son fils.

Alors, Etienne prit la parole et, dans son langage enfantin, il raconta la vie de Brigitte. Il peignit ses chagrins, ses larmes, son courage. Il parla des incidents quotidiens d'une existence où tout était incident, en raison même de sa monotonie et de son obscurité.

Furbice écoutait en silence. Le plus jeune de ses enfants avait quitté la place qu'il occupait sur ses genoux et s'amusait à planter des brins de paille dans la terre humide. Étienne parlait toujours. Mais, de temps en temps, il quittait son père pour aider le petit à remuer une grosse pierre qui gênait ses plantations. Furbice passa ainsi une heure, la plus douce de sa vie depuis trois ans.

— J'ai faim, dit le petit en revenant vers eux.

Furbice regarda tristement Étienne, puis tirant d'un mauvais sac un morceau de pain noir, il l'offrit à l'enfant en lui disant :

— C'est tout ce qui me reste.

— Pourquoi n'êtes-vous pas venu à la maison ? demanda mystérieusement Étienne.

— Es-tu raisonnable ? Peut-on te parler comme à un homme ?

— Comme à un homme, répondit-il fièrement.

— Eh bien ! reprit Furbice, je ne suis pas allé à la maison, parce que j'ai craint d'être vu par des yeux qui ne doivent pas me voir.

— Mais la nuit?

— Oui, la nuit, répondit-il avec embarras, j'aurais pu y aller, mais je suis arrivé hier, et j'étais si fatigué, que je me suis endormi jusqu'au matin.

Il ne disait qu'une partie de la vérité. Il était bien arrivé la veille, mais il n'avait pas donné sa nuit au sommeil. Venu en deux jours de la Camargue, il n'avait pas osé aller directement chez lui. Il s'était arrêté dans le vallon de la Sénancole, et, trouvant un asile dans les grottes, il s'était fait un lit avec une botte de paille qu'il avait lestement enlevée sur l'aire du couvent. Le soir, il s'était dirigé vers Gordes, et, pendant une heure, il avait rôdé autour de sa maison, sans oser y entrer. Il craignait d'affronter l'inconnu. Brigitte vivait-elle encore? N'avait-elle pas cherché dans les bras d'un autre à se consoler du veuvage? Qu'étaient devenus les enfants? Allait-il trouver la misère ou l'aisance? Sa maison renfermait pour le malheureux un mystère qui lui en défendait l'entrée.

Ses indécisions durèrent longtemps. Enfin, il se dirigea vers la Bastide-Neuve avec l'espérance d'apercevoir Moulinet, auquel il pouvait se confier sans crainte. Moulinet était alors bien loin, mais Furbice ne le savait pas.

En approchant de la ferme, il tremblait comme une feuille. Ignorant ce qu'était devenue Margaï, il lui semblait, à chaque instant, dans son trouble, qu'elle

allait apparaître à ses yeux. Par le trou qui lui avait
servi autrefois à tuer Pascoul et qui subsistait encore
dans la porte de plus en plus vermoulue, il vit Frédéric Borel traverser la cour en donnant des ordres.
Il se rejeta brusquement en arrière et tourna autour
de la ferme avec le dessein d'interroger quelque jeune
valet pour qui il serait un inconnu. Mais, tout à
coup, il entendit du bruit derrière la grille du jardin.
Il se rejeta instinctivement en arrière. La voix de
Frédéric Borel retentit brusquement à ses oreilles.

— Qui va là ?

Furbice ne répondit pas. Les chiens aboyèrent.
Heureusement une obscurité profonde le protégeait.
Pendant quelques instants, il resta dans l'immobilité
la plus complète. Mais, devant cette maison où il avait
commis de si grands crimes, il ne put conserver longtemps son sang-froid. Une sueur glacée le saisit dans
le dos. Ses yeux se troublèrent, et comme si un éclair
eût illuminé toute la campagne, il lui sembla qu'il
voyait distinctement la scène du meurtre.

— Ciel ! s'écria-t-il, Pascoul !

Et il s'enfuit comme un fou, sans répondre aux
gens qui tout à coup étaient sortis de la ferme et aux
yeux desquels il eut bientôt disparu.

Voilà pourquoi, dès la première nuit de son arrivée,
il n'était pas allé dans sa maison. Mais il ne pouvait
confier ses impressions à Étienne. Maintenant il savait,
grâce à lui, tous les détails qu'il avait voulu connaître.
Il pouvait se présenter à Brigitte.

— Écoute bien, continua-t-il en s'adressant à l'aîné
de ses enfants, tu diras à ta mère que celui auquel
elle pense ira la voir ce soir.

17.

— Alors, vous êtes mon...

— Tais-toi, s'écria Furbice en mettant la main sur la bouche d'Étienne.

Il reprit :

— Surtout, ne dis à personne autre que vous avez rencontré un homme dans les bois de Sénanque, et qu'il vous a longtemps embrassés. Ne le dis pas.

Et pour s'assurer le silence d'Étienne en l'effrayant, il ajouta :

— Si tu parles de moi à âme qui vive, si ce n'est à ta mère, je viendrai la nuit te tirer par les pieds.

— Vous ne m'aimez pas, dit l'enfant, puisque vous voulez me faire peur.

Cette réponse provoqua de nouveau les baisers et les larmes de Furbice. Mais il fallut enfin se séparer. Le maquignon aida les enfants à repasser le lit du Calavon, et après les avoir encore embrassés, il les suivit longtemps des yeux. Puis il regagna sa grotte, et se jetant sur son grabat de paille, il essaya de dormir.

Quant à Étienne, lorsqu'il cessa de voir son père, il se mit à marcher rapidement, traînant après lui son frère, qui le suivait avec peine. Il arrivèrent rouges et couverts de sueur à Fontblanche. Brigitte, les voyant revenir ainsi, s'élança au-devant d'eux.

— Que vous est-il arrivé ? s'écria-t-elle.

Étienne se jeta à son cou. Puis se penchant vers son oreille, il lui dit :

— Mère, je l'ai vu.

— Qui ? demanda-t-elle.

— Celui pour qui tu nous fais prier tous les soirs, mon petit frère et moi. Il viendra nous rejoindre ici à la nuit.

A ces mots, Brigitte devint subitement très-pâle, elle ferma les yeux et s'appuya contre le mur, afin de ne pas rouler par terre.

XXX

La nuit venue, Brigitte coucha ses enfants.

Étienne fit quelques difficultés pour se mettre au lit. Il prétendait qu'il était assez raisonnable pour être initié aux événements qui allaient s'accomplir dans la maison.

— Il faut dormir, dit la mère avec douceur, je le veux.

— Mais il va venir.

— Tu le retrouveras à ton réveil.

— Dis-lui, ajouta Étienne en s'endormant, qu'il ne fait plus peur au petit.

Bientôt, on n'entendit dans la chambre que la respiration paisible des deux enfants. Alors, Brigitte s'approcha d'une glace placée près de la croisée, et élevant la lampe au-dessus de sa tête, elle se regarda longuement.

Elle n'avait jamais eu d'autre beauté que l'éclat de ses yeux et la fraîcheur de son teint. Hélas ! ses traits étaient maintenant flétris, une sorte de pâleur jaunâtre avait envahi son visage, et autour de ses yeux rougis par les larmes, elle put remarquer des rides profon-

des. Elle poussa un soupir, puis quitta les vêtemetns
de deuil qu'elle portait depuis plus de trois ans, et
chercha parmi ses modestes atours, si longtemps re-
légués dans un coin, de quoi se parer.

Et pourtant ce n'était pas la joie qui remplissait son
âme, mais une terreur dont il faut ici expliquer les
causes. Au temps où son mari vivait à Fontblanche,
elle avait perdu l'une après l'autre les plus chères de
ses illusions sans cesser de l'aimer. La vie de dé-
bauche de ce misérable, sa liaison adultère avec Margaï n'avaient pas eu raison de ce profond attachement.
Du jour où Furbice devint criminel, l'amour s'envola,
mais le lien mystérieux qui attache certaines femmes
de cœur à l'homme qui les a rendues mères ne put se
briser. Malgré ses fautes, malgré ses crimes, Furbice
restait pour Brigitte le père de ses enfants Certes,
elle ne souhaitait pas son retour, elle avait trop souffert par lui. Mais puisqu'il revenait, elle ne croyait
pas avoir le droit de le traiter en étranger. Elle s'ap-
prêtait à le recevoir dignement, sans reproche et sans
faiblesse ; mais lui, dans quelles intentions reve-
nait-il ?

Aurait-il sur les lèvres des paroles de colère ou des
paroles d'excuses ? Ne voudrait-il pas dépouiller sa
femme et ses enfants afin de se créer des ressources
nouvelles ? N'était-elle pas autorisée à tout craindre
de lui ? Puis, s'il apparaissait ainsi à l'improviste,
c'est qu'il s'était enfui du bagne ; on devait être à sa
poursuite. Ces pensées remplissaient de terreur l'âme
de Brigitte. Elle redoutait de nouveaux orages. Ce
n'était pas de l'égoïsme. Elle ne craignait rien pour
elle, mais tout pour ses enfants.

A neuf heures, elle entendit frapper deux coups à
la porte et alla ouvrir en tremblant.

— C'est moi, dit Furbice, qui entra brusquement et
referma la porte avec soin.

Elle lui prit la main et l'entraîna rapidement dans
la chambre. Là, entre les berceaux des enfants, à la
lueur de la lampe, qui jetait autour d'eux une douce
clarté, elle le regarda. Ce n'était plus le Furbice ar-
rogant et fier qu'elle avait connu. Il revenait humble,
confus, abattu ; il ne voulait rien, ne demandait rien
qu'un peu de tendresse et un peu de pardon. Il ne
parlait pas, mais son attitude embarrassée, le piteux
état de son costume, l'altération de ses traits, ses
yeux baissés, disaient clairement ce qui se passait en
lui.

Brigitte sentit son cœur envahi par une immense
pitié. Elle oublia en une seconde tout ce qu'elle avait
souffert pour songer aux souffrances gravées sur les
traits de Furbice. Elle ne vit plus en lui un coupable,
mais un malheureux ; elle lui ouvrit ses bras et il s'y
précipita comme s'il était affamé de pardon et de tendresse. Ils gardèrent longtemps le silence, puis Furbice raconta sa vie depuis le jour où le bagne s'était
ouvert devant lui, ses tortures, son évasion, son séjour
dans la Camargue, son départ précipité et son arrivée
à Fontblanche.

— J'ai longtemps hésité à revenir, disait-il, je n'osais
plus paraître devant toi. Mais sans toi, sans les enfants, je ne pouvais plus vivre. Loin de vous, je me
sentais envahi d'un sombre désespoir qui m'aurait
conduit à des fautes nouvelles. Alors, j'ai tout laissé,
e suis accouru. Hier, j'ai embrassé mes enfants, au-

jourd'hui je t'embrasse, et je me sens moins désespéré.

Il était à genoux devant Brigitte, qui le regardait et
l'écoutait en silence.

— J'ai été bien coupable, continua-t-il ; tu peux
m'aider à devenir meilleur. J'ai résolu de me créer
une existence nouvelle, une existence honorable, mais
il faut que tu la partages avec moi, il faut consentir
à t'expatrier ?

— M'expatrier ! s'écria Brigitte, et les enfants ?

— Ils viendront avec toi : est-ce que je puis me
passer d'eux ?

— Où irons-nous ?

— Les contrebandiers que j'ai connus en Camargue, continua Furbice, m'ont dit que sur les côtes
d'Espagne, il me serait possible de me créer une position. Là, nous vivrons ignorés. Je n'aurai ni à redouter les gendarmes, ni à rougir devant qui que
ce soit. Je pourrai travailler à mon aise. Me suivras-
tu ?

Brigitte ne répondit pas.

— Je réparerai tout le mal que je t'ai fait, reprit
Furbice avec chaleur. Je saurai te rendre heureuse.
Le malheur m'a corrigé. Aie confiance en moi. Ne
refuse pas de me suivre.

Brigitte le regardait toujours sans répondre, se
demandant si les protestations qu'elle entendait
étaient sincères.

— Je veux te croire, dit-elle enfin, et si je ne
devais disposer que de moi, demain nous partirions
ensemble. Mais je pense à nos enfants. Je ne puis les
condamner aux fatigues et aux aventures. Pars pour

l'Espagne, et le jour où tu auras assuré notre vie à tous, écris-moi. Je te jure que je te rejoindrai.

Il réfléchit un instant. Un combat sembla se livrer en lui. Puis il répondit avec douceur :

— Tu as raison ; je partirai seul, demain.

— Demain ? fit-elle.

— Oui. Il le faut.

— Déjà ?

— Je ne saurais sans danger, reprit Furbice, rester ici plus longtemps. Si quelqu'un de nos voisins me reconnaissait, je serais perdu.

— Lorsque tu t'es approché de la Bastide-Neuve, demanda Brigitte, subitement alarmée, es-tu certain de n'avoir pas été vu par Frédéric Borel ?

— Il faisait presque nuit ; et, du reste, j'avais eu le soin de mettre mon mouchoir sur mon visage. Je vais me reposer durant vingt-quatre heures, continua-t-il, et la nuit prochaine, je retournerai en Camargue, d'où il me sera facile de gagner l'Espagne.

— Tu seras prudent et tu m'écriras ?

— Je te le promets.

— Maintenant, il faut songer à prendre du repos.

— Je voudrais manger, dit doucement Furbice.

— Folle que je suis, je n'y songeais pas, s'écria Brigitte.

Elle descendit en courant dans la cuisine, et remonta bientôt avec les restes du souper et une bouteille de vin. Elle trouva Furbice devant le berceau où dormait Étienne ; il contemplait son fils aîné.

— Mes chers enfants ! murmura-t-il en revenant s'asseoir devant la table que sa femme avait servie.

Il mangea et but, tandis que Brigitte le regardait

avec extase. Elle était rassurée maintenant : son mari lui était rendu corrigé par l'infortune. Elle ne désespérait plus de retrouver une vie meilleure ; elle se voyait avec lui dans un coin perdu du monde, l'aidant à supporter le remords des fautes passées et élevant ses enfants, qui ignoreraient toujours l'infamie de leur père.

Le matin, de bonne heure, Brigitte était sur pied.

— Tu resteras ici tout le jour, dit-elle à son mari. Tes fils te tiendront compagnie. Je ne les enverrai pas à l'école.

En se réveillant, les enfants furent bien surpris de trouver l'homme de l'abbaye, étendu sur un matelas, dans la chambre où ils avaient dormi.

— Viens ici, Étienne, dit Furbice.

L'enfant s'empressa de rejoindre son père, qui le prit à ses côtés.

— Je veux y aller aussi, cria l'autre.

Étienne alla le chercher, et lorsqu'ils furent tous les trois réunis, les baisers succédèrent aux baisers.

— Tu sais donc qui je suis ? dit Furbice à son fils aîné.

— Oh ! oui, père, je l'ai deviné.

— Mais il ne faudra jamais parler de moi à personne.

— Vous me l'avez déjà dit, répliqua Étienne, redevenu sérieux.

Ce fut une adorable journée pour Furbice. Il joua avec les enfants et s'amusa de leur gracieux babil. Brigitte venait à chaque instant les embrasser tous les trois. Depuis longtemps, le maquignon n'avait pas été à pareille fête. Au milieu de ces êtres dont il appréciait maintenant la tendresse, il se sentait meilleur. Il perdait le souvenir de ses malheurs et de ses fautes. L'irritation qui en était résultée disparaissait.

A plusieurs reprises, dans l'après-midi, des voisins vinrent frapper à la porte de la maison. Brigitte craignit d'éveiller leurs soupçons en ne leur ouvrant pas; mais elle trouva un prétexte pour les éloigner. Elle aperçut aussi Frédéric Borel, qui rôdait dans les environs, un fusil de chasse à la main; elle s'alarma et fit part de ses craintes à Furbice.

— N'a-t-il pas l'habitude de chasser de ce côté? demanda le maquignon.

— Oui, je le vois souvent; hier encore, il traversait la luzerne qui est en face de nous, mais aujourd'hui tout m'inquiète.

— Je t'assure qu'il n'a pu apercevoir mon visage.

— Oui, mais il connaît ta démarche. On m'a répété le propos suivant qu'il aurait tenu, il y a un mois, dans un cabaret de Gordes : Si jamais Furbice revient ici, je jure bien que je le ferai prendre.

— Le misérable! s'écria Furbice, je ne lui souhaiterais pas alors de se trouver sur mon passage.

Ses yeux lançaient des éclairs, son visage avait une expression farouche. Ce n'était plus le mari de Brigitte, le père d'Étienne qui parlait en ce moment; c'était le repris de justice, le compagnon de Pradeilles, le forçat en rupture de ban.

Il reprit avec plus de calme :

— Du reste, dans ma position, je dois me défier de tout et de tous. Je ne veux pas te perdre encore. J'ai été si heureux aujourd'hui que j'avais songé à ne partir que demain. Mais je te dirai adieu cette nuit, c'est plus prudent.

Lorsque le jour tomba, Brigitte comme la veille, coucha ses deux fils. Puis, tandis que son mari, après les avoir embrassés, essayait de prendre un court repos, elle s'occupa des préparatifs du départ. Elle mit du vin dans la gourde de Furbice, des provisions et du linge dans son sac, et vers une heure du matin, elle le réveilla.

— C'est l'heure, fit-elle.

En même temps, des larmes vinrent mouiller les yeux de la pauvre femme.

— Ne pleure pas, lui dit-il, en la serrant contre sa poitrine. Dans quelques semaines, nous serons réunis pour toujours.

Elle essaya de lui glisser un peu d'argent dans la main, en lui disant :

— Tiens, prends cela, je ne suis pas riche, mais tu as une longue route à faire.

Il l'arrêta.

— Non, non, s'écria-t-il, je ne veux pas que ma visite soit pour toi une cause de gêne. J'ai encore quelques écus. C'est plus qu'il ne m'en faut pour regagner la Camargue.

Il marcha vers le lit des enfants, les contempla longtemps, et sans les réveiller, il déposa un long baiser sur le front de chacun d'eux. Pendant ce temps, Brigitte avait ouvert la porte. La nuit était obscure et la campagne plongée dans une solitude profonde.

— Aime-moi, dit Brigitte, et surtout n'oublie pas tes fils.

— Aie confiance, fit-il.

Ce fut son dernier mot. Il s'arracha aux étreintes de sa femme et s'éloigna rapidement.

Mais, il avait à peine fait une dizaine de pas, que plusieurs hommes cachés derrière un mur, firent irruption sur la route. Un coup d'œil suffit à Furbice pour reconnaître à qui il avait affaire. Six gendarmes l'entouraient. Plus loin, les blouses d'une dizaine de paysans, armés de fourches et de fusils, se détachaient dans l'ombre. Furbice voulut se jeter de côté, il n'en eut pas le temps, il était enveloppé de toutes parts. Alors le sous-officier qui commandait aux gendarmes, ouvrit son manteau, sous lequel il cachait sa lanterne, et dirigea la lumière sur la figure du maquignon.

— Au nom de la loi, dit-il, je vous arrête. Vous êtes le nommé Furbice, forçat évadé du bagne de Toulon en 1863.

A ces paroles répondit un cri épouvantable. Brigitte, qui avait tout entendu, venait de tomber sans connaissance sur le seuil de sa porte. Furbice voulut courir à son secours ; d'un bond il renversa deux gendarmes et franchit le cercle qui l'enfermait. Mais aussitôt on s'élança sur lui. Une lutte terrible s'engagea. Le maquignon, dont la colère décuplait les forces, tint ses ennemis plus de dix minutes en échec. Enfin, on parvint à le terrasser, on lui lia les bras et les jambes, et on l'emporta du côté de Gordes.

Brigitte ne reprit ses sens que plus d'une heure après cette terrible scène. Plusieurs personnes l'entouraient, et parmi elles Frédéric Borel. Comme elle fixait sur lui des yeux égarés, il crut lire un reproche dans son regard.

— Plus tard, dit-il, vous me remercierez de ce que j'ai fait. J'ai reconnu votre mari, lorsqu'il est venu rôder du côté de la Bastide-Neuve, et j'ai cru devoir vous débarrasser, ainsi que le pays, d'un pareil mal-faiteur. Mais, soyez sans inquiétude, j'aurai soin de vos enfants et de vous-même.

D'abord, elle ne répondit pas. Puis elle se leva, étendit les bras, comme pour saisir un objet qui lui échappait.

— Ah! mes enfants! murmura-t-elle.

Et tout à coup elle eut un immense accès de fou rire. On essaya de la calmer.

— Je veux partir pour l'Espagne, s'écria-t-elle en se débattant.

— Ciel! elle est folle! dit Borel.

Elle était folle, en effet. Sa pauvre tête, déjà si faible, n'avait pu résister à ces dernières émotions. Quelques jours plus tard, elle était admise à l'hospice des aliénés de Saint-Remy.

Au commencement de l'année 1866, Furbice fut réintégré au bagne à Toulon. Il y subit la punition réglementaire infligée à tous les individus évadés et repris : trente coups de garcette. Il fut ensuite con-duit dans les casemates du bagne.

Lorsqu'il se trouva seul, enchaîné comme une bête fauve, il fut pris d'une rage effroyable. Il se jetait la tête contre les murs ; il se roulait sur le sol, il pous-sait des cris terribles. Après deux ans de liberté, il était retombé dans une position pire que celle qu'il n'avait pu supporter. Il est difficile d'expliquer comment lui aussi ne devint pas fou.

A ces fureurs, succéda une mélancolie noire qui dura plusieurs jours, et qui le conduisit, par la force des choses, à des idées plus calmes. Il en arriva à envisager froidement sa position, et comprit qu'elle était désespérée. Désormais, il était rangé parmi ceux qu'on appelle au bagne les indociles. Il ne devait plus compter sur le bénéfice de sa bonne conduite dans l'avenir pour voir améliorer sa situation. Il allait se trouver soumis à la plus rigoureuse des surveillances, et être obligé de renoncer à tout espoir de fuite. C'est alors qu'il demanda son transfèrement à Cayenne.

Peut-être savait-il y retrouver Margaï?

XXXI

L'existence régulière et tranquille à laquelle Margaï était soumise depuis son arrivée à Saint-Laurent du Maroni, les soins persévérants et dévoués de Moulinet, 'es bons avis des religieuses et les exhortations de 'aumônier du pénitencier avaient provoqué en elle une réaction salutaire.

Elle envisageait l'avenir avec moins de tristesse qu'autrefois; il ne lui paraissait plus impossible de se créer une vie heureuse, dans ce pays où elle retrouvait

un soleil encore plus chaud que celui de la Provence,
et où tout le monde, autour d'elle, semblait con-
courir à lui faire oublier la condamnation qui l'avait
frappée.

Aussi Moulinet la trouvait-il docile à ses projets. Il
la voyait souvent dans ses promenades, au parloir du
pénitencier, et il était toujours bien accueilli. Avec la
nature essentiellement matérielle que nous avons connue à Margaï, sa promptitude à s'éprendre de la forme
et à ne tenir aucun compte des qualités morales, il
était difficile qu'elle reniât tout d'un coup son passé
et qu'elle ressentît de l'amour pour Moulinet. Mais,
mortifiée dans sa chair, calmée et apaisée par la ré-
gularité de sa vie, et l'éloignement de toutes les
choses qui l'avaient autrefois troublée, elle était plus
apte à comprendre certaines délicatesses, à laisser
parler son cœur au détriment de son imagination et
de ses sens, qui seuls l'avaient guidée jusque-là.

De son côté, à force d'aimer et d'affirmer son amour
par des sacrifices sans nombre, Moulinet avait revêtu
une sorte de prestige sous lequel disparaissaient son
âge et son imperfection physique. Margaï ne pouvait
se défendre d'un peu de pitié et de reconnaissance
pour cet homme toujours méconnu, et toujours dévoué, qui cherchait encore maintenant à la retirer de
son abjection. Quant à lui, il goûtait un bonheur sans
limites, d'autant plus grand qu'il ne voyait entre ce
bonheur et lui-même que sa propre volonté.

Margaï lui avait dit :

— Je serai votre femme lorsque vous l'exigerez.
Cependant, si vous êtes bon, vous attendrez encore. Le
délai que je vous demande donnera une force de plus

à mes résolutions et ne servira qu'à vous rendre plus cher à celle pour qui vous avez tant fait.

Ce n'était pas sans difficulté que Moulinet avait obtenu de l'administration supérieure d'épouser Margaï. Les femmes qui consentent à partir de France pour la Guyane française sont destinées aux déportés, et il n'y avait pas d'exemple qu'un colon libre eût cherché parmi elles sa compagne. Mais dans ce pays, où l'autorité militaire a une grande influence, les protections que s'était acquises Moulinet, devaient aplanir bien des obstacles. De même qu'autrefois il avait pu conquérir les sympathies de Me X..., le célèbre avocat du Midi, de même il acheva de s'acquérir les bonnes grâces de l'officier supérieur d'infanterie de marine qui l'avait fait embarquer à bord du *Cacique*. Son nouveau protecteur écrivit de Cayenne aux autorités de Saint-Laurent, et parvint, grâce à son influence, à avoir raison des règlements.

Moulinet avait donc obtenu de **se** marier avec Margaï ; mais il dut consentir à vivre de la vie des individus qui l'entouraient, à se contenter de la cabane réglementaire et à s'engager à ne jamais rentrer en France, tant que sa femme vivrait. Il accepta toutes ces conditions sans hésiter. Que lui faisait la France ? La vraie patrie de cet amoureux exalté n'était-elle pas la contrée habitée par la femme aimée ?

Sur la limite du pénitencier, et non loin du Maroni, se trouvent les terrains concédés aux déportés et les cabanes qu'ils habitent ; Moulinet eut pour demeure une de ces cabanes construites en bois et sur un modèle uniforme. Au rez-de-chaussée, se trouvent les magasins destinés à enfermer les provisions et les outils. Au premier étage, auquel on arrive par un escalier extérieur, il y a deux vastes pièces. Le mobilier est simple, mais il est permis aux concessionnaires de l'augmenter s'ils en ont les moyens.

Avant de quitter la France, Moulinet avait fait part de ses projets à Frédéric Borel, et celui-ci avait remis pour Margaï une somme d'argent provenant des fermages de la Bastide-Neuve. Cette somme, Moulinet refusa de l'employer à l'embellissement de son domaine. Il préféra y consacrer le reste de ses économies, et comme il ne les ménageait pas, commé la riche nature qui l'entourait le servait à merveille, il parvint à rendre sa pauvre cabane digne de la Vénus de Gordes.

Ainsi, l'avenir semblait leur sourire à l'un et à l'autre. La vie nouvelle qu'ils s'étaient préparée se présentait sous d'heureux auspices. Après toutes les tempêtes qu'ils avaient essuyées, le port s'ouvrait devant eux, et rien ne faisait présager qu'ils n'y pourraient entrer.

Notre récit, sur le point d'être terminé, nous a conduits au dimanche 16 septembre 1866.

La veille, Moulinet était allé voir Margaï au parloir du pénitencier.

— Je suis souffrante, lui avait-elle dit; j'éprouve des douleurs de tête intolérables, et, malgré ce soleil brûlant, j'ai froid dans tout le corps. Aurais-je pris une de ces mauvaises fièvres auxquelles tous les Européens sont, dit-on, sujets dans ce pays ?

Ces paroles atterrèrent Moulinet : la fièvre jaune avait fait d'assez grands ravages la semaine précédente à Cayenne, et on commençait à s'en inquiéter à

Saint-Louis et à Saint-Laurent. Mais il se garda bien
de donner cette nouvelle à Margaï; il essaya au contraire de la rassurer, et à la fin de sa visite, il y était
parvenu.

— Venez de bonne heure demain, lui dit-elle, c'est
mon jour de sortie, et nous ferons une longue promenade qui me remettra sans doute.

Malgré cette bonne promesse, Moulinet ne ferma
pas les yeux pendant la nuit du samedi au dimanche;
il était inquiet et ne pouvait se défendre de songer
à cette terrible fièvre jaune, si redoutée sous les tropiques.

Au matin, il commençait à s'endormir, lorsqu'il fut
réveillé par le bruit du canon. Il courut aux informations, et il apprit qu'un transport de l'État, l'*Amazone*, était arrivé pendant la nuit. Cinq cent quarante
condamnés qui se trouvaient à bord devaient dé-
barquer dans la journée à Saint-Louis et à Saint-Laurent.

Cette nouvelle, que le canon venait de confirmer,
causait une certaine émotion dans la colonie : sa population, se composant en grande partie d'anciens habitants des bagnes ou des prisons de France, ne peut
se défendre de prendre un grand intérêt à l'arrivée de
tous les convois de déportés. Chacun espère retrouver
parmi les nouveaux venus quelque ancien compagnon
de chaîne qui le renseignera sur le sort des camarades
restés en France.

Moulinet, pour qui le monde commençait et finissait
à Saint-Laurent, ne partageait pas l'émotion générale.
Il ne s'inquiétait que de savoir si Margaï était mieux
portante et si elle pourrait sortir.

Dès l'ouverture des portes, il pénétra dans le pénitencier des femmes, et s'adressant à une des sœurs
qui avaient fait avec lui la traversée de Rochefort à
la Guyane, et qui semblait avoir pris Margaï sous sa
protection :

— Comment va-t-elle, ce matin ? lui demanda-t-il.

— Je viens de la voir, répondit la sœur Marie, elle
prétend avoir passé une bonne nuit, mais elle m'a
paru agitée, fiévreuse. Je n'aime pas la couleur de
son teint depuis deux jours. Si elle sort aujourd'hui,
prenez garde à la chaleur, qui est accablante.

Moulinet courut au parloir. Il remarqua, en effet,
une certaine altération dans les traits de Margaï.

— Peut-être feriez-vous mieux de ne pas sortir,
lui dit-il.

— Pourquoi ? s'écria-t-elle avec animation ; n'est-
ce pas aujourd'hui dimanche ! Je veux profiter de mon
jour de liberté ; je suis prête, venez.

Il voulut la conduire à la promenade habituelle.

— Non, non, fit-elle, allons au côté du port.

— Mais vous serez en plein soleil.

— Peu importe. Ne suis-je pas habituée au soleil
de la Provence ? On m'a assuré que le port serait in-
téressant aujourd'hui. Je veux le voir.

Toute la population de Saint-Laurent semblait s'y
être donné rendez-vous. Les colons libres, les condamnés libérés, les femmes des pénitenciers, des soldats d'infanterie de marine, des matelots formaient
différents groupes et attendaient le débarquement des
passagers de l'*Amazone*.

Margaï, que ses forces trahissaient à chaque instant, s'assit à côté de Moulinet, sur des bois de cons-

truction. Une cabane en planches, placée derrière eux, les abritait un peu des rayons trop ardents du soleil.

Bientôt, on entendit un grand bruit de voix ; trois chaloupes pouvant contenir chacune une cinquantaine d'hommes abordaient au rivage du Maroni. Les condamnés saluaient de leurs chants la terre d'exil. A peine débarqués, les gendarmes de la marine les firent ranger deux à deux sur une longue file, afin de les conduire aux pénitenciers qui leur étaient d'avance désignés et où ils devaient prendre un peu de repos.

On ne peut se faire une idée de la tristesse qu'inspirait la vue de tous ces hommes, dont les traits altérés, les membres fatigués attestaient les souffrances d'une longue et pénible traversée. Quelques-uns se soutenaient à peine et étaient forcés de s'appuyer sur les épaules de leurs camarades ; d'autres élevaient leurs mains au-dessus de leur tête pour se mettre à l'abri de l'implacable soleil qui les inondait de ses rayons ; celui-ci traînait sa jambe endolorie comme s'il était encore aux fers, et celui-là, après avoir inutilement cherché dans la foule une figure amie, qu'il espérait y voir, baissait tristement les yeux ; enfin les derniers affectaient de chanter et de rire, et leur joie faisait mal.

Ce convoi, après avoir passé lentement devant Marçaï, disparut dans la ville.

— Le spectacle auquel nous assistons est bien triste, hasarda timidement Moulinet ; nous ferions mieux d'aller sur la promenade, chercher un peu d'ombre et de fraîcheur.

— Non, fit-elle, je ne partirai que lorsqu'ils auront tous passé.

D'autres chaloupes venaient d'aborder; une seconde file de condamnés se formait et prenait la même direction que la première. Tout à coup Moulinet vit Margaï se lever et regarder fixement devant elle. Au dernier rang de la colonne, un homme s'avançait, pâle, maigre, voûté, se traînant plutôt qu'il ne marchait. Sa barbe, qui avait démesurément poussé pendant la traversée, était à moitié grise; ses lèvres étaient décolorées et ses yeux éteints; on aurait dit un vieillard.

C'était Furbice.

Voilà ce qu'était devenu en quelques années cet homme autrefois si fier de ses avantages physiques. La perte de sa liberté, si difficilement reconquise, la pensée qu'il ne pourrait jamais plus s'évader, le désespoir qui s'était emparé de lui, la vie du bagne, les casemates de Toulon, les fatigues de la traversée, la fièvre et peut-être le remords avaient eu raison de sa santé, de sa jeunesse et de sa force. Il se trouvait dans l'état où le poison avait autrefois mis Pascoul.

— Et c'est lui que j'ai aimé! dit Margaï sans cesser de regarder Furbice.

Il s'avançait toujours, machinalement, suivant sa file, la tête baissée. Un peu plus, il aurait passé devant Margaï sans la voir.

— Ah! la belle fille! s'écria tout à coup le condamné qui marchait à côté de Furbice.

Ces mots le tirèrent de son engourdissement. Par un vieux reste d'habitude, il leva la tête et aperçut son ancienne maîtresse. Mais ses yeux, à jamais éteints, restèrent sans expression, et son sang appauvri ne colora même pas son visage. Cependant il voulut s'arrêter, mais ceux qui marchaient derrière lui le poussèrent, et, sans force pour leur résister, il continua à se traîner en avant. Margaï le suivit des yeux jusqu'à ce qu'il eût entièrement disparu, et alors, se tournant vers Moulinet, elle lui dit avec un triste sourire :

— Je suis bien guérie.

Aucune parole de pitié ne monta de son cœur à ses lèvres. La femme qui n'aime plus est implacable, et Margaï ne pouvait plus aimer Furbice. Elle l'avait choisi entre tous, à cause de sa jeunesse, de sa vigueur, de ses airs de conquérant et de matamore; maintenant il était usé, affaibli; il marchait l'oreille basse; elle n'avait que faire de cet invalide de l'amour. Elle pouvait lui avoir autrefois pardonné ses trahisons et sa lâcheté; elle ne lui pardonnait pas aujourd'hui de n'être plus que l'ombre de lui-même. Lorsque le cœur n'a été pour rien dans une liaison, il suffit d'un regard pour qu'elle se brise.

A l'heure réglementaire, Margaï se fit conduire au pénitencier. Le malaise dont elle souffrait depuis la veille, semblait s'être dissipé. En quittant Moulinet, elle lui dit :

— Je savais que Furbice allait arriver ici. C'est pourquoi je retardais notre mariage. Maintenant vous n'avez plus rien à craindre de moi, et je serai votre femme quand il vous plaira.

Le surlendemain, Moulinet, qui s'était occupé la veille des préparatifs de son mariage, se présenta vers les trois heures de l'après-midi au pénitencier des femmes, et demanda l'autorisation de voir Margaï. Il attendait au parloir depuis un instant, lorsque la porte s'ouvrit. Au lieu de Margaï, qu'il croyait voit apparaître, la sœur Marie s'avança vers lui.

— Votre amie ne peut vous rejoindre, lui dit-elle avec émotion, elle est malade.

— Ah ! mon Dieu ! qu'a-t-elle ?

— Elle est très-malade, reprit la sœur sans vouloir s'expliquer. On l'a transportée depuis hier à l'infirmerie.

— Alors qu'on m'y conduise. On me permettra bien de la voir.

— Non, c'est impossible. Notre directrice a donné des ordres sévères à cet égard. Les personnes de la ville ne peuvent communiquer avec la malade.

— Elle est donc atteinte de quelque maladie contagieuse ? La fièvre jaune, peut-être ! s'écria-t-il tout à coup en se rappelant ses inquiétudes de la veille.

La sœur Marie garda le silence. Alors, sans parler, Moulinet traversa le parloir, entra dans la cour du pénitencier, se dirigea vers une porte au-dessus de laquelle on voyait écrit : *Bureau de la sœur directrice*, ouvrit la porte, se trouva en présence d'une religieuse d'une cinquantaine d'années, et, s'agenouillant devant elle, tandis que deux grosses larmes coulaient de ses yeux :

— Ma sœur ! dit-il d'une voix brisée par l'émotion, une femme que j'adore, que j'allais épouser, se meurt dans votre maison. Je vous supplie de me permettre de la voir, et je m'engage à ne pas sortir d'ici tant qu'elle ne sera pas guérie. Je serai votre infirmier, votre serviteur, votre prisonnier ; je n'aurai aucun contact avec les gens de la ville. De grâce, laissez-vous toucher ; je serai si malheureux loin d'elle !

— Venez avec moi, mon fils, dit la sœur en le relevant.

Avant d'entrer dans la pièce où reposait Margaï, la sœur directrice dit à Moulinet :

— Armez-vous de courage pour la regarder, et tâchez surtout qu'elle ne s'aperçoive pas de la douleur que vous éprouverez en la trouvant si changée.

Malgré cet avertissement, Moulinet ne put retenir un cri lorsqu'il s'approcha du lit de Margaï. Cette terrible maladie, que nous appelons la fièvre jaune et à laquelle on donne aussi le nom de *vomito negro*, avait depuis la veille fait d'affreux ravages sur le visage de la malheureuse femme. Ses traits si fins s'étaient démesurément gonflés ; sur les joues apparaissaient de grandes taches bleuâtres. On aurait dit que le sang allait sortir de ses yeux autrefois si limpides, et à travers ses lèvres décolorées et desséchées, on entrevoyait ses dents déjà jaunies.

— Je n'espérais pas vous voir, dit-elle à Moulinet d'une voix affaiblie.

Il ne put répondre, l'émotion lui serrait la gorge.

— Je vous avais demandé hier, reprit-elle, lorsque je me suis vue tout à coup si malade, et on m'a répondu qu'on ne permettrait à personne de venir jusqu'à moi. On craint, sans doute, que je ne communique mon mal.

Il fit un effort et parvint à dire :

— On ne craint plus rien, puisque me voilà.

— Ah ! c'est que vous avez remué ciel et terre. Je

vous connais... Eh bien! mon pauvre seul ami, je vais donc vous quitter.

— Me quitter! pourquoi?

— Parce que je vais mourir.

— Vous, mourir! allons donc! s'écria-t-il.

Il leva les épaules et essaya de rire, mais il fondit en larmes.

— Vous voyez bien, dit-elle, vous me pleurez déjà.

Il fit un brusque mouvement, se pencha sur le lit de Margaï, mit ses deux mains sur ses épaules, et la regardant bien en face, il s'écria :

— Moi, vous pleurer, si vous mouriez! Vous plaisantez. Est-ce que j'en aurais le temps? Je mourrais de votre mort, un instant après vous.

— Non, fit-elle, il faudra vous rappeler combien j'étais laide à mes derniers moments... Oui, je dois être affreuse ; je me suis aperçue hier dans un miroir, et je me suis fait peur... Aujourd'hui, je dois être encore plus horrible... On ne meurt pas d'amour pour une femme si laide.

— Lorsque le cœur est pris, dit doucement Moulinet, on ne fait pas attention à tout cela.

Après avoir réfléchi un instant, elle murmura :

— Mon cœur n'a donc jamais aimé Furbice... Après tout, c'est possible.

Elle ferma les yeux, dont les paupières se gonflaient et qui ne pouvaient plus supporter l'éclat du jour. Il se fit un long silence. Assis au pied du lit, l'œil fixe, Moulinet suivait les progrès du mal sur le visage de la mourante.

Les taches bleuâtres qu'il avait déjà remarquées s'étendaient et se violaçaient peu à peu ; des yeux et

de la bouche coulaient des gouttes de sang. Au travers de tous les pores de la peau, le sang paraissait
transpirer. Il ne songeait pas alors à s'attendrir sur le
sort de Margaï et sur le sien. Il était comme pétri-
fié par le terrible spectacle auquel il assistait. Le
corps de Margaï vivante se décomposait comme se dé-
compose un cadavre.

Tout à coup, la sœur directrice qui, après avoir
introduit Moulinet dans l'infirmerie s'était retirée, revint accompagnée d'un médecin. Ce dernier s'approcha de la malade, examina la face, souleva les couvertures du lit et regarda le corps, puis il dit :

— Allons, la nature et nos remèdes ont triomphé
du mal. Je suis content.

— Que faut-il faire ? demanda la sœur.

— Rien, ma sœur ; le repos suffira.

Il sortit, et Moulinet, s'élançant derrière lui, s'écria :

— Est-ce que vous pensez ce que vous venez de
dire ?

— Non, répondit le docteur ; à vous qui êtes un
homme, je dois la vérité ; elle n'a pas deux heures à
vivre.

— Mais on ne guérit donc pas de cette maladie ?

— Si, quelquefois, comme du choléra ; mais il s'agit
ici d'un cas foudroyant ; la science n'y peut rien.

Moulinet revint s'asseoir auprès du lit de Margaï.

— Eh bien, lui dit-elle, vous savez à quoi vous en
tenir ? Il a dû vous avouer la vérité à vous ? Je suis
perdue... Oh ! n'essayez pas de me donner du courage, c'est inutile ; vous en avez plus besoin que moi.
Vous m'avez connue toute petite, et vous savez que

j'ai toujours été brave; c'était peut-être ma seule qualité, je ne la perdrai pas en ce moment.

Sa respiration devenait pénible, sa voix était rauque, embarrassée.

Il ne sortait plus de ses lèvres que des lambeaux de phrase, des paroles sans suite. Cependant on pouvait y démêler un sens. Elle semblait surtout préoccupée de l'idée de se voir défigurée :

— C'est justice, disait-elle, je suis frappée dans ma beauté, dont j'ai abusé... Elle ne m'a servi qu'à commettre des fautes... des crimes... Je suis laide... Je suis horrible... C'est bien fait... Pascoul est vengé et Moulinet l'est aussi... Moulinet qui m'a tant aimée... et que j'ai tant fait souffrir! Où es-tu, Moulinet? Es-tu là près de moi?... Oui, je te vois encore... Ah! tu n'as pas de chance, pauvre ami!... je meurs lorsque j'allais enfin te rendre heureux... Tiens, voici ma main; c'est tout ce que je puis te donner... prends-la, si elle ne te fait pas horreur.

Elle se tut; puis, au bout d'un long instant, Moulinet l'entendit ricaner.

— Et c'est moi qu'on appelait la Vénus de Gordes! disait-elle; ah! si l'on me voyait maintenant!

A partir de ce moment, son agonie commença. Cependant, on assure que sa raison ne l'abandonna même pas à sa dernière heure. On la vit coller ses lèvres sur le crucifix que lui présentait l'aumônier du pénitencier et, en expirant, elle murmurait encore ces mots :

— Pascoul, Moulinet, Brigitte, vous tous, pardon, pardon!

Lorsqu'elle fut morte, Moulinet, dont les yeux

étaient secs et qui semblait calme, s'avança vers la
sœur Marie :

— Ma sœur, lui demanda-t-il, quand aura lieu l'enterrement ?

— Demain matin, répondit-elle ; avec un climat
comme le nôtre, on ne peut attendre davantage.

— Où se trouve situé le cimetière de la ville ?

— Nous n'en avons pas. On transporte les morts
jusqu'au fleuve, on les met sur une barque qui des-
cend le courant à quelques lieues d'ici, la mer leur
sert de sépulture.

— Je voudrais, dit Moulinet, un cercueil en plomb
pour celle qui vient de mourir. Rendez-moi-le service
de le commander, ma sœur. Voici de l'argent, n'épar-
gnez rien ; mais que le cercueil soit en plomb, je vous
prie ; j'y attache une grande importance.

Il passa la nuit à genoux à contempler Margaï, près
de qui brûlait un cierge. Le lendemain, il l'ensevelit
lui-même dans le cercueil ; il aida à la descendre jusqu'à la chapelle et il entendit la messe sans donner
aucune marque d'émotion. Puis il accompagna le corps
jusqu'au fleuve, et il voulut monter dans la barque qui
contenait tout ce qu'il avait aimé. A deux lieues de la
ville, l'homme qui conduisait la barque, cessa de ra-
mer, rangea ses avirons et dit :

— Il est inutile d'aller plus loin, le fleuve est assez
profond, voulez-vous m'aider à jeter le corps ?

— Oui, dit Moulinet.

— Tenez, voici la corde, passez-la dans l'anneau qu
est de votre côté ; de cette façon le cercueil coulera
plus facilement.

Moulinet se baissa et resta un instant agenouillé,

sans que le batelier, qui le croyait en prières, prît garde à ce qu'il faisait. Alors ils poussèrent le cercueil hors de la barque, et le firent glisser sur la corde. Il toucha l'eau, on le vit descendre et s'enfoncer, puis tout à coup entraîner Moulinet, qui avait roulé la corde autour de ses pieds.

Le pauvre homme, ne voulant pas survivre à Margaï, avait imaginé de mourir comme il avait vécu, enchaîné à ses côtés. A la place du pavé ou du boulet qu'on attache à un cadavre pour qu'il descende au fond de l'eau et qu'il y reste, Moulinet s'était mis aux pieds un cercueil en plomb, le cercueil de Margaï qu'il n'allait plus quitter.

Furbice est toujours au pénitencier de Saint-Laurent.

FIN

Paris-Imp. PAUL DUPONT, 41, rue Jean-Jacques-Rousseau. 24, 1679.

www.ingramcontent.com/pod-product-compliance
Lightning Source LLC
Chambersburg PA
CBHW050151030726
47505CB00005B/1322